Régimen escópico y experiencia

Figuraciones de la mirada
y
el cuerpo en la literatura y las artes

Alicia Montes & María Cristina Ares
Compiladoras

Régimen escópico y experiencia

Figuraciones de la mirada y el cuerpo en la literatura y las artes

Alicia Montes
María Cristina Ares
Martín Kohan
Adriana Imperatore
Iván Gordin
Julián Guidi
Anabella Macri Markov
Julieta Sbdar
Julia Scodelari
Romina Wainberg
Rocío Altinier
Michelle Arturi

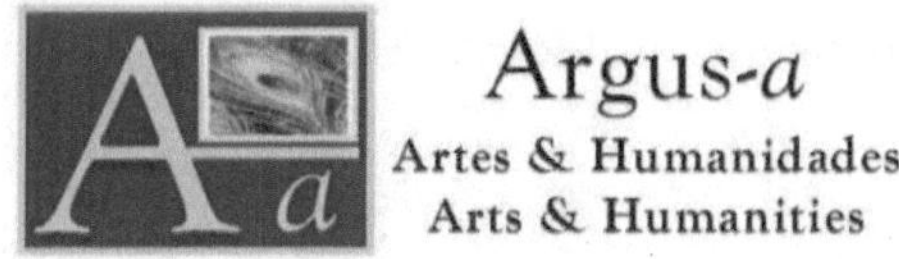

Buenos Aires, Argentina - Los Ángeles, USA
2022

Régimen escópico y experiencia. Figuraciones de la mirada y el cuerpo en la literatura y las artes

ISBN 978-1-944508-42-5

Arte de tapa: Marcelo Malagamba, *Achupallas*, aguafuerte-aguatinta, 1985.

Diseño de tapa: Argus-*a*.

Editorial Argus-*a*
1414 Countrywood Ave, # 90
Hacienda Heights, California 91745
U.S.A.

INDICE:

PRÓLOGO

La cultura contemporánea está marcada por dominantes que hacen visible la crisis de los paradigmas de pensamiento logocéntricos y las concomitantes estéticas oculocentristas que caracterizaron a Occidente, cuya vocación totalitaria fue el panóptico absoluto (Virilio, 1989), sobre todo a partir de la Modernidad (Jay, 2007). Este desplazamiento implica una figuración de lo sensible que desliza de su lugar central mirada fija (*gaze*) y su perspectiva absoluta, jerárquica y objetivante y coloca como punto de fuga la precariedad del cuerpo, al mismo tiempo que la pluralidad de sentidos que lo constituyen. A través de esta sensorialidad múltiple, la corporeidad se vincula con el mundo del que forma parte en tanto ineludible forma de la existencia (Nancy, 2000; Le Breton, 1990).

El corrimiento de la mirada absoluta, omnividente, a la opacidad del cuerpo y su fragilidad implica una política antihumanista que se vincula con la creciente desconfianza en la razón y en la perspectiva antropocéntrica, tiene como correlato la valorización de la común animalidad de lo viviente (Derrida, 2008; Cragnolini, 2010; Robert Moraes, 2017). La caída de esa mirada absoluta, situada en ningún lugar, cuya categoría central es el espacio, trae aparejada la preeminencia de una percepción encarnada, limitada y atravesada por el tiempo. Por ello, el acento se coloca en lo que fluye, muta, deriva y se encuentra entregado a un devenir sin *telos* (Deleuze,1976; Virilio, 1989). Las artes y la literatura latinoamericanas contemporáneas figuran este cambio trazando un gesto de apropiación caníbal de la cultura europea (Reyes, 2011) y consolidando un régimen estético que redistribuye igualitariamente los cuerpos según una lógica difusa (*fuzzy logic*) centrada en la multiplicidad y el multivalor, y cuyos procedimientos están singularizados por la ambivalencia (Fischer Pfaeffle, 2003).

Se coloca, así, en primer plano el deseo, el exceso, la expansión de límites, el juego de espejos, el rizoma, la paradoja, el quiasmo, la metalepsis y otras formas características del carnaval (neo)barroco (Calabrese, 1994; Sarduy, 1974; Deleuze, 1988). En este sentido, los trabajos pertenecientes al Proyecto Filocyt de la Facultad de Filosofía y Letras, UBA, que forman parte de esta publicación tienen como eje central la relación entre mirada, cuerpo, lenguaje y política de las artes y la literatura, con el fin de preguntarle a los materiales analizados qué régimen escópico o mirada los organiza y qué política de los cuerpos emerge en la mudez habladora de sus *tropos*, a modo de pensamiento no pensado (Rancière, 2010).

La cuestión de la mirada en la teoría

En el campo del conocimiento de los vínculos entre régimen escópico, lenguaje y cuerpo, se destacan los aportes de Martin Jay, *Ojos abatidos* (2007), sobre la tendencia oculocentrista de la cultura en Occidente y el cambio de paradigma que se produce en el pensamiento francés a lo largo del siglo XX con la consecuente actitud reprobatoria sobre la mirada fija, situada en ningún lugar (*gaze*). Jay estudia este proceso historizando la dialéctica oculocentrismo-antioculocentrismo, desde los griegos hasta la modernidad, para luego detenerse en lo que denomina "La denigración en la visión del pensamiento francés del siglo XX". Aborda, así, la postura antiocular de autores como Merleau Ponty, Sartre, Lacan, Bataille, Foucault, Débord, Baudrillad y Derrida, entre otros. Interesan, en este sentido, las observaciones de Jay sobre el carácter predominantemente visual del lenguaje que abunda en metáforas de ese tipo. Esta característica revela las complejas relaciones que existen entre mirada y lenguaje pues constituyen una suerte de cinta de Moebius.

La experiencia visual está mediada por la lingüística ya que en la visión es imposible separar el componente natural del componente cultural. Jay apoya esta afirmación en la referencia, entre otras muchas, a la obra de Freud (2010) en la que se subraya que desde el momento en que el hombre deja la posición horizontal para asumir la erecta desarrolla un sistema sensorial que privilegia la vista. Así, la importancia del olfato, esencial en los cuadrúpedos, pasa a un plano secundario y desvalorizado. Este pasaje de la horizontalidad a la verticalidad es el acto "fatal" que funda la civilización humana pues la represión de lo animal implica el menoscabo de los instintos y, sobre todo, una separación tajante entre facultades mentales/espirituales "superiores" y funciones corporales "inferiores". La dualidad es acentuada por la filosofía cartesiana, logo-oculocéntrica, al establecer una diferencia radical entre la *res cogitans* (conciencia) y la *res extensa* (cuerpo), que se somete al dominio de la primera y es reducida a cosa (Burger, 2001). El sujeto moderno, observa Roberto Esposito (2004), se formó bajo el signo de lo inmunitario, expulsando al afuera aquello que experimenta como lo otro de sí: la abyección de los instintos y la fatalidad de la carne.

La concepción negativa de la visión aparece en los señalamientos de Sartre (1961) sobre la mirada del otro que cosifica al sujeto, en la investigación de Adriana Cavarero (2013) sobre la experiencia del horror que petrifica a modo de *mirada de Medusa* y en Bataille (2006), entre muchos otros, que reivindica al ojo ciego (el ojo vuelto hacia adentro) conectándolo con la experiencia erótica y la pérdida de sí del yo (Robert Moraes, 2017). Por su parte, Michel Foucault (2011) en su trabajo sobre el nacimiento de la clínica se centra en el progresivo desplazamiento que se produce desde un lenguaje sin apoyo perceptivo, hablado por la fantasía, hacia una mirada que transforma el cuerpo en algo positivamente visible y enunciable. La distribución, en el cuerpo, de lo visible y de lo invisible se relaciona a partir de este momento con la diferencia entre lo que se dice y lo que se silencia. Así, a lo largo del Siglo XIX, la corporalidad se piensa como un objeto pasivo, previo a todo saber y el armazón de lo real se construye con el modelo del lenguaje, pero además la *experiencia clínica se convertirá en la matriz de las ciencias del hombre*, fundando el método y la ontología que las caracteriza, y haciendo posible leer en las metáforas e imágenes de la enfermedad el imaginario de una cultura.

John Berger (2017), en este sentido, postula que en toda imagen está incorporado un modo de ver naturalizado. El espectador cree que lo que ve *es así* y no advierte que siempre se mira condicionado culturalmente. Por ello, uno de los primeros temas que aborda es el de la convención de *la perspectiva albertiana*, exclusiva del arte europeo, que surgió por primera vez en el alto Renacimiento. Este dispositivo visual privilegia el lugar del ojo de un espectador ideal y lo convierte en el centro del mundo visible, en tanto punto de fuga del infinito. Más tarde, la invención de la cámara fotográfica hace tambalear esta idea ya que al aislar una serie de experiencias instantáneas rompe con la creencia en la intemporalidad de la imagen y con la ilusión de la mirada absoluta (Wajcman, 2011) porque lo que se ve está subordinado a la posición que ocupa el observador en el tiempo y en el espacio. Esta transformación, según Berger, rápidamente repercute en la pintura de los impresionistas para quienes lo visible se vuelve algo fugaz y en la de los cubistas para los que la imagen deja de ser lo que estaba frente a un solo ojo y se convierte en la sumatoria de todas las miradas posibles tomadas desde diversas perspectivas, alrededor del objeto. Los cambios, sumados a los que produce el cine, tendrán notoria influencia en la literatura del siglo XX y XXI.

Finalmente, los aportes de Jacques Rancière (2010a., 2010b., 2011) sobre las relaciones entre estética y política, son cruciales pues permiten hacer evidente que existe una distribución de lo sensible (de lo perceptible, de lo imaginable, de lo decible y de lo escribible) que, desarmando los binarismos y jerarquías característicos de la organización "policial" y esencialista de nuestra cultura, pone en acto la igualdad de todos los cuerpos sobre el espacio común. En este planteo, la cuestión de las formas, artísticas y literarias, se define por las configuraciones a través de las cuales se hacen perceptibles los modos de inclusión o exclusión que determinan la distribución de los cuerpos. Esta propuesta permite interrogar a los materiales del corpus para saber de qué manera construyen el orden del mundo y cómo se organiza en su espacio heterotópico la experiencia sensible de la vida. Las prácticas estéticas, según Rancière, perturban la estabilidad de los lugares fijos y cuestionan las jerarquías esencializadas por ello las imágenes albergan la eficacia del disenso: dejan en suspenso los sentidos y ponen en conflicto los diversos regímenes de sensorialidad para que las artes y la literatura se introduzcan en el corazón de la política[1].

En esta línea de trabajo se encuentra el artículo de María Cristina Ares sobre la cuestión de los ojos anómalos y el régimen escópico en las novelas de María Gainza, Mercedes Halfon y Lina Meruane. Así, señala

[1] Hemos sintetizado notablemente un "estado del conocimiento" que por su amplitud hubiera necesitado un espacio mayor para dar cuenta de toda la bibliografía consultada para el desarrollo de este tema. De modo que debe considerarse esta presentación una síntesis incompleta.

que *bellos -kalós-* son los ojos que ven bien, siguiendo a Platón en *Hipias Mayor* porque entiende lo bello, no como bonito ni como hermoso, sino como aquello que cumple bien con la función para la cual fue creado. Para captar el sentido de lo bello hay que tener en cuenta el *télos* griego, la meta, el fin, por eso bellas serán también las piernas que corran velozmente y *kalós* será el barco que mejor navegue las aguas. Es que lo bello y lo bueno en el pensamiento antiguo conforman una unidad en el concepto de *kalos-kagathós*, en el que lo bello resulta indisoluble de lo bueno, en el que *kalós* es la norma o el ideal a alcanzar. El lugar central de los ojos, como el mejor de los sentidos, como el sentido privilegiado, resulta el origen del ocular-centrismo que caracteriza a toda la historia del pensamiento occidental. La era moderna se distingue por estar dominada por el sentido de la vista y genera distintas subculturas visuales. Pero en el siglo XX, surge una serie de manifestaciones definidas como ocularfóbicas que delinean una era secular y antiocular desde distintos pilares visuales.

Por su parte, el trabajo de Alicia Montes sobre la novela de Juan José Becerra, *La interpretación de un libro* (2014), analiza la historia de amor entre el escritor, Mastandrea, y Camila, su lectora, ligada a las marcas, las sobreinterpretaciones o los borramientos que el ojo produce en la lectura de una novela, las imágenes pictóricas de Hopper y fotográficas de Marilyn Monroe. En este sentido, se plantea una reflexión intensa, humorística y paradójica sobre las relaciones entre escritura y lectura, sobre la literatura argentina, actual y futura (su especificidad, su autonomía, su función disruptiva) y, también, una socarrona teoría literaria que revitaliza y cuestiona los discursos académicos desgastados por el uso y convertidos en vulgata. La superposición de planos que configuran el entramado textual sugiere en sus desvíos que lo importante no es responder la pregunta que se formula en ella acerca de quién termina la historia, si el lector o el escritor, el ojo que recorta y da sentido o la mano que trama la historia. La novela de Becerra trasciende ese interrogante porque postula como central el reconocimiento del carácter imprescindible de ese espacio experimental y artístico llamado literatura, que funge como lámpara de Aladino del deseo, archivo de una experiencia siempre irrecuperable, e ilumina las contradicciones de la vida haciéndolas patente y volviendo visibles otras posibilidades de existencia. Lo central en el texto de Becerra es la celebración del espacio autónomo, utópico e impersonal, donde reina la libertad y desaparecen las relaciones de poder, que se llama literatura, justo en el momento de peligro en que su existencia se halla amenazada por la desaparición de consumidores y lectores que con las marcas de su ojo pongan en marcha el proceso de atribución de sentido.

Julieta Sbdar lee de manera miope tres poemas recientes, para problematizar la relación entre deseo (homo)erótico y temporalidad. De esta manera observa que el poema "Cuando todavía no había celular" (Blatt, 2015), ubicado en un tiempo pretérito que acentúa la disincronía, empuja el deseo hacia un pasado no correspondido mientras que el poema de Julián López ("Que no vas a lamentarte…", 2020) yuxtapone la experiencia de un presente desgajado a la fragmentariedad de la conversación con el amado. A su vez, el poema "Flash", de Osvaldo Bossi (2020) inscribe el deseo en un subjuntivo irrealizable. Pretérito, fragmentado o subjuntivo, el deseo amoroso hace visible el corte del tiempo lineal de la prosa cotidiana e instala otra medida: la de una melodía poética donde la visibilidad de lo dado retrocede para dar lugar a un encuentro imaginario y atemporal.

El análisis de Iván Gordin se propone hacer perceptible la utilización y apropiación de los mecanismos narrativos, el lenguaje y la imaginería de Howard Phillips Lovecraft (Rhode Island, Estados Unidos, 1890-1937) en la historieta argentina. En este sentido, emprende el análisis oblicuo de un corpus configurado por diversas adaptaciones gráficas argentinas, todas atravesadas por un mismo grupo de autores e ilustradores, y originadas en un período marcado por la violencia institucional y el terrorismo de Estado (1955-1980). A través de esta lectura se postula como hipótesis que, en el corpus elegido, se presenta una operación literaria que quiebra el vínculo entre lenguaje y percepción dominante para presentar un nuevo espacio imaginario con sus propias reglas sensoriales, corporales y políticas que es en sí mismo político. Así, lo abyecto se convierte en un lugar de resistencia a través de la emergencia de un régimen escópico perdido. El corpus en cuestión está conformado por: *Los mitos de Cthulhu*

(Norberto Buscaglia y Alberto Breccia, 1973); *Nekrodamus* (Héctor Germán Oesterheld y Horacio Lalia, 1975), *El Eternauta I y II* (Héctor Germán Oesterheld, Francisco Solano López y Alberto Breccia, 1957-1959, 1976); y Lovecraft: *El Horror Secreto* (Horacio Lalia, 1998-2019).

"Marcos animales" de Anabella Macri Markov analiza la novela *El niño pez* de Lucía Puenzo para revisar el lugar que se le ha otorgado a la vista humana como sentido privilegiado, preguntándose: ¿qué ocurre cuando el narrador en primera persona de una ficción es un animal, más específicamente un perro? Este híbrido entre condición animal y domesticación parece abrir el camino hacia nuevas maneras de narrar: en lugar de la mirada oculocéntrica, de Medusa, que fija y encarcela a los cuerpos en narrativas cerradas, la mirada animal permite captar la fluidez de los cuerpos, la ambigüedad de la identidad, nombrar lo que no es nombrado por otros miembros de la familia Brontë. En la narración de Serafín no solo se cuestiona la manera en la que miramos, proponiendo una alternativa, sino que cobran relevancia otros sentidos como el olfato y el tacto. Además, se busca analizar los distintos elementos de la transposición cinematográfica de la novela, escrita y dirigida por la misma autora.

En su artículo, Julián Guidi propone la noción de una mirada obstinada en la obra de danza contemporánea *La Wagner* del coreógrafo y director argentino Pablo Rotemberg. Para ello analiza las figuras de riesgo erótico, cargadas con una ambivalencia de horror y fascinación, y que apuntan, junto a las figuraciones de la inmolación de carácter neobarroco, a forjar en actos el exceso como un rasgo de época inextirpable. Desde esta perspectiva se pone el acento en la estética caníbal que lleva al límite la resistencia de la visión barroca, que desdobla el dolor del sufrimiento y reafirma la existencia mediante el golpe y la herida. En este sentido, el cuerpo como mapa de experiencias se revaloriza frente a una belleza impertérrita. En *La Wagner* la mirada se ve exigida a resistir, y por ende a incorporar, a través de una experiencia trans-sublime cuyo efecto da lugar a una perspectiva perturbadora que se obstina en mirar y que no nos encuentra muy lejos de donde ya estamos.

El trabajo de Romina Wainberg tiene como objeto aprehender y formalizar qué significa "ver" y "ser visto" en la narrativa especulativa contemporánea. En particular, su artículo analiza dos novelas que plantean regímenes de visualidad impensables desde la perspectiva de las teorías escópicas actuales: *La mucama de Omincuлé* (2015) de Rita Indiana y *Los viajes* (2012) de Ramiro Sanchiz. En el caso de Indiana, los personajes ven más allá de los dispositivos de control que los vigilan. En el caso de Sanchiz, se evidencia una circunstancia inversa: el protagonista aparece inmerso en un mundo cuyas reglas ignora, un espacio en el que sus intentos por extrapolar la lógica escópica que conoce fallan con persistencia.

En "¿Hay vida después del panóptico? Evolución posthumana: supervivencia y resistencia en dos novelas de Samanta Schweblin", Julia Scodelari aborda la exploración de dos novelas de Samanta Schweblin, *Kentukis* (2014) y *Distancia de rescate* (2018), haciendo foco en los regímenes de control y vigilancia que presentan. En ambas narraciones, se hace evidente que no hay un ojo vigilante con la capacidad de ejercer control sobre los personajes a modo de panóptico. En este sentido, se observa una completa ausencia de dominio institucional. Así, *Kentukis* plantea un universo en el cual ese ojo vigilante puede ser encarnado por cualquier personaje, despotenciando así el poder de la vista como aparato de control. En *Distancia de rescate* se hace visible un enemigo contra el cual no se opone ningún tipo de poder institucionalizado. Esto trae como consecuencia que la vista tampoco funcione como un elemento de cuidado. En ambas novelas nos topamos con un ojo que se encuentra "liberado" de sus funciones tradicionales y que, por esta razón, es capaz de vagar.

En cuanto a las "Comunicaciones" que se incluyen en la parte final de este libro, Martín Kohan, focalizando en un poema de Mariano Blatt, de su libro *Mi juventud reunida*, aborda el análisis crítico de la deconstrucción de un paradigma de la virilidad, en términos de una combinación de atracción erótica y violencia. Adriana Imperatore, mientras tanto, en su estudio de la novela *Confesión* de Martín Kohan, plantea una serie de perplejidades en torno a cómo la ficción puede interrogar e intervenir en los pliegues de la historia represiva de la última dictadura militar argentina a través de una suerte de descolocación de su figura principal, el dictador Jorge Rafael Videla, al enfocarlo a través de la mirada de otros personajes y de diversas tramas enunciativas que atraviesan el texto para iluminar el modo en que algunos olvidos resultan ser mucho más reveladores que los icebergs de la memoria. Finalmente, Rocío Altinier y Michel Arturi, exploran de qué manera algunas escrituras del nuevo milenio revisan escenas de violencia fundacionales desde una imaginación queer/disidente/post-humana que desplaza sentidos en torno de esa tradición. De esta manera, *Las aventuras de la China Iron* de Gabriela Cabezón Cámara (2017) y *Sueñan los gauchoides con ñandúes eléctricos* de Michel Nieva (2013) revisitan el campo y el desierto con ficciones que, desde una imaginación utópica y distópica respectivamente, interrogan (nuevas) posibilidades de los cuerpos como territorios en los que opera la violencia.

Coda

La sugerente imagen de tapa es *Achupallas* (1985), un aguafuerte del artista argentino Marcelo Miguel Malagamba. "Achupalla" es un término de origen quechua que alude a una planta nativa de Chile (*Fascicularia bicolor*) y que ha dado nombre además a una estación ferroviaria en el partido de Alberti de la provincia de Buenos Aires. El término se encuentra íntimamente asociado a un personaje histórico ligado al Gral. José de San Martín: Don Justo Estay.

El arriero Justo Estay fue un colaborador chileno fundamental en el Combate de Achupallas de 1817, "a quien San Martín consideraba el más fiel y el más inteligente de sus colaboradores"[2] (Barros Arana, 593). El baqueano Estay fue uno de los espías de San Martín: "un hombre de pocas palabras, pero un sagaz observador y muy prudente, de una sencilla apariencia que le permitía mimetizarse en el paisaje y entre la población, dotes de un buen espía cuyos servicios fueron plenamente aprovechados

[2] Barros Arana, Diego. *Historia General de Chile. Tomo X*. Rafael Jover Ed., 1889, citado por la historiadora Carolina Herbstaedt en: https://www.academiamilitar.cl/academia/justo-estay-baqueano/

por la causa patriota, tanto de un lado como al otro de los Andes" (Herbstaedt, 2021). Don Estay conocía el clima, los peligros de los caminos, los atajos convenientes y fundamentalmente informaba todo lo que veía y todo lo que llegaba a sus oídos. Para los inadvertidos, Estay era un aldeano más pero su colaboración resultó imprescindible para la victoria de Achupallas. Los informes del baqueano sobre el número de soldados enemigos, el momento en que salían de la ciudad en dirección a Chacabuco, y su extrema discreción hicieron que San Martín tomara la decisión de adelantar dos días el enfrentamiento programado para el 14 de febrero y así lograron la victoria.

La perspectiva albertiana o el ojo encarnado de la estética barroca y sus anamorfosis figuran la mirada con la que se organizan las imágenes en las artes visuales. En el caso del aguafuerte de la portada, hay una mirada otra que no se puede encuadrar en ninguno de estos puntos de vista. Por obra de la metalepsis, el ojo del protagonista nos mira a nosotros, los que miramos y nos devuelve la mirada apelándonos. Ese ojo, casi de cíclope, que nos mira acusadoramente, pone en escena la violencia de la que fuera objeto quien ocupa de manera totalitaria la imagen. Uno de sus ojos brilla, y casi oculta la presencia del otro opacado por la sombra en que lo sume la lente del anteojo que lleva puesto, el otro parece refractar la luz que lo persigue como sucede con los ojos de los animales encandilados por las luces de los autos en la ruta. Ese reflejo luminoso que pone en primer plano la mirada de un ojo, nos interpela como aquello que nos mira en lo que miramos: nos habla de la muerte, de la injusticia.

Achupallas remite directamente al arriero Estay y a su ojo que todo lo vio. La imagen resalta su ojo izquierdo como si se advirtiera que no se trata de una mirada amplia y frontal, sino de una contemplación desde las sombras porque es el que espía, el que fisgonea, es la mirada del que no tiene control absoluto de la situación (es lo contrario a cualquier panóptico). Es el ojo del subordinado, del clandestino, que observa desde las sombras, el que teme ser sorprendido, el que se oculta de la autoridad. *Achupallas* representa la mirada opacada por el oculocentrismo del poderoso, es el ojo latinoamericano que tiene la misión de abrirse paso desde una perspectiva diferente y ése es precisamente el recorrido que los ensayos de este volumen proponen.

Alicia Montes & María Cristina Ares

Bibliografía:

Bataille, George. *El erotismo*. Tusquets Editora, 2006.

Berger, John. *Modos de ver*. Eterna Cadencia, 2017.

Burger, Peter y Christa Burger. *La desaparición del sujeto Una historia de la subjetividad de Montaigne a Blanchot*. Akal, 2001.

Butler, Judith. *Cuerpos que importan*. Editorial Paidós, 2018.

Calabrese, Omar. *La era neobarroca*. Cátedra, 1994.

Cavarero, Adriana. *Horrismo. Nombrando la violencia contemporánea*. Ed. Anthropos, 2013

Cragnolini, Mónica. "Animales kafkianos: el murmullo de lo anónimo". En: A.A.V.V. *Kafka: preindividual, impersonal, biopolítico*. La Cebra, 2011.

Deleuze, Giles y Félix Guattari. *Rizoma. Capitalismo y esquizofrenia*. Pre-Textos, 1976.

---. *El pliegue. Leibniz y el barroco*. Paidós, 1989.

Derrida, Jacques. *Ese animal que luego estoy si[gui]endo*. Editorial Trotta, 2008.

Esposito, Roberto. *Bíos*. Amorrortu Editores, 2004.

Fischer Pfaeffle, Amalia E. "Devenires, cuerpos sin órganos, lógica difusa e intersexuales". En Maffía, Diana [comp.] *Sexualidades migrantes*. Feminaria Editora, 2003.

Foucault, Michel. *El cuerpo utópico. Las heterotopías*. Nueva Visión, 2010.

--- . *El nacimiento de la clínica*. Editorial Siglo XXI, 2011.

Freud, Sigmund. *El malestar de la cultura*. Alianza Editorial, 2010.

Jay, Martin. *Ojos abatidos. La denigración de la visión en el pensamiento francés del siglo XX*. Akal, 2007.

Le Breton, David. *Antropología del cuerpo y modernidad*. Nueva Visión, 1990.

Nancy, Jean Luc. *Corpus*. Arenas libros, 2000.

Rancière, Jacques. *El desacuerdo. Política y filosofía*. Nueva Visión, 2010a.

---. *El espectador emancipado*. Zorzal, 2010b.

---. *El malestar en la estética*. Capital Intelectual, 2011.

Robert Moraes, Eliane. *O corpo impossível*. Ed. Iluminuras, 2017.

Rojas Reyes, Carlos. *Estéticas caníbales*. Edición del autor, 2011.

Sarduy, Severo. *Barroco*. Sudamericana, 1974.

Sartre, Jean Paul. *El ser y la nada*. Losada, 1961.

Virilio, Paul. *La máquina de visión*. Cátedra, 1989.

Wajcman, Gérard. *El ojo absoluto*. Manantial, 2011.

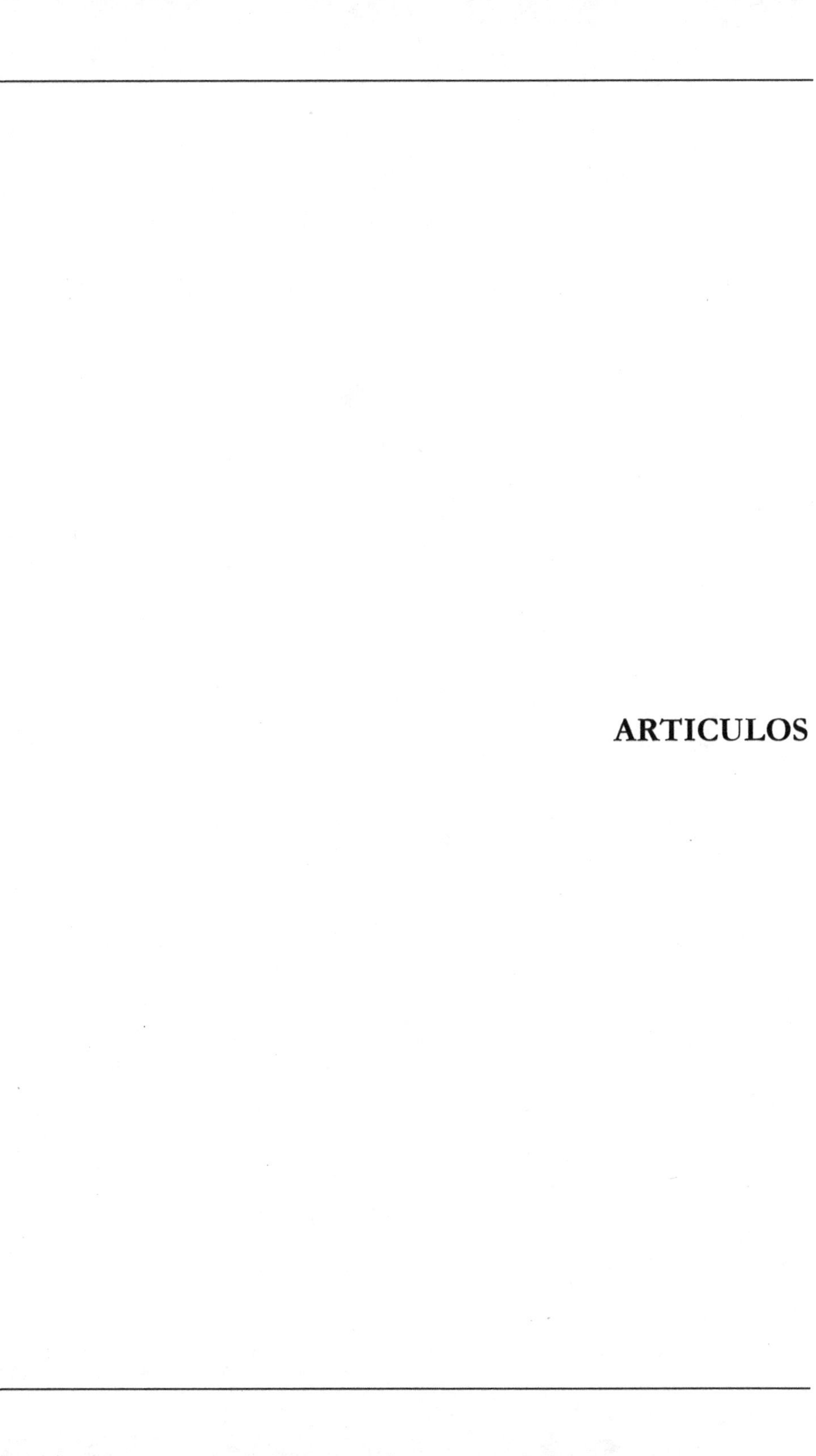

ARTICULOS

Feos los ojos que ven mal. El régimen escópico en tres ficciones: *El nervio óptico* de María Gainza, *El trabajo de los ojos* de Mercedes Halfon y *Sangre en el ojo* de Lina Meruane

María Cristina Ares
Universidad de Buenos Aires

Bellos -*kalós*- son los ojos que ven bien, señala Platón en *Hipias Mayor*, un diálogo socrático de juventud, porque entiende lo bello, no como bonito ni como hermoso, sino como aquello que cumple bien con la función para la cual fue creado. Para captar el sentido de lo bello hay que tener en cuenta el *télos* griego, la meta, el fin, por eso bellas serán también las piernas que corran velozmente y *kalós* será el barco que mejor navegue las aguas. Es que lo bello y lo bueno en el pensamiento antiguo conforman una unidad en el concepto de *kaloskagathós*, en el que lo bello resulta indisoluble de lo bueno, en el que *kalós* es la norma o el ideal a alcanzar. El lugar central de los ojos, como el mejor de los sentidos, como el sentido privilegiado, resulta el origen del ocularcentrismo que caracteriza a toda la historia del pensamiento occidental. La era moderna se distingue por estar dominada por el sentido de la vista y genera distintas subculturas visuales. Pero en el siglo XX, surge una serie de manifestaciones definidas como ocularfóbicas que delinean una era secular y antiocular desde distintos pilares visuales.

Teóricos entre los que se encuentra Gérard Wajcman sostienen que asistimos a un escenario inédito en la historia de la civilización denominado hipermodernidad entendida como "la civilización de la mirada". En este inicio del siglo XXI la mirada del amo ya no se encuentra oculta, sino que está al descubierto: su ojo se encuentra en todas partes y desde todos los ángulos es visible, en las cámaras de vigilancia, en los celulares propios y ajenos, en *scánners* y pantallas de todo tipo pues "hoy los objetos ven" (Wajcman, 19). Si así fuera, no habría ya un reverso de la mirada pues estaríamos siendo vistos sin saber por quién, sin conocer al individuo que nos mira, se trata en todos los casos, no caben dudas, de la mirada del amo. Un amo disperso y diluido en múltiples miradas de las que somos objeto sin tener la posibilidad de verlo, su ojo nos observa y nos acecha, pero no podemos devolverle la mirada. Es la sociedad del espectáculo unida a la sociedad de la vigilancia, una fusión que nos la ofrecen a domicilio y que conformará lo que los teóricos contemporáneos denominarán el mundo encaminado hacia la transparencia. Wajcman caracteriza nuestro actual mundo como un "inmenso campo de miradas" de diversas especies: miradas que miran, miradas que vigilan, las que controlan, las que exploran, las que observan y las que calculan, las que registran el cuerpo y las que lo desnudan o excavan. La mirada caracterizada como nuestro Leviatán por ser un ojo sin párpado que está sobre el mundo y que jamás descansa, es la mirada que trata de "ver todo, siempre y de hacer que todo se vea" (Wajcman, 221). Éste es el ojo universal también denominado el ojo absoluto.

Ya iniciado nuestro siglo, esta tendencia se ha profundizado cada vez más y es desde este contexto teórico que proponemos la lectura de tres ficciones contemporáneas latinoamericanas, una chilena y dos argentinas, en diálogo con la crisis de la primacía del ojo bello, del ojo *kalós*, de aquel ojo que ve bien, se trata de *El nervio óptico* de María Gainza, *El trabajo de los ojos* de Mercedes Halfon y *Sangre en el ojo* de Lina Meruane.

1. Tres ojos feos

Tres ojos feos o al menos no bellos, no *kalós*, dominan las ficciones de las tres narradoras, tres ojos enfermos y defectuosos construyen una mirada anómala e imperfecta. En el caso de María Gainza es un ojo que late, una mioquimia: un temblor involuntario de las fibras musculares; en la ficción de Mercedes Halfon se instala un ojo estrábico al que se lo intenta disciplinar clínicamente para que se enderece; y, en el de Lina Meruane, es un ojo inundado de sangre, un ojo pleno de venas que hacen estallar la retina. Estos ojos feos, no bellos, no se constituyen como datos menores en los relatos, son centrales porque desde esos ojos se elabora una delicada y particular narración muy lejos de omnisciencias y perspectivismos cartesianos.

Las ficciones de Gainza, Halfon y Meruane ponen en crisis al ocularcentrismo, pues la mirada que proponen está desviada, empañada o turbia. Son miradas no bellas que exaltan su fealdad y la posicionan en el lugar de privilegio, no la disimulan ni la ocultan, no se registra ni vergüenza ni pudor en el defecto de esos ojos. Tampoco se oculta la enfermedad de la vista sino que se despliega sin decoro y opera como marca que les da identidad a las protagonistas; la narradora de *El trabajo de los ojos* de Mercedes Halfon señala en la primera página: "Las enfermedades oculares se reproducen. Cuando hay una es probable que la descompensación que genera cause otra" (Halfon, 11). El "ver bien" se presenta así como en un delicado equilibrio, planteado de modo tan frágil que entonces al que padezca de forma congénita alguna enfermedad ocular se le está augurando un oscuro panorama. Las descompensaciones oculares, el estrabismo en este caso, esa desviación del alineamiento de un ojo en relación al otro, es "la que impide fijar la mirada de ambos ojos en el mismo punto del espacio" (Halfon, 13), ese mirar feo, desviado, como distraído, sin embargo, posee un efecto benéfico: quien lo padece logra ver otras cosas, en principio puede contemplarse de cerca a sí misma. *El trabajo de los ojos* es un auto-estudio, una asunción plena de la narradora desde el aspecto más avergonzante y oprobioso de su persona. Esta autoconciencia tiene como punto de partida el rasgo que más sufrimiento le trajo aparejado a la protagonista, el punto de partida es el defecto que más dolor infantil cosechó. Esta tarea de pensarse a sí misma comienza allí donde más duele y para eso tuvo que remover todo su pudor más primario. La labor consiste así en ostentar el defecto, exhibir la falta de virtud, la anomalía y desde allí autodelinearse. Su propuesta es indagar sobre sí misma como trabajo, de allí el título, porque esa tarea se inicia desde el desvío de su ojo que es lo que la hizo diferente y al mismo tiempo es lo que la incorpora en una tradición familiar. Su estrabismo es herencia de su madre, entonces la anomalía ocular indica una pertenencia, es de dónde viene, ese desvío ocular marca el lugar desde donde emerge su pleno yo, es desde ese desvío crepuscular teñido por sombras que se recorta su figura, limpia y nítida pero imperfecta y defectuosa. Dolorosa tarea la de comenzar una indagación desde lo más punzante, pero al tiempo *El trabajo de los ojos* acaba siendo casi un conjuro contra el ojo feo porque hay en la escritura un gesto de valentía carente de reproches y de resentimientos. Su escritura es breve, fragmentada y paradójicamente de una cohesión irreprochable porque las secciones se hilvanan para dar cuenta de un estado de sí, es decir, de un nudo de su persona que le ha sido dado y que la sigue acompañando y la constituye.

En el caso de Lucina, la protagonista del relato de Meruane: *Sangre en el ojo*, se evoca en su nombre a la luz y a la mártir cristiana y patrona de la vista por la cercanía etimológica entre Lucía y el término latino *lux*. Los relatos y leyendas en torno a Santa Lucía se reversionan en el itinerario de la protagonista que en las primeras páginas ya da cuenta de la sangre que se derrama dentro de su ojo, "la sangre más estremecedoramente bella que he visto nunca" declara, "La más inaudita. La más espantosa." (Meruane, 12), un torrente de sangre negra que solo ella puede advertir. Dado el estado delicado de sus retinas, sus venas quebradizas, esa suerte de "enredadera de capilares y conductos" (Meruane, 13) se habrían expandido hasta el estallido. Tal como cuenta la leyenda medieval, estando en el tribunal la Santa Lucía aún sin ojos seguía viendo. Así, la Lucina de Meruane perdiendo su vista en la primera página del relato, ve hasta la última página. Pero, ¿cómo ve?, ¿cuál es su forma de ver no viendo? Los ojos de Lucina ven con sus "ojos enfermos infinitos recuerdos atesorados" pero que poco a poco se van vaciando de todas las cosas vistas (Meruane, 101), sus ojos ven lo que alguna vez han visto pero el relato de Meruane acompaña la declinación de lo alguna vez contemplado. El ojo así presentado es el lugar de la memoria, pero en el transcurrir del derramamiento de sangre se va diluyendo lo visto y en paralelo el olvido avanza implacable. El médico le anuncia "vas a estar ciega dentro de nada" (Meruane, 170) un diagnóstico definitivo en el final de la novela que anuncia el desesperado cierre del relato con la promesa "iluminada, alucinada" de que Lucina va a conseguir "un ojo fresco" para un imposible trasplante. Ese ojo fresco que pretende arrancarle a su novio. Un final que evoca una vez más a Santa Lucía de la que se decía que la belleza de sus ojos era tal que no permitía descansar a uno de sus pretendientes, por lo que ella se los arrancó y se los envió a su enamorado. El amante lleno de remordimiento y admirado por el valor de Lucía se convirtió al cristianismo; otras versiones aseguran que el procónsul Pascasio ordenó a sus soldados que le arrancaran los ojos a la santa, pero que, una vez cumplido el encargo, Dios le concedió unos nuevos ojos aún más hermosos que los que tenía antes. Lucía, la Santa, y la Lucina de Meruane, ambas son capaces de arrancar ojos y de padecer cegueras violentas, visiones alucinadas, memorias desmembradas y amores incondicionales que se trenzan y se anudan entre ellas.

Si en la novela de Halfon predomina el vistazo desviado por la fragmentariedad de su estructura en un relato armado de a retazos y el de Meruane despliega una historia desde la amenazante ceguera; la novela de María Gainza lo construye desde una mirada que palpita y un párpado a punto de explotar. El ojo que late se encuentra con un cuadro del pintor expresionista abstracto Mark Rothko: "Rojo claro sobre rojo oscuro". *El nervio óptico* de María Gainza teje su historia con obras del arte visual, su ojo palpitante no puede detenerse demasiado en la contemplación de la obra de Rothko porque los latidos de su párpado se le aceleran dramáticamente. El temor del pintor ruso era que, según sus dichos: "un día el negro se trague al rojo" (Gainza, 93) y declara que de eso debe cuidarse; tal precaución se presenta en paralelo a la de la protagonista que siente que sus pupilas se expanden cuando mira el famoso cuadro, el que el Museo Nacional de Bellas Artes de Buenos Aires expone en su colección permanente, su temor es que el rojo "la chupe" (Gainza, 93). El arte visual se enlaza con la enfermedad en dos planos, porque el Rothko adorna una de las paredes de la sala de espera del oftalmólogo y evoca el período de derrumbe emocional del pintor con la paradójica euforia de su roja abstracción. Con el ojo parpadeante y a la espera de la llamada del médico la protagonista recuerda los profundos cortes con navaja que Rothko se autoprovocó en sus antebrazos. El temblor involuntario de su párpado contrasta con la insistencia en mirar fijamente la pintura para que el endiablado rojo penetre su retina. La enfermedad y el arte no se recortan solo en este escenario médico, sino que también se proyectan a la sala de internación donde su marido se recupera de un padecimiento oncológico. Rothko ahora transformado en estampita en el cuarto de internación, cuelga pegado en la pared a un costado del tubo de oxígeno, su marido le confiesa: "A veces me tomo la morfina y con la linterna lo ilumino. Un poco ayuda" (Gainza, 96).

Los tres ojos, los de Gainza, Halfon y Meruane, son feos, no se trata de que sean bonitos o no, se trata de que no cumplen bien con la función para la cual fueron creados, son no bellos, no *kalós* y sin embargo, se despliegan en miradas obstinadas que emergen desde un fondo oscuro y sombrío. No se manifiestan desde un centro claro, nítidamente configurado y luminoso, sino que los tres se insinúan, son ojos plegados en micropercepciones que no admiten la pérdida definitiva, que insisten en seguir viendo, a su manera: imperfecta y anómala. Son miradas paradójicas porque ven lo que no pueden ver, y crepusculares porque las conforma la espesura de lo plegado, pero en definitiva estamos ante un nuevo modo de ver: una visión plegada por el desvío, el derrame o los latidos pero que de ninguna manera se resigna a la clausura.

2. *La mirada museal:* El nervio óptico *de María Gainza*

El nervio óptico encarna una particular mirada museal. Ligada a la mirada contemplativa, la mirada museal se puede detener frente a cada obra, nada la apura, sin urgencias ni distracciones puede enfocarse en distintos aspectos o detalles de lo expuesto y ensayar alguna lectura o desciframiento. Desde la tradición platónica, la contemplación se distingue de la visión pues se ve con los ojos, pero se contempla con la inteligencia. El mundo de las Ideas Inteligibles de Platón, ese *Topós uranós* (*Τόπος ουρανός*) al que el alma puede acceder si sabe manejar el carro alado y dominar a la pareja de caballos que tiran de él y en especial al caballo ciego, exige el grado más alto de conocimiento: la inteligencia. La inteligencia (nous - νοῦς) es la parte más elevada del alma, aquella que en el relato mítico de *Fedro* de Platón es el auriga del carro alado, el que sabe cómo conducir a sus caballos para elevarse al mundo de las esencias y sostenerse en las alturas contemplándolas.

Junto con *Museo negro* de María Negroni y *Bellas artes* de Luis Sagasti, *El nervio óptico* puede integrarse a la serie de novelas museales[3]. El museo devenido libro ofrece un escape a la legitimidad consensuada, el autor transformado en coleccionista puede con mayor libertad proponer una pieza extraña, diferente, apócrifa, despreciable o insignificante pues él mismo será su propio curador. Los museo-libros son ocularfóbicos, se trata de museos para leer que proponen una nueva experiencia museal: la de presentar colecciones, constelaciones y piezas que se resisten a la contemplación visual y apelan a la musealización de figuras literarias montadas sobre obras visuales ahora exploradas desde la écfrasis. Estas páginas transformadas en galerías exigen un nuevo tipo de visitante, inauguran una nueva recepción artística: la del lector-museal con su correspondiente mirada, la museal.

El nervio óptico es un nervio sensorial encargado de transmitir la información visual desde la retina hasta el cerebro, por tanto la experiencia visual comienza en el ojo pero termina en la posibilidad de comprender y de analizar críticamente aquello que se percibió. El relato de María Gainza es un recorrido crítico por varios museos, con cierto privilegio por el Museo Nacional de Bellas Artes de Buenos Aires, pero siempre en diálogo con obras de otros museos del mundo. Al modo de André Malraux en *El museo imaginario* (1947), Gainza construye el museo personal de su protagonista; la propuesta de Malraux es que cada uno puede construir su propio museo portátil, puede uno trasladarse con él o bien ordenarlo en un álbum propio. Es un museo subjetivo en el que cada creador puede mezclar las estéticas, las escuelas, las técnicas y las épocas, es una colección hecha a medida de cada uno, en la que el enlace entre una obra y otra es el propio gusto o interés. Esto permite recuperar obras olvidadas, poco reconocidas o totalmente novedosas y desconocidas, pero también admite

[3] La denominación de "novelas museales" es mía, se puede consultar para más detalles: "El arte visual en la literatura: *Bellas Artes* y *Maelstrom* de Luis Sagasti". *Acta Philologica.* Universidad de Varsovia, Facultad de Lenguas Modernas, Polonia, N° 56. En: http://acta.wn.uw.edu.pl/resources/html/article/details?id=222315

el recorte, recuperar el detalle y no la obra total, ese aspecto de la obra que cada cual considera que es digno de conservar en su relato, en su memoria o en una serie material. Esta suerte de museo subjetivo tiene la particularidad de ser portátil pues no depende de una estructura edilicia, acepta el formato de álbum, de libro, de panel(es) e incluso puede conservarse de manera digital. Por esta misma razón, no tiene límites porque no hay paredes que confinen las elecciones, no tiene necesidad de cerrarse la serie bien puede quedar abierta de modo perpetuo si así lo desea su curador o propietario/a y no cerrarse nunca ampliándola de modo permanente. Una cuestión clave es que no son museos que puedan conservar originales, salvo que se trate de obras accesibles, los museos imaginarios se conforman con reproducciones, a su favor cabe señalar que son grandes difusores del arte y en algún punto incluso podría afirmarse que son democratizadores del arte. Sin embargo, no todos los museos imaginarios son libros-museo o novelas-museo, la literatura puede prescindir de las reproducciones y allí reside su particularidad: recurre a la écfrasis.

El nervio óptico presenta un entramado de relato y colección de arte, las obras elegidas o los detalles de las obras de arte, entendiendo el detalle como un recorte de algún pormenor que se tiene la intención de destacar, resultan fundamentales a la trama, son motivo del relato en muchos casos. En varias ocasiones la protagonista visita museos de Buenos Aires, de Nueva York o de San Francisco, el eje visual resulta el centro del relato con la interesante paradoja de que no hay nada para ver. Frente a *En observación* de Henri de Toulouse-Lautrec la protagonista reflexiona:

> ¿Qué tenía de especial ese cuadro? Tenía caballos. Aun hoy, el tema es lo primero que veo y lo primero que dejo de ver. (Gainza, 81)

Si el tema es lo que se deja de ver, entendiendo el "ver" en esta acepción como "entender o comprender" es porque la atención o el interés no estará puesto en el aspecto conceptual de la obra. Su atención visual deja de ser el tema ecuestre del cuadro para pasar a "ver" el verde que utiliza el pintor francés: el "verde Lautrec". Esta novela-museo insiste en varios tramos que la pintura no es solo lo visual, justamente este aspecto es el que consolida que se proyecte una literatura museal, en la que no hay nada para ver:

> Creo que el arte que depende demasiado del subidón de un descubrimiento inexorablemente declina cuando se lo logra dominar por completo. Al confinar la pintura a una sensación visual, Monet tocaba solo la epidermis de las cosas. (Gainza, 80)

El arte visual, a lo largo del relato, no está presentado como una cuestión eminentemente visual sino por el contrario, apela a aquello que excede toda posible explicación, recurre a los variados sentimientos y sensaciones afectivas frente a la obra: estremecimientos, escalofríos y flechazos:

> El primer gran flechazo ocurrió en la adolescencia: me enamoré de una marina de Courbet (...) Cada vez que miro *Mar borrascoso* algo se comprime dentro de mí, es una sensación entre el pecho y la tráquea, como una ligera mordedura. He llegado a respetar esa puntada, a prestarle atención, porque mi cuerpo alcanza conclusiones antes que mi mente. Más tarde, rezagado, llega a la escena mi intelecto con su incompleto kit de herramientas. (Gainza, 66)

La vista de la obra es la condición que hace posible que afloren los sentimientos y se disparen las conexiones y asociaciones más variadas pero el privilegio está puesto en la "puntada" inicial, en la respuesta del cuerpo frente a la obra y no en el pensamiento que la imagen suscita. Esta posición de resonancias kantianas está en línea con la mirada denominada contemplativa; para Kant, el juicio de belleza (de gusto) es contemplativo en tanto no está "dirigido a" ni "mediado por", conceptos. Al juicio de gusto kantiano no le interesa qué significa la belleza de una cosa, solo se atiene a la pura y simple contemplación y al sentimiento de placer que experimenta el que contempla, si así no lo hiciera desaparecería el efecto estético puro. Esta es la razón por la cual al filósofo le interesa especialmente la belleza formal porque es la que carece de conceptos; en el relato de Gainza, la protagonista rechaza las explicaciones teóricas de las obras en el primer contacto en favor del privilegio que le otorga a la seducción inmediata que ejercen sobre ella. Suele referirse a esa experiencia como "cimbronazo" (Gainza, 123), "abducción" o "seducción" (Gainza, 124), se trata de una atracción inmediata y no reflexiva:

> además, a esta altura, ya había quedado abducida por el cuadro, completamente aislada del mundo, como si alguien hubiera tapado con brochazos de pintura negra todas las figuras de alrededor. (Gainza, 124)

La reflexión ocurre pasado el "cimbronazo", la novela misma está construida de ese modo porque va enlazando las experiencias estéticas personales de la protagonista a eventos biográficos de los pintores, a otras épocas y a otros espacios en un tejido del todo pertinente y enriquecedor de la emoción personal en el contacto con la obra.

El latido del ojo derecho de la protagonista: "Me palpita de una forma ridícula, intensa (...) a veces creo que va a explotar" (Gainza, 89), esta afección ocular diagnosticada como "mioquimia" condensa la experiencia estética de la protagonista. El ojo "palpita", sufre "espasmos" y "temblores" con la frecuencia de un ritmo cardíaco acelerado, como si en lugar de que se acelerara el corazón frente a la obra de arte, se activara el ojo al que se alude como la sede de la emoción. La vista inquieta remite de forma directa a la emoción despabilada frente a la pintura:

> El ojo me empieza a latir por enésima vez en el día. Entonces veo el Rothko. Es un póster sobre la pared. Lo miro rápido porque si me detengo mucho el latido se convierte en el galope de un caballo. (Gainza, 90)

El espasmo ocular se presenta directamente emparentado con la emoción frente a la obra de este expresionista abstracto: *Rojo claro sobre rojo oscuro* (1955-1957) de Mark Rothko, pero no se trata de la obra auténtica, es una reproducción, un póster en la sala de espera de su oftalmólogo. La emoción que experimenta frente a la obra y con su ojo espasmódico es corporal y emocional, en absoluto intelectual:

> Incluso ahí Rothko no te entra por los ojos sino como un fuego a la altura del estómago. (Gainza, 90)

El nervio óptico es una teoría del arte al tiempo que una pieza literaria, en la base de su posición estética se encuentra el espectador con su experiencia estética subjetiva en la que el ojo, la vista, la mirada es desbordada por la obra y afecta al cuerpo, lo estremece. El ojo de la protagonista que late es efecto del desborde que provoca la obra de arte en el espectador. El globo ocular ya no es útil, ya no sirve para ver, para Platón sería un ojo feo, porque lo que allí está sucediendo es otro tipo de acontecimiento en el que el órgano de la vista ya no ve, en cambio, lo que se da es la contemplación. La contemplación que puede pensarse desde dos perspectivas distintas, aunque convergentes: una, la que se lee en *Fedro*, que corresponde a la actividad que ejecuta el alma (no la vista); la otra, desde una concepción kantiana, es la contemplación que prescinde del objeto y su existencia y se asocia al sentimiento de placer que se experimenta frente a lo bello. En todos los casos, el ojo y la vista resultan prescindentes y deficientes aún más, acaban desbordados por una experiencia que los supera: la estética.

3. La mirada en escorzo: El trabajo de los ojos *de Mercedes Halfon*

La protagonista de *El trabajo de los ojos*, al igual que la de *El nervio óptico* también se encuentra en una sala de espera oftalmológica, y también allí hay láminas con reproducciones de obras de arte, en la anterior, de expresionismo abstracto norteamericano; en ésta, de impresionismo. Incluso la revista virtual *Oftalmológica* en sus portadas exhibe obras de arte cubistas, *Op art* (qué ironía), collage y cuadros de Xul Solar (Halfon, 73). El arte se ofrece en espera de la salud de los ojos, un arte visual que estimula o que refleja y contrasta con la dificultad de ver bien (¿ver bien también es comprender?) ¿o quizá la propuesta es que el mejor modo de mirar el arte es desviándose de la norma?

La historia de esta joven mujer gira en torno al padecimiento de un estrabismo convergente en la infancia ("Yo era una nena bizca de tres años...") que más tarde, en la adolescencia, se tornó divergente (Halfon, 12). Este breve relato está construido en escorzos, en total son cuarenta y siete (titulados en numeración romana XLVII) se trata de acotados fragmentos numerados que componen una mirada más cercana a un recorte que a un panorama. El escorzo, para la fenomenología husserliana, es el modo de percibir siempre desde una perspectiva y nunca en su totalidad; lo escorzado es el aspecto de un objeto que aparece, es el modo en el que una cosa se nos manifiesta pues nunca se da de forma absoluta sino siempre matizada, de allí el sentido de "sombreado" o "sombreamiento" que *abschattung* (escorzo) posee en alemán. El ojo estrábico condensa en su figuración la percepción en escorzo, es el ojo que mira hacia otro lado y en esa divergencia construye un recorte que el otro ojo desconoce. Nunca es una mirada totalizante porque no incorpora lo que el otro ojo percibe porque siempre hay un ojo que ve algo que el otro no ve, aclara la protagonista: "nunca se ponen de acuerdo en lo que ven" (Halfon, 13). Esa desviación del alineamiento de un ojo que es el estrabismo es la cifra que arma el relato, no porque haya dispersión en el tema que trata sino porque centrándose en un mismo motivo aporta distintas claves, por momentos las intervenciones son algo eruditas, otras poéticas, en otras páginas prevalece el tono íntimo y familiar y en otras aporta información de una experta en óptica, pero siempre el centro de la historia es el ojo distraído.

La valentía de la protagonista reside en ubicar en el eje del relato aquello que ha experimentado como una debilidad. Tal gesto, confiesa, paradójicamente, devino en una máxima que ha guiado su vida:

> siempre fuerzo el ojo más débil, en mi caso el izquierdo, para ver las cosas que están lejos. Es una máxima que

> puedo aplicar a otros aspectos de mi vida. En vez de apoyarme en lo que funciona bien, pongo sistemáticamente la energía sobre lo que falla. Es un mecanismo de la crítica. (Halfon, 13)

Su escrito justamente se apoya en el ojo desviado y desde allí construye el relato por tanto se podría distinguir entre un ojo alineado y fijo y otro que no acepta ser dominado por el monopolio de una sola perspectiva. El interés del relato se ancla en el ojo desobediente, el que no se somete ni se subordina a aquello que se espera de él, ciertamente puede pensarse como débil al tiempo que acepta ser considerado el más poderoso por ser un ojo rebelde a la norma impuesta por el ojo alineado. Ese ojo estrábico encarna lo que para Martin Jay es la pluralidad de regímenes escópicos contemporáneos (Jay, 2003, 239), no responde al régimen del perspectivismo cartesiano de la tradición científica occidental y la consecuente racionalización de la mirada; tampoco es fiel al régimen barroco amante de las sombras y de la locura de la mirada, caracterizado por la confusión, los excesos y la desorientación. Si la propuesta de Halfon se acerca a alguno de los regímenes escópicos reconocidos es al denominado "arte de describir" (Jay, 2003, 233) que es el que anticipa la experiencia visual de la fotografía y que responde al arte holandés del siglo XVII, este modelo se opone al denominado "perspectivismo cartesiano" interesado en la proporción y en la semejanza analógica. La propuesta de Halfon se ubica en las antípodas de este régimen considerado el modelo hegemónico y dominante de la era moderna que se caracteriza por encarnar un ojo fijo, que no parpadea, una mirada imparcial con un único punto de vista. Consagrado como la percepción fundadora de tradición cartesiana y renacentista, este ojo absoluto es un ojo racional, lógico y es heredero de la fascinación medieval por la luz con todas las implicancias metafísicas que la claridad y el brillo conllevan (Jay, 2013, 226).

"El arte de describir" anticipó dos modelos escópicos: por un lado, el de las cuadrículas cartográficas de Ptolomeo y Mercator en la que se transfiguró una realidad ordenada según una convención y por otro lado, el modelo de la experiencia visual que provoca la fotografía. Tanto el "arte de describir" como la fotografía comparten los rasgos de la fragmentariedad, el enmarcado arbitrario o directamente falto de enmarque, pone atención en la luz que se refleja en los objetos y principalmente se interesa por las cosas pequeñas y por la inmediatez. La mirada en Halfon que hemos denominado en escorzo sigue esta línea por lo parcelado de la percepción del ojo desalineado plasmado en una escritura seccionada y en sus recurrentes alusiones a la fotografía:

> Tenía en mis manos una cámara manual Voigtländer que había sido de mi padre y que cuando la heredé tendría alrededor de sesenta años de uso (...) Un modelo tan rudimentario que no era réflex, es decir que lo que se veía por el visor no era exactamente lo mismo que capturaba su lente. Siempre una pequeña diferencia, un desfasaje entre lo que se creía ver y lo que la cámara tomaba. Esa imperfección era lo que más me gustaba. (Halfon, 19-20)

La referencia a la falta de ajuste, a lo inadecuado de la captura de su "primitiva pero infalible" cámara alemana dialoga con el desajuste de su mirada que ha sido el tema central elegido para el relato. No estamos frente a un relato con una cosmovisión descorporizada, esta es una mirada en un cuerpo y el ojo con el que narra no es un ojo monocular de ambición universalista, todo esto sería propio del régimen perspectivista y cartesiano, todo lo contrario, en su relato resaltan las luces y las sombras, los reflejos y los interiores:

> Ver es la transformación en etapas sucesivas de una información que llega por medio de la luz a nuestros ojos. Todo lo que vemos es luz y la visión es nuestra forma de asimilarla (...) Humo, una manzana podrida, pedazos de juguetes sucios que la perra robaba y escondía en el fondo de la casa. No tengo ni una imagen de una montaña, de ese verano. (Halfon, 19-20)

El trabajo de los ojos alude a la esmerada labor que el ojo alineado tiende a realizar para compensar la pérdida de visión del ojo desalineado. El "ojo perezoso" debe ser obligado a trabajar, a ejercitarse de modo que no se acomode plácidamente en una haraganería que lo deje en los umbrales de la ceguera. Se despliega un ojo haragán plasmado en un relato breve, compuesto por una sucesión de instantáneas en las que prevalecen los ambientes interiores, consultorios, departamentos, fotos, tramas de libros, referencias históricas pero todas parceladas y recortadas, en escorzos. Esas apariciones reunidas parecen conformar la imagen y el relato de aquello que busca el ojo extraviado, aquel lugar hacia el que mira, hacia afuera quizá harto de tanto interior.

4. La mirada voraz: Sangre en el ojo *de Lina Meruane*

Un ojo voraz encarna una mirada caracterizada por el ansia y la capacidad para destruir y apropiarse de los restos o despojos de la víctima elegida. Es una mirada insaciable, deseante, que todo le apetece, todo lo codicia y ya se sabe que quien todo lo anhela esconde una insuficiencia. Nadie puede desear lo que ya posee, enseña Platón al caracterizar a Eros en *Banquete*, se anhela lo que no se tiene. Una mirada voraz, por tanto, la encarna un ojo insuficiente, en el caso de *Sangre en el ojo*, un ojo que no puede ver por el baño de sangre que lo inunda. Lucina, la protagonista, había sido advertida sobre lo quebradizas que eran las venas que podrían brotar de la retina, pero no alcanzó a inyectarse a tiempo. Este relato en primera persona se teje entre el odio, el rencor y la ceguera:

> Verá usted, respondí refugiada en mi odio, sin articular ni una letra: espero que vislumbre algo cuando yo ya no. Y había llegado a suceder. Yo ya no estaba viendo más que sangre por un ojo. (...) Y de todos modos qué podría decir él que yo no supiera ya, ¿que tenía litros de rencor dentro del ojo? (Meruane, 14-15)

La novela evoca un entramado de supersticiones en torno a los ciegos y los poderes del ojo muy lejos de la figura de una indefensa e inerme no vidente; por el contrario, imposible no recordar el "Informe sobre ciegos" en *Sobre héroes y tumbas* (1961) de Ernesto Sábato dado el crecimiento desde el sufrimiento y el temor de Lucina por su padecimiento hacia la posterior violencia agazapada que se lee en sus confesiones y que evocan a la inquietante Secta Sagrada de los Ciegos y su anhelo de poder desde las sombras. Como si se tratara de una metamorfosis iniciada en las primeras páginas del libro, un personaje doliente y sufrido, amenazada por una dolencia que hace años la afecta se encuentra en las primeras líneas en su punto de inflexión: ha ocurrido finalmente lo que tanto temía, ha comenzado a perder la vista y ve su sangre derramándose dentro de su ojo. A partir de ese acontecimiento, su personalidad sufre una lenta transformación, esto relata *Sangre en el ojo*, el viraje de una paciente de riesgo, cuidadosa y prevenida hacia una mujer no vidente peligrosa y amenazante y el acertado uso de la primera persona constituye la celebración de la intimidad de esa metamorfosis.

El ojo se ha asociado a ciertos poderes maliciosos tales como el "mal de ojo", una creencia popular y supersticiosa que supone que un cierto tipo de mirada posee la capacidad de producir daño; la víctima de tal mirada, "la ojeada", es la que padece el "mal de ojo" y puede curarse siguiendo ciertos procedimientos que varían según las culturas y civilizaciones, en Argentina por ejemplo, Ceferino Namuncurá, un santo popular, es considerado el descubridor del remedio para el "mal de ojo" y quien enseñó los rituales para alcanzar la cura a diversos chamanes de Chimpay, su pueblo natal. La mirada que infunde la inmovilidad de la muerte en la mitología griega es la de la Medusa que convierte en piedra todo cuanto mira. Son numerosos los casos en los que la mirada se asocia a cierto peligro o amenaza, Jay observa que este tipo de creencias tiene sus orígenes en la concepción de un Dios omnisciente: "significa que la vista en realidad puede ser cómplice del poder" (Jay, 2003, 200-201). Ese tipo de mirada omnisciente de carácter incorpóreo, estático y distante se encuentra en las antípodas de la denominada "ojeada fugaz" que es efímera e inquieta pues salta de una imagen a otra de forma continua. La configuración de la mirada en *Sangre en el ojo* dista mucho de la mirada omnisciente o de la inconstante porque la caracteriza una sola perspectiva, la de la protagonista y su marca es la del deseo ocular, y esa permanente insatisfacción lo constituye en un ojo cruel y traidor.

Lucina -"que el santoral registra a la manera de una errata etimológica, como Lucila o Lucita o Lucía o incluso Luz, que se acerca tanto a Luzbel, el lumínico demonio." (Meruane, 55)- no se contenta con su suerte y anhela los ojos de los otros, los de su madre pero especialmente los de Ignacio, su pareja. Sin compasión ni miramientos gradualmente va expresando su voracidad zombificada, una suerte de canibalismo óptico desenfrenado. "(...) hija, si yo pudiera, te daría mis ojos." (Meruane, 142) repite su madre, le asegura que se los sacaría dichosa de donárselos a su hija, una expresión de un deseo maternal nada extraordinario, pero en Lucina provoca una reacción propia de una depredadora:

> Yo estaba plantada sobre el cemento, fija en la idea de mi madre sacándose un ojo con sus largas uñas esmaltadas y luego sacándose el otro (...) le planté a mi madre dos besos, uno en cada párpado, y dejé los labios ahí un momento más largo del apropiado para un beso filial (...) me encontraba pensando, de pronto atribulada, que esos ojos suyos eran demasiado fibrosos. Eran ojos usados (...) (Meruane, 143)

La voracidad por los ojos del otro en la protagonista presenta dos polos, por un lado, la inevitable ceguera propia, la pérdida de la mirada con la consecuente resistencia a conformarse, a aceptar su suerte valorando los otros sentidos; pero en el otro extremo, se manifiesta el anhelo por apropiarse de la mirada del otro, que es la que se posa sobre ella misma, por tanto, lo que se da es el deseo de poseer la mirada que la mira. Si se apropia de la mirada del otro para encarnarla, se anulará la otredad, ya nadie la mirará, pues el otro será ella misma. El odio es constitutivo del deseo, afirma Florencia Abadi, pues el deseo no suele coincidir con el deber: "se desea a pesar de uno mismo" (Abadi, 14). Se lee el deseo irrefrenable del ojo ajeno en Lucina, pero también se aprecia la envidia del ojo que ve bien y es que el deseo y la envidia se presentan enlazados con el odio: "La envidia es el velo que protege el deseo" (Abadi, 16). El velo constituye una idealización que opera construyendo al envidiado en el lugar de la satisfacción perfecta y ese velo está cargado de odio. El ojo ajeno, sea el de su madre o el de su novio, se constituye en la solución para Lucina que es quien quiere robarlos, no le interesa si en el acto provoca dolor a sus seres queridos, por el contrario, el envidioso siente odio y al mismo tiempo un secreto placer. De allí la risita mientras abraza a su madre con la convicción de que esos ojos ya eran demasiado fibrosos:

> Eran ojos usados, gastados y hasta dilapidados por la medicina, ojos demasiado viejos, y empujé a mi madre hacia la puerta del taxi para que terminara de marcharse. Y cuando el auto se alejaba empecé a reírme, a reírme despacito (...), imaginando el susto que me daría mirarme al espejo con esas pupilas seniles. (Meruane, 143)

En Lucina se manifiesta la copertenencia que señala Abadi (18), entre el deseo de poseer y el de destruir pues en la apropiación de las retinas ajenas estaría arruinando la visión del otro. Y de esa dinámica entre posesión y destrucción es que nace su crueldad cuando envidia los ojos, sanos y de jóvenes retinas que Ignacio posee. Lucina, en su voracidad, sin pudor ninguno, se atreve a proyectar frente a su médico un trasplante con "ojos frescos", no cadavéricos. En su deseo desenfrenado de un ojo sano no hay compasión ni ternura, la envidia la consume y la "envidia es la versión romana de Némesis, diosa griega de la venganza" (Abadi, 43), Lucina encarna a ambas, la primera interiorizada y la segunda constituye el plan con el que la novela se cierra. La venganza es la exteriorización de esa envidia que ha ido creciendo a lo largo de las páginas y de la que hemos sido confidentes. El proyecto de apropiarse de ojos sanos, esos que ven bien, es el anhelo de Lucina, y para que ese deseo se cumpla debe destruir la vista de alguien joven y sano -todo hace suponer que Ignacio será su víctima- pero la envidia es insaciable, voraz y despiadada y la venganza, lo sabemos, es el placer de los dioses. Saboreando esa revancha cierra la novela:

> Y en esto pensaba cuando me encontré diciéndole, iluminada, alucinada, tambaleante pero segura de que era eso lo que iba a suceder. No se mueva, doctor, susurré, espéreme aquí, yo le voy a traer un ojo fresco. (Meruane, 171)

"Iluminada, alucinante y tambaleante" se siente Lucina al gozar por anticipado de la revancha, se deleita, porque ya tiene un plan perfecto para exteriorizar su envidia inconfesable, el de destruir sin compasión con la voracidad del codicioso. Plan que tiene su anuncio desde el título mismo del relato pues la expresión "tener la sangre en el ojo" representa las ingratitudes que provienen de quienes se llaman amigos, en este caso refiere a la protagonista. Se trata de un refrán que alude a quien hiere a las personas que le han otorgado confianza, reafirma la confesión despiadada de una narradora que desde la portada ya promete lastimar a sus afectos más cercanos e íntimos.

5. Consideraciones finales: la fealdad del ojo latinoamericano o la belleza de la mirada deficiente y caníbal

La preferencia por el sentido de la vista antes que por los otros sentidos tiene sus orígenes en la Grecia Clásica pues se consideraba que la visión era relacional y continua y que contaba con la capacidad del devenir y de captar una imagen completa en su conjunto (Jay, 2007). La vista es así considerada el sentido de la simultaneidad pues puede examinar un amplio campo visual en un solo momento, sin embargo, esta fe en los ojos es algo contradictoria. Tal como se ha señalado más arriba, el temor a ser visto está presente en la Antigüedad, la época advierte sobre el poder maléfico de la visión, basta con recordar el mito de Narciso, el de Argos o el de Orfeo y Medusa.

El nervio óptico, *El trabajo de los ojos* y *Sangre en el ojo* presentan tres ojos "desprendidos" de las normas y jerarquías de la modernidad europea y occidental. El "des-prendimiento descolonial" es un fenómeno referido por Walter Mignolo para designar "el activo abandono de las formas de conocer que nos sujetan y modelan activamente nuestras subjetividades en las fantasías de las ficciones modernas." (Mignolo, 7). El arte y la literatura latinoamericanas han comenzado a reaccionar frente a ciertas "ficciones naturalizadas por la matriz colonial" que provocaron heridas coloniales, patriarcales y racistas. El denominado "pensar y hacer descolonial" es un llamado al des-prendimiento de todos los imperativos del proyecto eurocentrado entre los cuales se encuentra el régimen escópico del perspectivismo cartesiano.

Se denomina "condición colonial" a la experiencia y las heridas históricas que, durante la Modernidad, han padecido los seres humanos tras ser cosificados y clasificados como no-humanos o como menos que humanos por una cultura que se ha considerado a sí misma superior y que ha encarnado un "proyecto civilizatorio" (Gómez, 2014). El arte y la literatura latinoamericanas buscan desligarse de los paradigmas modernos y coloniales con el objetivo de separarse de esa matriz discursiva. En este contexto se ubican estas tres narrativas que persiguen el proyecto de "desprenderse" del ocularcentrismo moderno y canónico. Aníbal Quijano en 1988, al referirse a un patrón del poder global surgido con el descubrimiento de América y su posterior dominio postuló la "Teoría de la colonialidad del poder". Los ejes centrales que constituyen la colonialidad son la idea de raza como fundamento de todo un sistema de dominación colonial y el capitalismo como estructura de los modos de producción de mercaderías. El fenómeno fundamental de tal patrón del poder colonial es el eurocentramiento cuyo rasgo más sobresaliente es la imposición sobre los dominados que los obliga a verse con los ojos del dominador. En América Latina:

> el debate sobre la modernidad implica volver a mirarse desde una nueva mirada, en cuya perspectiva puedan reconstituirse de otro modo, no colonial, nuestras ambiguas relaciones con nuestra propia historia. Un modo para dejar de ser lo que nunca hemos sido. (Quijano, 1988, 46).

Tal concepto de colonialidad del poder posee una estructura compleja integrada por diversos niveles: control de la naturaleza, del género, de la autoridad, de la economía y también del conocimiento y del sentir o *aísthesis* (del griego *αἴσθησις*: percepción, sensación). Es Walter Mignolo quien sostiene que hay una matriz colonial en el ver y en el sentir que luego derivó en la estética imperial de lo bello y lo sublime (Mignolo, 2010, 12). La colonialidad del poder remite a esta compleja matriz que puede entenderse como "patrón de poder" sustentado en dos pilares: el conocer y el sentir. El conocer incluye la epistemología, pero también al comprender entendido como hermenéutica y, en otro nivel se ubica el sentir en tanto percepción sensorial que contiene el ver y el oír. La crítica a la colonialidad ha posibilitado la visibilización de lo silenciado, lo subalternizado y lo reprimido en función de una idea de totalidad bajo el signo de la Modernidad europea y racionalista. Una totalización de estas características es la que el pensamiento de Aníbal Quijano se propone quebrar con su crítica des-colonial para así liberar los distintos modos de ver, de oír, de sentir y de pensar silenciados. Tal es el sentido del proyecto de desprendimiento epistémico, de esto se trata el vuelco descolonial, de desprenderse de estas vinculaciones de la racionalidad-modernidad con la colonialidad (Mignolo, 2010,16/17).

Es desde este marco teórico que se propone la lectura de las tres miradas alternativas aquí tratadas, son tres ojos que no miran como mira el paradigmático ojo occidental y moderno, sino que han concretado el acto de la *predación*, una economía simbólica propia de las estéticas caníbales (Reyes, 2011). El pensador ecuatoriano Carlos Rojas Reyes aclara que la estética caníbal tiene su origen en la antropofagia cultural de Oswald de Andrade (1928), en el pensamiento de Bolívar Echeverría y fundamentalmente en el concepto de metafísica caníbal del antropólogo brasileño Eduardo Viveiros de Castro. Reyes considera a la estética caníbal un proceso por el cual, dado que el arte occidental es para Latinoamérica un destino ineludible y no una elección, por las relaciones desiguales y por la dominación que sufrimos, solo cabe tomarlo de lleno. Nuestro destino consistirá en apropiarnos plenamente del arte occidental con gesto devorador. Como si se tratara de un enemigo, debemos capturarlo, permitirle que viva entre nosotros, aprender todo lo que podamos de él, y finalmente sacrificarlo al someterlo a nuestro propio régimen predatorio. La predación, el principal componente de una estética caníbal, consiste en devorar otra cultura para incorporarla a la propia. Esta tarea no se hace sin conflicto, no es un acto de recepción pasiva de la cultura del otro, por el contrario, es un "acto de cacería" (Reyes, 98). Íntimamente relacionada con la estética Tsántsica (para el pueblo amazónico de los shuar, *tzantza* significa "cabeza reducida"), la estética caníbal aspira a reducir simbólicamente las cabezas de los intelectuales occidentales -sus teorías y sus producciones artísticas-, momificarlas y conservarlas como talismán y trofeo de caza. Es un modo de volvernos ellos, pero al haberlos convertido en tsantsas, es decir, luego del acto predatorio, habremos podido resignificar sus conceptos logrando nuevos ensamblajes y sentidos.

Frente al ocularcentrismo europeo y occidental, las narrativas de Gainza, Halfon y Meruane, con gesto tsántsico, retoman la importancia del sentido de la vista canónico, pero lo desvían, exhibiendo en el centro del relato ojos que no ven bien, y con ese gesto desafían la noción antigua de belleza. No solo estetizan lo feo canónico, pues el ojo que no ve bien nunca será bello (kalós) dado que no cumple con la función para la cual ha sido creado, sino que resignifican la supremacía de lo visual en la cultura moderna occidental.

Bibliografía

Abadi, Florencia. *El sacrificio de Narciso.* Hecho atómico Ed., 2018.

Gainza, María. *El nervio óptico.* Anagrama, 2017.

Gómez, Pedro Pablo. "Introducción: trayectorias de la opción estética descolonial". *Arte y estética en la encrucijada descolonial II.* Ed. del signo, 2014.

Halfon, Mercedes. *El trabajo de los ojos.* Entropía, 2017.

Jay, Martin. *Ojos abatidos. La denigración de la visión en el pensamiento francés del siglo XX.* Akal, 2007.

---. *Campos de fuerza. Entre la historia intelectual y la crítica cultural.* Paidós, 2003.

Kant, Immanuel. *Crítica de la facultad de juzgar.* Monte Ávila, 1992.

Malraux, André. "El museo imaginario". *Las voces del silencio.* Emecé, 1956.

Meruane, Lina. *Sangre en el ojo.* Eterna Cadencia, 2012.

Mignolo, Walter. "Prefacio". *Arte y estética en la encrucijada descolonial.* Ed. del Signo, 2014.

---. *Desobediencia epistémica: retórica de la modernidad, lógica de la colonialidad y gramática de la descolonialidad.* Ed. del Signo, 2010.

Platón. *Fedro.* Aguilar, 1982.

Quijano, Aníbal. *Modernidad, identidad y utopía en América latina.* Sociedad & política Ed., 1988.

Rojas Reyes, Carlos. *Estéticas caníbales.* Kindle Ed., 2011.

Wajcman, Gérard. *El ojo absoluto.* Manantial, 2011.

La marca del ojo, la paradoja y la literatura. Escritura y lectura como formas de ver y tocar el cuerpo en *La interpretación de un libro* de J.J. Becerra

Alicia Montes
Universidad de Buenos Aires

les paradoxes constitutifs de la fictionnalité soit passent inaperçus, soit s'ils sont particulièrement visibles ou insistants, déclenchent une importante activité interprétative en vue de les résoudre. [...] Ainsi, il y a une sorte de tension entre les paradoxes, facteurs de perturbation ou même de destruction, et la bienveillance herméneutique des lecteurs ou des spectateurs: celle-ci les engage à aménager le monde de fiction, le rendre habitable, en d'autres termes, à rendre possible l'immersion fictionnelle.
Françoise Lavocat[4]

Para eso empezamos. Para terminar.
Juan José Becerra

La literatura como intervalo contradictorio

La sarcástica lucidez de Becerra no defiende nada, no custodia nada. [...] provoca el tropiezo y la caída, provoca el resbalón y dedicarse a contemplar desde el disfrute complacido de la risa a carcajadas.
Martín Kohan

Lo escribible es lo novelesco sin novela...
Roland Barthes

[4] "las paradojas constitutivas de la ficcionalidad sea que hayan pasado inadvertidas, sea particularmente visibles o insistentes, desencadenan una importante actividad interpretativa en vistas a resolverlas. [...] Así, hay una suerte de tensión entre las paradojas, factor de perturbación o aún de destrucción, y la felicidad hermenéutica de los lectores o los espectadores que los compromete a arreglar el mundo ficcional, hacerlo habitable, en otros términos, hacer posible la inmersión ficcional". Françoise Lavocat [la traducción es mía]

Mariano Mastandrea, uno de los personajes centrales de *La interpretación de un libro* (2012) de Juan José Becerra, es autor de una única novela: *Una eternidad.* Este libro no se ha vendido y los ejemplares en oferta se apilan y acumulan polvo, invisibles para los compradores, en las mesas de saldos de las librerías de la avenida Corrientes, en la ciudad de Buenos Aires. Sin nada que escribir, en la medida en que dedica su vida a custodiar la venta y la exhibición de lo ya escrito, mira obsesivamente televisión, en la blancura despojada de su monoambiente, y con gesto metatextual reflexiona sobre las complejas y ambivalentes relaciones entre realidad y ficción:

> El comienzo de *Una eternidad* surge de algo que es un hecho (ocurrió) y de la falsificación de ese hecho (ocurrió en la televisión), por lo que hay que decir que se desprende de imágenes que pertenecen por igual al campo de la ficción y del documental. (2012, 11)

En otros momentos, deambula por la ciudad de Buenos Aires buscando alguien que lea esa primera novela. Es un autor que busca desesperadamente un lector para adquirir consistencia de tal. En este sentido, es el protagonista de un relato que se construye como recorrido obsesivo, búsqueda, encuentro, pérdida y recuperación de su condición de escritor y de la existencia de su escritura a través del hallazgo de una lectora.

Mariano Mastandrea descubre en un vagón del subterráneo de la Línea D a Camila Pereyra, *su* lectora ideal (amorosa, obsesiva, memoriosa), oye tramos de *Una eternidad* interpretados por los tonos de su voz y, una vez vinculado amorosamente a ella, adquiere la certeza de que

> Es, por fin, un escritor leído. Pero además es un escritor leído por una lectora nueva y tal vez única, que lo ama y lo lee en profundidad y que comienza a darle a su obra un sentido y una trascendencia que Mastandrea ignoraba que tuviera". (2012, 61)

Ser "un escritor leído" significa ser reconocido como *autor* de una obra que se compra y consume, porque algo fundante, autobiográfico, especular y mitológico se juega en la relación que une a un autor con el reconocimiento de un libro como de su propiedad por parte del público lector. El libro funge, en este sentido, como fetiche identitario, cultural que asume valor de mercancía en el mercado editorial. Pero, como nada es simple en la paradójica novela de Becerra, en ella se postula y se erosiona, al mismo tiempo, la idea tradicional de que el autor es origen *ex post facto* del texto y por ello su producto (Premat, 2006, 314). La problemática del escritor que quiere ser confirmado como autor, sin embargo, se desplaza en la novela rápidamente a la figura del lector, que se coloca en el centro para cuestionar *quién escribe*, porque es el lector el que finalmente da sentido a la historia y la reconfigura con la marca que su ojo imprime en el texto: "el de la lectura es un poder superior al de la escritura" (Becerra, 2012, 100). La ficción se burla de la condición central de su productor y anuncia el reino de la lectura.

La puesta en texto del sesgo narcisista de contemplarse en el espejo de la propia obra parece materializarse, en el caso del escritor Mariano Mastandrea, con la intromisión de su figura no fantasmal sino empírica[5] en la escena solitaria de lectura que lleva a cabo Camila en uno de los bancos del Jardín Botánico, cuando el autor con su presencia interrumpe fugazmente el proceso de significación, ocupando en la lectura de Camila el ilusorio lugar de *auctoritas* del sentido. A partir del presupuesto de que el escritor puede determinar los significados de la escritura, Camila Pereyra espera de él que le explique qué quiere decir una frase hermética de su novela. Sin embargo, subrayando el gesto ambiguo que organiza la trama narrativa en *La interpretación de un libro*, Mastandrea se someterá desde el vamos a los sentidos que produce su lectora, despojándose de

[5] La metáfora de esta intromisión se produce cuando la lectora no lo reconoce como autor de Una eternidad pues la fotografía que hay en la solapa y su presencia real no se parecen, con lo cual el texto mismo confirma el carácter fantasmático de la figura del autor: "no reconoce en el Mastandrea perseguidor al Mastandrea que sonríe, para una posteridad que todavía no ha llegado, y tal vez no llegue nunca, en la solapa del libro" (2012, 26).

todo saber e intencionalidad sobre el texto y negando metafóricamente su condición de *origen*: "'el que escribe no sabe lo que hace'" (2012, 29). La escritura asume la forma de un espacio de significación incompleto y plural que necesita de la interpretación como el símbolo: es una obra en construcción y como tal el lector es quien la completa. De esta manera, la novela desmiente la condición de dueño de su sentido del escritor-propietario porque este se configura como un espacio de enunciación hablado por un lenguaje que no le pertenece, cuyo significado no puede dominar y que se complace en la cita de otras escrituras: quien escribe es un operador de intertextualidad que recicla, transforma y fragmenta lo que ya está escrito y leído.

Hacia el final del relato, cuando Camila, "la loca de los libros", invisibiliza la presencia de los ejemplares de *Una eternidad* que el escritor había dispersado en el piso de su monoambiente para retomar la conexión textual que los unía, la negación de la existencia de esos libros consolida la certeza de que sin lector no hay obra ni escritor, reconocido como tal. La lectura certifica la existencia material del libro. Lo configura como *obra* en un sistema en el que mercado y literatura están intrínsecamente unidos: "Mastandrea deja de sentirse un escritor de libros en oferta para sentirse todavía un poco más desgraciado: un novelista inédito" (101).

La novela retoma paródicamente una de las formas en que se es reconocido como autor: el dictamen del mercado y la venta de libros como parte sustancial de la institución literaria contemporánea. Un libro que no se vende, nadie mira ni lee es un libro inexistente, un punto ciego en el campo cultural. Este hecho impide, además, la constitución de una mitología autoral: ¿a quién le interesa un autor cuya obra no existe? La visibilidad de un texto, su circulación y consumo en la institución literaria es la que crea el imaginario social del autor (Premat, 315). La novela se pregunta, entonces: ¿se puede ser escritor sin libro y novelista sin novela? Con este interrogante se abre una historia en la que escritura y lectura se enfrentan, pero también se homologan al establecerse una política de la literatura en la que desparecen la jerarquía o diferencia entre quien escribe y quien lee.

La tradición crítica moderna de la figura del autor señalaba que existe un vínculo especular y tautológico entre el autor y lo que éste ha producido, su obra. Es autor quien tiene una obra y la obra no es otra cosa que aquello producido por su autor (Brunn, 12). Sin embargo, la novela haciéndose eco de los discursos postestructuralistas, y asumiendo sus consecuencias de manera extrema, deconstruye esta idea al afirmar que el acto de escribir es una práctica de des-apropiación. El escritor no es el dueño de su patrimonio, de su presunta propiedad y, por tanto, no tiene autoridad respecto del texto ni durante ni después de la escritura. Escribir es una operación, anterior a él y nunca original, que consiste en la mezcla de lenguajes[6], en el "plagio"[7], el diálogo o la polémica con la serie literaria en la que se inscribe su obra. El texto es un espacio de citaciones múltiples y de escrituras variadas (Barthes 1968), un palimpsesto en el que se superponen operaciones de architextualidad, hipertextualidad, intertextualidad, metatextualidad y paratextualidad (Genette,1982). De hecho, en risueña pirueta autorreferencial y usando la figura encubierta de la metalepsis, la novela que ha escrito Mastandrea, *Una eternidad*, cita una narración anterior de Juan José Becerra, *Miles de años* (2004), cuyo protagonista, como el de la novela de Mastandrea, se llama Castellanos, ama a una mujer que ha perdido, Julia, y quiere inmortalizar ese instante de amor que, como todo lo que sufre los efectos del tiempo, ha desaparecido y es irrecuperable (Becerra, 2012, 16).

En este bies, la novela de amor y la teoría humorística y autoparódica de las relaciones entre escritura y lectura que construye *La interpretación del libro* de J. J. Becerra, toma la forma de un reciclaje fragmentario de *Miles*

[6] : "El comienzo de Una eternidad surge de algo que es un hecho (ocurrió) y de una falsificación de ese hecho (ocurrió en la televisión) por lo que hay que decir que se desprende de imágenes que pertenecen por igual al campo de la ficción y del documental". (2012, 11)

[7] En una secuencia de la novela, Mastandrea para despertar el interés de su lectora, Camila, le comenta que tiene un libro inédito. En esa instancia, Becerra produce uno de los tantos *gags* con el que hace guiños jocosos al campo literario, a la teoría y sus avatares ya que ella le dice que espera que no sea plagio como la novela que acaban de leer, porque el capítulo del concierto en el Sheraton ya lo había hecho José Antonio Molinari en *Responso para un amor inconcluso*.

de años reproduciendo el juego de cajas chinas barroco que utiliza Cervantes en *Don Quijote de la Mancha*. Las referencias a *Una eternidad* operan como un laberinto de espejos que vincula las trayectorias de dos personajes ficcionales ubicados en diferente nivel narrativo, Castellanos y Mastandrea, para multiplicar sus sentidos. Ambos buscan materializar, con un gesto hiperbólico e inútil, la anulación de los efectos del tiempo y la pérdida del objeto deseado (Dalmaroni 2007, 16-21).

La paradójica contundencia de lo efímero se evidencia desde el comienzo en *La interpretación de un libro* con las alusiones a la forma repetitiva y perecedera que tienen las chispas de luz, que irrumpen en la oscuridad del túnel del subterráneo de la Línea D. Estas figuraciones funcionan como un negativo metafórico de la experiencia de lo fugaz y del movimiento recurrente y circular que articula escritura, lectura y vida: "Todo eso forma un mundo diferente, habitado y al mismo tiempo silencioso, que vuelve a vivir cada vez que, en el fondo negro, como un fondo del Universo, se ven saltar las luces blancas que *se pierden apenas se las tiene por presente*" (2014,7) [Subrayo].

Unas páginas más adelante, al hablar de la relación entre lectura y escritura, el texto insiste con esta idea de que todo está sometido al poder destructor de lo que está en perpetuo devenir, pues ni siquiera la materialidad de la escritura, que espacializa el tiempo para fijarlo, puede detener el flujo disgregador que opera en ella la lectura, no solo al poner en marcha un juego significante ilimitado, que difiere el sentido permanentemente, sino también al disolver sus formas gráficas a nivel sintagmático con el modo de percibir sucesivo y fragmentario que tiene el ojo: "antes de ser reducidas por la lectura a una sucesión de letras o palabras como una superficie de líneas o de puntos" (28). La lectura se postula, entonces, como una operación visual de carácter disolvente que impone un recorrido intermitente y temporal a la solidificación gráfica de lo ya escrito: el ojo recorta e ilumina aquello que rápidamente condenará a la oscuridad y a la desaparición en la implacable línea de tiempo que lo guía. La escritura se somete a ese flujo temporalizador de la lectura que, por su parte, inscribe lo que acontece en una fábula inmaterial, furtiva y efímera.

En un segundo plano, la relación entre el ojo y la página leída sugiere un vínculo íntimo entre mirada y cultura. Lo que se lee es lo que se puede leer en un determinado momento y no en otro. Cada nueva lectura, a su manera, modifica y borra la anterior, la desautoriza o la coloca en un lugar marginal, invisible. El carácter permanente de la escritura, de la materialidad de sus signos, no es tal poque se halla sometida a la destrucción como todo lo existente. La pulsión de vida y la pulsión de muerte que prima en la naturaleza afecta también las relaciones entre lectura y escritura cuya relación no puede pensarse sin poner en evidencia su costado siniestro y la idea de acabamiento.

Repitiendo el gesto que subraya el carácter fugaz de toda experiencia y la inutilidad de querer fijarla, el narrador de *La interpretación de un libro* señala, refiriéndose a la novela *Una eternidad* de Mariano Mastandrea:

> Castellanos ha sentido junto a Julia un instante de amor insuperable que, por supuesto, se ha llevado el tiempo. [...En Colonia,] Castellanos le pide a la mujer que cena en la mesa contigua que les saque una foto y la cámara detecta la imagen de un amor que, esa misma noche, en ese mismo instante, se extingue. (16)

La presencia de la idea de lo efímero explica que el texto de Becerra esté compuesto por dos partes, contrariando el esquema canónico tripartito. Esos capítulos son "Comienzo" y "Final". La partición hace perceptible la imposible condición que tiene lo que existe de permanecer. El intervalo, entre uno y otro extremo, que estaría marcando el tiempo de la duración brilla por su ausencia: "un libro [...tiene] el fin de la historia impresa en su interior" (96). De la misma manera, el amor obsesivo y fetichista entre la lectora y el autor, en el que se confunden literatura y vida, termina cuando *acaba* la lectura. El vínculo solo puede permanecer a modo de fallido memorial de lo perdido, como constatación nostálgica de lo que tuvo fin. La escritura, en su mismo cuerpo, lleva impresas las señales de la conexión ineluctable que existe entre el principio y el final de todo: comenzar a escribir un texto es anunciar su finalización ya sea porque se lo termine o porque se lo deje de escribir. Toda lectura, por su parte, concluye tarde o temprano y hace desaparecer los efectos tangibles de la escritura, si ella misma no se vuelve escritura, puesta en texto que, a su vez, encontrará su finalización y un lector que le dé fin. La perfección del círculo articula la relación temporal espiralada que rige los vínculos entre una y otra práctica. Ambas en sus transformaciones e intercambios están sometidas al acontecer imprevisible y fugaz. La ficción de Becerra, con gesto burlesco, erosiona las creencias que identifican la materialidad de la escritura con la permanencia y otorga, más bien, a la lectura la función de dar consistencia a historias que, como las chispas en la oscuridad, brillan solo un momento.

En otro de los trayectos de sentido que abre la novela, el fracaso en la difusión y venta del libro de Mastandrea, que lo lleva a buscar obsesivamente un lector y custodiar las pilas de ejemplares no vendidos-no leídos, hace evidente la perspectiva humorística que se tiene sobre la relación desequilibrada existente, en la literatura argentina contemporánea, entre oferta y demanda, entre autores y lectores, entre productores y consumidores. Se editan miles de libros que no encuentran alguien que los compre y, sobre todo, los lea (Libertella, 2013). Paralelamente, el texto desarrolla un discurso irónico, crítico y desacralizador sobre los mecanismos de consagración de una obra y, en consecuencia, de su autor en un campo que se rige por una lógica económico-artística. No importa la calidad de lo escrito para hacerse visible en el mercado editorial. Por eso, son importantes las conexiones que brindarían a Mastandrea, por ejemplo, los escritores mediocres pero exitosos como Rodríguez Zavaleta. A lo largo de su historia, *La interpretación del libro* se pregunta maliciosamente cuál es la relación entre valor, escritura y éxito editorial, pero sobre todo *qué es ser un artista*. Al respecto, señala Martín Kohan (2021) haciendo referencia a un artículo de Hernán Vanoli:

> hoy se pretende que un escritor funja como publicista de sí mismo [...] se autopromocione, se autodifunda, se autoelogie, se mire y se admire, se embelese consigo

> mismo y lo transmita a los demás [...] pocos se molestan en validar al otro, sino es especulando con obtener una validación recíproca, como intercambio de favores. (192-193).

Una novela posterior de J. J. Becerra, *El artista más grande del mundo* (2017), diagnostica de qué manera se operan en el presente los dispositivos de demolición del valor de la experimentación artística y literaria que caracterizó a las vanguardias, no concebidas como mera novedad del mercado sino como ruptura radical respecto del arte y la tradición. Su personaje central, Krause, ha comprendido de qué manera se puede aprovechar la tendencia mercantilista que hace prevalecer la figura del artista por sobre la de su obra, por ende, sabe que la firma *produce arte* y usa, para hacerse rico, esta certeza que evidencia la lógica económica del mercado artístico (Kohan, 2021, 211). En este caso, la figura sobrevalorada y rutilante del autor es quien construye la importancia de la obra y el lector, en tanto público consumidor, y aún la crítica se someten al carisma de su magnetismo haciendo prevalecer el régimen personalista de la singularidad autoral que reduce el valor de la obra al de la persona, quien adquiere una altura sobredimensionada y mítica gracias a la difusión consagradora que le brindan la academia, los medios y el mercado (Heinich, 2000).

En el caso del personaje de Mariano Mastrandrea, el paródico autor de *Una eternidad*, a la cuestión de la dialéctica autor-mercado-lector se suma el hallazgo de lo que busca todo escritor: alguien que lo lea de manera ideal[8]. En este caso, se trata de una lectora que es capaz de repetir de memoria la novela y resignificar su escritura. Sin embargo, con el tiempo que todo lo erosiona, el escritor descubre el costado oscuro que anida en toda operación de lectura: *la muerte del autor*, del sujeto biográfico que emerge como intencionalidad, origen unívoco y propietario del sentido de la obra

[8] James Joyce buscaba, por ejemplo, un lector insomne que dedicara veintiún años de su vida a leerlo pues ese era el tiempo que el escritor había empleado para escribir *Finnegan's Wake*. Umberto Eco, en *Lector in fabula* (1987) llama *lector modelo* a esa imagen de lector que un autor concibe como ideal interpretativo de su obra.

(Barthes, 1968). Mastandrea verá en la figura de su única lectora la materialización de "un plan de extinción por el cual hace desaparecer novela y novelista para que reine la lectura" (123). En este plan, el autor se reduce a "oyente" extasiado de la interpretación del otro o ejecutante obediente de lo que la voz del lector determina para materializar en la vida lo que la ficción narra y así convertirla en realidad. Fragmentos elegidos por Camila son reescritos *en* y *por* el cuerpo de los amantes, esto es, del escritor y su lectora.

El narrador de la novela de Becerra da testimonio irónico de la apropiación violenta del sentido que se produce por la intervención de la palabra del intérprete que expande la potencialidad significativa de la escritura. Su interpretación se convierte en la elaboración final de una historia, su cierre. Esta idea será reafirmada por Camila Pereyra al analizar un cuadro de Hopper que ella ha llevado al monoambiente del escritor. Una mujer en su mecedora *mira-lee* lo que ocurre en el edificio que tiene enfrente de su ventana y en ese sentido escribe una novela imaginaria operando transformaciones sobre lo *mirado-leído*: "la mujer es la que la escribe, y la escribe mientras la está leyendo. La grandeza de ese cuadro, que por algo es el mejor, consiste en que por primera vez podemos ver *la lectura como escritura*" (58) [subrayo].

La ficción de Becerra introduce una puesta en abismo autorreferencial, a través del deslizamiento de la figura fantasmática del autor a la presencia contundente del lector. Estos juegos son llevados a tal extremo que en una de las fintas de la novela Mastandrea dictamina que "el de la lectura es un poder superior al de la escritura" (100)[9]. De esta manera, *La interpretación de un libro* escenifica con distancia irónica, como si fuera un espectáculo que no se toma demasiado en serio, el juego contradictorio que se abre entre las categorías relacionales "escritura" y "lectura". En un primer

[9] Camila puede citar todo el libro de Mastandrea y en esta operación lo recrea dándole un sentido definitivo: "'Paramedirelcalordecadacuerpo,buscalostermómetrosensuvalijaylosintroduceeneljalposteriordelasmellizas. Soninstrumentoselectrónicosimportadosde Coreacasisiempredemaner-afranca,conunmargendeerrorimperceptible,quedescarganelsonidodesualarmacuandoadviertenquelalíneadelme-curioyanoavanza,ymuestranenunvisordecristallíquidolamarcaregistradaengradosFahrenheit.'" (99).

momento, el vínculo escritura-lectura se presenta como una estrategia "literaria" del escritor con el fin de conseguir lectores para el producto libro, captarlos como consumidores y retenerlo en el acto de leer. Esto es una sutil operación de persuasión mercantilista:

> Piensa que la lectura es una escalada de interés que puede desvanecerse si los cabos de la seducción o la estafa literaria no están bien atados. Ilustración de tapa, título y frase inicial separados del resto del texto son la materia de atracción que gravita sobre los consumidores de libros que matan el tiempo desplazándose, sin comprar nada, en los pasillos de las grandes librerías de novedades, casi las únicas que quedan". (Becerra, 2012, 10)

En una segunda instancia, la narración recoge los ecos del debate teórico entre la crítica tradicional francesa y el posestructuralismo[10] en torno a la función del lector, convertidos por la academia en lugares comunes y clichés. Así, la figura del lector se construye no como la de un consumidor respetuoso de la intención autoral o de su biografía (sus gustos, sus pasiones, su historia) que estarían impresas en el texto, sino como productor, en tanto protagonista de una aventura escrituraria que raya la locura. De manera jocosa y contradictoria, el autor-no-leído que busca un

---

[10] La transformación de ideas que se abren al pensamiento en conceptos cristalizados o fetiches teóricos es señalada por Martín Kohan al referirse a la vulgata que se ha desarrollado en torno a los ensayos de Roland Barthes: "Tampoco Roland Barthes (o ni siquiera Roland Barthes) pudo evitar del todo el verse reducido a fórmula y luego consecuentemente aplicado, sin demasiados miramientos, sin demasiada discriminación, a esto o aquello, acá o allá. De esa caja de herramientas que es o puede ser la teoría, la crítica literaria saca a menudo un mismo martillo para golpearlo todo de una misma manera, y varias de las categorías que Barthes ha propuesto padecieron también ese empleo: grados ceros, efectos de lo real, muertes de autor, textos de placer y textos de goce, cundieron por caso con excesiva facilidad, evidenciando hasta qué punto ninguna categoría, por compleja que sea, queda suficientemente a salvo cuando los textos de teoría son leídos como se leen los manuales o los libros de divulgación" (2003).

lector real, denuncia la consecuencia fatal de la materialización de las teorías que colocan en un lugar central al lector y erosionan la potencia de la figura del autor hasta convertirlo en espectro o disolverlo en la impersonalidad del texto y la escritura.

En *La interpretación de un libro*, la transformación de la lectura en escritura tiene como correlato la parálisis creativa y la anulación como sujeto activo de quien se constituye como autor escribiendo historias. Desde la perspectiva de quien escribe, el lector es un vampiro que se apropia del texto escrito, lo vacía y le imprime sentidos *impropios*. Sin embargo, y al mismo tiempo, su rol es considerado decisivo para la existencia de la novela, porque sin deseo de leer y lectura no hay historia, no hay obra, no hay literatura. Por ello, cuando Camila deja de leer *Una eternidad*, la novela y el amor desaparecen conjuntamente, llegan a su fin.

> El poder de la lectora -el poder de la lectura- lo reduce a la inoperancia. Desde que conoce a Camila Pereyra no ha vuelto a escribir siquiera una página. La lectora lo ha anulado como novelista mientras agotaba el sentido de su obra. y (...) ahora a Camila no le queda nada por leer, tampoco le queda nada por amar". (2012, 110)

La novela de Becerra produce, además, la inversión de los roles tradicionales de modo que finalmente se concluya refiriendo a "la lectora que escribe y del novelista que lee" (121). Esta distribución de funciones sexo genérica no es, sin embargo, excluyente ya que, si bien al principio el escritor es varón y la lectora mujer, finalmente se atribuye el poder de la escritura a quien lee. La mujer desplaza de su lugar al varón y no solo eso, lo convierte en lector de la interpretación que ella hace de "su" novela. El texto desata una crítica burlona sobre los avatares de las teorías que han surgido en el campo literario, evocadas con un movimiento oscilante de construcción y deconstrucción de sentidos. *La interpretación de un libro* desnaturaliza con sorna los efectos de los discursos de la academia sobre las relaciones entre autor y lector, sobre todo los juegos de poder implícitos entre una figura y la otra, que determina el carácter activo o pasivo, más o menos importante de cada una de estas prácticas.

En esta figuración juguetona y paradójica de las contaminaciones y los conflictos entre escritura y lectura, se evidencia elípticamente el miedo que suscita el peligro de la disolución del derecho de propiedad autoral (legal y significante), pero también las simplificaciones que amenazan la apertura y la pluralidad textual, eso que Jaques Rancière (2010) denomina la pensatividad de las imágenes, cuando la lectura cierra los sentidos paradójicos de la escritura con una interpretación que deja sin vida al texto y lo vuelve apenas una presencia fantasmal: "El novelista siente que la lectura que Camila hizo de *Una eternidad* ha sido una sesión prolongada de vampirismo" (110). En este sentido, se explicita la paradoja que articula la relación entre sentido, producción y recepción de un texto, reavivando el debate sobre el carácter abierto de toda obra, aún las más clásicas, el rol de la lectura y los límites que le impone la escritura. La novela se pregunta sobre los efectos y las condiciones de producción y recepción de un texto configurándose como eco irónico del lugar que el posestructuralismo le da al lector y de la pretensión autoral tradicional de ser el dueño de una obra: "¿quién termina las historias?: ¿el lector o el escritor?" (121).

Camila Pereyra, "La loca[11] de los libros" (85), en su creciente actividad interpretativa desplaza del ascético monoambiente de Mastandrea, blanco como una hoja antes de la escritura, "la pobreza digna y resignada del artista" (12), poblando sus paredes con reproducciones de Hopper, compradas en el *Buenos Aires Design* de Recoleta, cuyo tema recurrente es la lectura, más específicamente la figuración de mujeres que leen. Estas señales de ocupación de los espacios en blanco se acentúan con el agregado de fotos de Marilyn Monroe en las que ella lee o finge leer. A las intervenciones sobre las paredes blancas del monoambiente del escritor, que lo convierten en un monumento al lector y un testimonio de la conexión entre mujer y lectura, se suman las correcciones que Camila opera en la

[11] La novela plantea el carácter excéntrico de todo aquello que se conecta con el arte ya que Mastrandrea ve el funcionamiento de la convención, el prejuicio de la sociedad y el qué dirán en la configuración de la locura. Para él, "Arte y locura son conceptos gemelos para cualquier fuerza represiva, policial o religiosa" (85-86).

novela de Mastandrea para cuestionar y reformular el sentido de sus frases:

> por qué 'lo que ha sido antes'? ¿Por qué no 'lo que es'? Es cierto que antes escribís 'se convierte' (...) Pero me parece que la literatura puede permitirse no solo convertir una cosa en otra sino también convertirla directamente en lo que es: 'una película densa y extendida en el círculo de loza: 'lo que ya es'. Lo que verdaderamente es. Porque en realidad eso es la manteca. No sé. Me parece. (2012, 67)

Un personaje de *Respiración artificial* (1992) de Ricardo Piglia, Tardewski, dictamina que *leer es asociar*, esto es abrir una deriva interpretativa. Esta idea de lectura solo tiene en cuenta un aspecto de la práctica, el juego significante, los pactos de lectura y los paseos intertextuales que pone en marcha toda interpretación. Sin embargo, antes de que se inicie la deriva o juntamente con ella hay una operación inseparable de toda lectura que es el recorte, esto es, la selección que el ojo del lector hace con su marca, en un juego donde lo voluntario y lo involuntario, lo social y lo individual, lo imaginario y lo fantasmático, los posible y lo imposible se solapan y determinan aquello del texto que será actualizado, se hará perceptible, y lo que quedará anestesiado o invisibilizado. El ojo de quien lee afecta la escritura para construir en ella un territorio otro y poner en crisis la relación entre dicho y no dicho, legible e ilegible, presente y ausente. Mirar, ver, reconocer, recortar, asociar y atribuir significado no están nunca separados. La mirada locuaz y amorosa de la lectora imprime su marca sobre la superficie deseante del cuerpo textual, que a su vez la desea y apela a su lectura. Esa marca construye una historia no prevista, un itinerario hecho de fragmentos y derivas que desdibujan la figura del autor y los sentidos intencionales de su práctica. Michel de Certeau señala que el lector es un cazador furtivo que construye con su táctica delincuencial un espacio otro en el lugar del texto y se apropia fugazmente del territorio del autor poniendo en cuestión la pasividad de la recepción y violando el derecho de propiedad (1996, 117-187).

El efecto de la lectura de Camila Pereyra no solo borra positivamente la diferencia entre literatura y vida, pues enriquece la experiencia de esta última llevando "la realidad bastante pobre de sus vidas a las riquezas incalculables de la literatura" (83), sino que le otorga a la lectura el estatus de vida, de modo que leer se vuelve la única manera de vivir de verdad (82). Cuando se acaba esta práctica, la existencia del escritor y su identidad como autor se convierten en puro vacío. La vida resulta más pobre que la literatura, es una acumulación de rutinas: viajar en subte, deambular, mirar la televisión, nada tiene valor de acontecimiento.

Así, para poder volver a escribir, a vivir, para comenzar una nueva novela, Mastrandrea debe olvidar, despojar de las marcas de Camila su monoambiente y su escritura: volver al estado virginal de la página en blanco en el que anida la potencialidad de una literatura. El estímulo de la real-ficción de la TV será la materia prima de sus novelas, como lo fue en el caso de *Una eternidad*, de modo que quede claro, a pesar de la ironía, que son los relatos, y no el contacto con el *en sí* de lo real, lo que alimenta la escritura. La experiencia de la historia nos llega siempre textualizada, ya leída. Para que todo recomience y pueda surgir un nuevo libro que busque su lector, Mastandrea debe volver construir un espacio hecho de silencio y sobreentendidos, que expulse a Camila de la literatura, en tanto presencia real que castra su modo de producir y lo sustituye. Dejar que la lectora lo vuelva a seducir y lo someta a su exégesis (hecha de delirio y razón) significa admitir su muerte como escritor y "capitular como artista de la literatura" (123). Una alusión más del texto a lo que ocurre cuando un escritor solo piensa en seducir al público lector y se somete a sus demandas. En una entrevista Juan José Becerra afirmará: "Cuando verdaderamente tuve la pulsión de escribir en serio, sentí que solo se escribe para uno" (Lamberti).

Mastandrea descuelga los cuadros de lectoras de Hopper, los pone boca abajo en un rincón oscuro de su monoambiente y clava en la puerta, a la que le cambió la cerradura, la imagen de la reproducción que ha comprado: *Sol en la habitación vacía.* En esta nueva imagen, con funciones metatextuales, hay sol y hay una habitación, como en las otras reproducciones, pero ya no hay nada ni nadie que ocupen ese espacio: ni libros ni lectora. Comienza un tiempo nuevo, virginal, en el que "es un novelista reprimido que finalmente se ha curado" (117). Mastandrea mira la televisión en trance y vuelve a la concepción baudeleriana del escritor ropavejero que se aprovecha de los desechos de la actualidad en desuso, en este caso televisivos, que él reciclará. Al mismo tiempo, retoma la idea surrealista de la escritura automática e impersonal que surge del inconsciente del artista, "la literatura es una cosa que *sale automáticamente* de los dedos con la forma de interior expulsado" ([Subrayo yo] 122). La escritura entreteje fantasmas individuales e inconscientes y materiales de la cultura de masas provenientes de la realidad-ficción en la que se existe dan materia al escritor.

Con un guiño cómplice que introduce desde el comienzo la paradoja como principio constructivo de su novela, Juan José Becerra se la dedica a Diomedes Cordero, profesor venezolano de la Universidad de Los Andes, lector sutil de cuanto libro se haya publicado. Es la historia de un escritor que reconoce el poder del lector y retrocede cediendo el lugar central de la escritura a quien lee: el texto se asume como el espacio de una desaparición del sujeto unario narcisista por la irrupción de un otro que tiene como misión convertir los jeroglíficos de la escritura en algo vivo. El final de la novela de Becerra toma la forma de una serpiente que se muerde la cola. Los destellos efímeros que producen las chispas en la oscuridad del túnel del subte de la Línea D se vuelven metáfora de la escritura: "Un haiku/Al final del túnel/chispas blancas/sobre fondo negro (8). En el espacio aporético e impersonal de la literatura concebida como texto abierto e infinito, no importa quién gana o quien construye sentido, si el lector o el autor, la escritura o la lectura: "Chispas como las de un choque de espadas. Las espadas de un duelo samurái en el que caballeros antiguos dirimen, en un valle de Kioto, el amor de una muchacha. ¿Quién gana? ¿El que mata o el que muere por amor?" (Becerra, 2012, 8).

La respuesta al simbolismo del duelo samurái excede el campo del sujeto, sus prácticas y sus roles. La literatura es esa forma inmaterial y efímera de vencer al tiempo, la insipidez de la vida y la muerte, como lo atestigua Scherezade. La literatura gana siempre como fuerza impersonal en su entrelazamiento paradójico con la vida, más allá de la lectora y del escritor porque en ella se borran los binarismos. Cada vez que un trazo se inscribe en la hoja en blanco, alguien narra una historia o el libro es actualizado por el ojo de un lector o una lectora, triunfa la literatura. Sin embargo, nunca esta ganancia es definitiva porque el acontecer es imprevisible: "Todo eso forma un mundo diferente, habitado y al mismo tiempo silencioso, que vuelve a vivir cada vez que, en el fondo negro, como un fondo del Universo, se ven saltar las luces blancas que se pierden apenas se las tiene por presente" (Becerra 2012 7). La literatura también es parte del proceso de destrucción, transformación y pérdida que caracteriza la existencia.

Figuraciones imaginarias de la lectura: Hopper, Marilyn Monroe y Joyce.

> en el cuadro *Las meninas* [...] la representación está
> representada en cada uno de sus momentos: pintor, paleta,
> gran superficie oscura de la tela vuelta, cuadros colgados
> en el muro, espectadores que miran y que,
> a su vez, son encuadrados por los que miran...
> *Michel Foucault*

Ya se dijo: Camila interviene artísticamente el espacio en blanco de las paredes del departamento de un ambiente de Mastandrea, con las melancólicas reproducciones de Hopper (el arte) y las fotos de Marilyn Monroe (la industria cultural de Hollywood), para *escribir* una historia cuya protagonista es la lectura. A través del montaje de imágenes pictóricas y fotográficas, la écfrasis de esas representaciones abre la posibilidad de una novela hecha de interpretaciones y sobreinterpretaciones, espacios en blanco y e imágenes que funcionan como formas sensibles aporéticas o campos de fuerzas en tensión. Si bien la protagonista absoluta de esta novela no escrita que anida en las reproducciones de Hopper es la lectura, un lugar tan importante como el de esa práctica lo ocupan las mujeres. Con este colaje de reproducciones pictóricas y fotografías, Camila Pereyra desplaza del campo de lo visible la figura tradicional de quien escribe, Mastandrea, e interrumpe la interpretación de su libro, *Una eternidad,* imponiendo la lectura de otra historia y de otros modos de escribir marcados con el signo de lo femenino. Sustituye, así, el lugar tradicional de la escritura por el de la lectura y establece las condiciones necesarias para que el "autor" se convierta definitivamente en "lector" y desde ese lugar elabore una novela sin libro. En efecto, atrapado en la historia que escribe la lectora, Mastandrea se vuelve intérprete y como tal se sumerge en imágenes pictóricas y fotográficas que "lo impregnan" (53) hasta trasportarlo a través de la mirada a una realidad otra que aparece marcada por los detalles, los espacios en blancos y lo no figurado.

La descripción de las escenas de "lectura" que pinta Hopper y de las diferentes fotos de Marilyn ocupan una parte importante en la novela. A estas écfrasis, se suma la interpretación del sentido de esas figuraciones: la lectura de lo que está presente y sobre todo de aquello que brilla por su ausencia o está no representado en esas imágenes. Las operaciones de escritura y lectura dan lugar a una puesta en abismo de la cuestión estética, teórica y pragmática cuyo tratamiento se anuncia desde el título de la novela. *La interpretación de un libro* desarrolla de manera paradójica y con un relato proliferante que introduce el desvío en la linealidad narrativa, una nueva forma de humor literario (Dalmaroni, 2001) que desnaturaliza la *vulgata* sobre la figura del autor, del lector y de la relación del escritor con su obra, pero también se burla de los avatares (las consagraciones y los fracasos) del mercado editorial. La reflexión sobre las prácticas de leer y escribir, que Becerra desempolva y revitaliza con la ironía de su escritura, se convierten en un acontecimiento narrable y risible, al mismo tiempo.

A través de la descripción de las imágenes pintadas por Hopper, las fotos de Marilyn y los diálogos interpretativos entre Camila y Mastandrea se desarrolla una teoría de la lectura, en consecuencia de la escritura, y de la relación literatura-vida en la que la figura de la mujer ocupa un lugar dominante ya que es quien lee, mira leer, deja de leer, vincula eróticamente y materialmente el cuerpo del escritor y el de la lectora con el cuerpo del libro, pero también se libera de los condicionamientos espacio-temporales, y de los roles que se le imponen, leyendo. El texto convoca, así, la figura de Penélope que teje y desteje su tela no para esperar a Ulises, aprisionada entre la espera y la demanda de sus pretendientes, sino para ganar tiempo para sí (Cavarero, 1995). Lo que subraya la novela de Becerra es que la mujer cuando lee escribe historias: imagina y abre derivas de sentido, tanto de manera paradigmática (trayendo a escena lo no dicho, lo ausente o lo sugerido), como sintagmática (convirtiendo la lectura en una fábula).

El encuentro entre el libro y la lectora se convierten en un pasaje hacia un lugar utópico, un emplazamiento sin espacio real (Foucault, 2010, 68). Al mismo tiempo, el ensimismamiento de quien lee, su identificación con los mundos imaginarios en los que se evade de los condicionamientos espacio-temporales, se produce por la mediación de un elemento material y real, el libro. Este objeto espacial funciona como heterotopía, es decir, como sistema de aislamiento liberador (separa y encierra) y de apertura (es penetrable). Las heterotopías, a pesar de ser espacios reales, tienen una función ilusoria bivalente. Liberan de lo dado, desnaturalizan lo perceptible y hacen visible el carácter irreal y construido del espacio real (Foucault, 2010, 78-79). De esta manera, el libro produce en quien lee un efecto utópico. Así ocurre con la mujer de *Habitación en un hotel* de Hopper quien, interpreta el narrador de la novela de Becerra, huye metafóricamente de ese cuarto impersonal, melancólico, solitario y ajeno, en el que parece encerrada, a través de la lectura.

> [Ella] lee un libro sobre el que gravita la composición, como si toda la realidad de la escena se perdiera por el punto de la página -una letra, a lo sumo una palabra- en el que la mujer del cuadro ha puesto su mirada de lectora (el efecto que produce la imagen es el de una mujer que se escapa a través del libro y que, por lo tanto, ya no está en el hotel). (47)

Por su parte, en las fotografías de Marilyn Monroe el libro que ella sostiene en sus manos propone un juego en el que se resiste y se hace visible la trivialidad narcótica del Hollywood que la actriz simboliza. Las imágenes la muestran leyendo de perfil un libro y en otras con el *Ulises* de Joyce en la mano. La compleja novela del escritor irlandés, en tanto fetiche cultural elitista, que alude al hermetismo y la ilegibilidad de toda obra experimental, subraya los sentidos disonantes que abren la figura de la estrella como lectora. La actriz escenifica diversas escenas de lectura con la obra del escritor irlandés. El narrador cuyo punto de vista hace foco en Mastrandrea convertido en lector señala que Marilyn parece atrapada en la misma página de *Ulises* como si, contradictoriamente, no pudiera avanzar en su lectura o no pudiera salir de ella. El oxímoron de sus poses parece anunciar dos acontecimientos cruciales y proféticos en torno a la lectura: el fin de una era, "una despedida lenta de la última página legible" (48), y el comienzo de otra: "la llegada al mundo de la ilegibilidad" (48). El texto pone en cuestión los sentidos de los términos "legible" e "ilegible" pues deja entrever el carácter situacional de los mismos junto a la pluralidad interpretativa que abre la idea de *fin* de la historia, que evoca socarronamente los escritos de Francis Fukuyama respecto del fin de las utopías: ¿Qué es lo legible en una sociedad que ha dejado de leer? ¿Lo ilegible era legible en el pasado o es lo absolutamente nuevo respecto de la tradición? ¿No hay futuro para la literatura escrita pues se volverá ilegible? ¿Si desaparecen los lectores, desaparece también la escritura y los libros? ¿Lo legible es lo que se consume en el mercado editorial y lo ilegible es la verdadera literatura, la que experimenta y rompe tradiciones? ¿El fin de las utopías es un cierre desesperanzador o un comienzo diferente? ¿La lectura cierra o abre sentidos?

A diferencia de lo que el escritor observa en las reproducciones de Hopper cuyo tema es la lectura, en general las fotos de Marilyn le parecen puestas en escena, simulacros de esta práctica. Sin embargo, en una de ellas observa especialmente, a modo de epifanía joyceana, "la verdad de la lectura" (49). La fotografía parece captar la inmersión de Marilyn en el mundo del texto y su aislamiento con respecto a la puesta en escena que se monta para construir *la pose* fotográfica como lectora: "está efectivamente leyendo, apartándose de todo lo que la rodea, de la escenografía y del fotógrafo que captura el momento colgado, muchos años después, hoy mismo, de la pared de Mastandrea" (49). Ese acto de lectura, que ya *ha sido* cuando se narra en el presente de la enunciación y, por tanto, es pasado cuando se lee, hace recordable a través de la fotografía lo que fue la vida de alguien que ha muerto y ya no está, al igual que ese instante fugaz de inmersión en la lectura.

Mastandrea interpreta ese momento como un ensimismamiento identitario de la estrella, un viaje o, también, un regreso a sí misma. Lee el retorno de la actriz a esa subjetividad abandonada (no una identidad unaria imposible, sino la identificación de sí con lo otro que le ofrece el libro en un gesto de aparición-desaparición) por la representación de los roles que Hollywood le impuso. Los efectos que el libro produce en la lectora son pensados por el escritor como un *acto verdadero* en un mundo de ficciones y ese acto se verifica en la postura de su cuerpo que por un instante contradice la cotidianeidad de una vida sin libros y sin lecturas: "descubre que en la excepción de esa lectura se esconde la regla: Marilyn Monroe no lee, no leyó nunca, simplemente contribuye con su figura a montar escenas de lectura sin lectora" (50). A los simulacros de lectura de otras fotografías, se le opone ese momento excepcional captado por la cámara: la única foto de un *instante auténtico y efímero de lectura*. Esa verdad solo puede ser leída en los signos del cuerpo, que deja de posar para convertirse en espacio de escritura de una experiencia de lectura. En la materialidad corporal, la lectura escribe su embrujo libertario.

El autor de *Una eternidad* opone, a las figuraciones de Marilyn, las imágenes de los cuadros de Hopper, en los que siempre se está leyendo, porque vida y lectura se entrecruzan. En la obra del pintor, la lectura es una experiencia que lejos de llevar a quien lee hacia una interioridad fantasmática lo hace desaparecer, escaparse del entorno opresivo e impersonal que lo rodea: "Es la primera ley de la lectura: el lector está en cualquier lado menos en el espacio y en el tiempo físicos en los que parece estar mientras lee" (50). Las fotos de la actriz y los cuadros con lectores figuran dos modos diversos, dos efectos de sentido opuestos, dos movimientos de la lectura. Uno de recogimiento, de aislamiento en una supuesta interioridad, extimidad sería más preciso decir, que se construye como entrelugar en el que se fusionan la mirada de la lectora y el mundo del texto. Una heterotopía en la que es posible abandonar máscaras sociales y los roles impuestos por los emplazamientos sociales. En esta concepción de la lectura, simbolizada en la actitud de Marilyn cuando *verdaderamente* lee, el cuerpo delata la inmersión en el mundo ficcional y el reencuentro con alguna verdad perdida en los caminos de la trivialidad. Se podría pensar que es una concepción hermenéutica de la lectura, una fusión de horizontes: el mundo de quien lee se fusiona con el mundo del texto y en esos signos quien lee reconoce una imagen de sí posible marcada por el deseo.

Por el contrario, en los cuadros de Hopper, la lectura construye un espacio utópico, un no-lugar liberador, el acceso a un mundo otro: al mundo posible imposible de la ficción. En este último modo de leer, se evidencia la impersonalidad de una experiencia en la que se habita una vida que no es la del individuo determinado por su entorno, sino la de una fantasía en la que es posible la mezcla de diversos estatus ontológicos (personajes de ficción, personajes de transficcionales, personajes con existencia histórica, alegorías [Lavocat]). En una y otra lectura, el libro en su materialidad se convierte en un espacio concreto y autónomo de pura inmanencia, pero abierto a la exterioridad, que libera a los sujetos de las determinaciones a las que están sometidos y les proporciona una vida, un modo ficcional de existir, donde pueden encontrar todo lo que no existe en el vacío y en la rutina de sus vidas.

La ficción, a diferencia de la Historia que no tiene ni comienzo ni final y cuyo acontecer es aleatorio e imprevisible, construye una fábula que empieza y que termina, aunque su cierre quede abierto y su comienzo se produzca *in medias res*. En ese relato tradicional, los efectos de la felicidad o de la desgracia se dan como encadenamiento de causas, como racionalidad que se tensiona con la fantasía organizándola según la fórmula de la diégesis aristotélica (Rancière, 2017, 9), o, en la contemporaneidad, como proliferación y desvío que rompe con la inteligibilidad narrativa tradicional desbaratando los órdenes y jerarquías policiales (Rancière, 2015, 11).

La distancia que supone la lectura de ficciones respecto del mundo que habitamos, con sus limitaciones y condicionamientos, y la posibilidad utópica y disruptiva que brinda la literatura para volver imaginable otros modos de distribuir lo perceptible, puede pensarse como el fundamento de los complejos vínculos entre vida y literatura que aparecen en la novela de Becerra. Si en la realidad prima el automatismo anestésico y lo rutinariamente trivial, y la ficción es el acontecimiento que pone en cuestión y desnaturaliza la vida de todos los días, entonces leer-escribir se convierte en un acto productor de un plus en la medida en que hace visibles y posibles otros modos de existir conectados entre sí por una suerte de capilaridad circular, igualitaria y placentera. Leer es resistir lo dado, construir acontecimiento.

En *La interpretación de un libro* hay *algo* que vincula las imágenes de las experiencias diferentes de lectura figuradas por las obras de Hopper y las fotos de Marilyn. Ese *punctum* que afecta y las articula subraya el eje en torno al cual giran la novela de Becerra y la de Mastandrea. El *punctum* remite, además, a *La cámara Lúcida* de Roland Barthes. Como en el ensayo barthesiano, en ambas novelas, encastradas una dentro de la otra, se materializa la idea de que la *noema* de toda imagen (fotográfica, pictórica o textual) es la captación de *algo que toca*, porque lo visual se vuelve táctil, en el momento efímero en que el presente de la toma fotográfica desaparece para siempre al mismo tiempo que evoca algo desaparecido. En términos de Barthes, las imágenes ponen en evidencia que eso que se está mirando o leyendo en algún momento estuvo vivo, pero ya no existe: *ha sido* De allí, que la muerte o la idea de pérdida y fugacidad de la experiencia no se pueda pensar sin su relación con la presencia de los objetos o de las personas en esas imágenes. Observa Camila, en este sentido:

> Viendo las fotos de Marilyn me acuerdo de una frase tuya sobre la fotografía que me parece hermosa: "aunque no podría decirse que cada instante ha vuelto

> ahora por haber sido atrapado en el momento de perderse". Es realmente muy bonita. Aparte es tal cual, eso es lo que hacen las fotos: *traer lo que se fue. Mejor dicho: hacernos creer que traen lo que se fue.* (61) [subrayo yo]

La interpretación de un libro tematiza una y otra vez la relación entre lectura y vida. En la secuencia correspondiente a los cuadros de Hopper, la lectura ocupa el lugar de la vida porque en esas reproducciones los espacios que aparecen son espacios para leer no para vivir, fungen como lugares de tránsito, de pasaje (51). Por eso, cuando en esas habitaciones nadie lee o no hay un libro sobre la cama o la mesa, los personajes parecen "autómatas", están vacíos, inhabitados de pulsiones eróticas. Esas escenas están pensadas más para la experiencia de la lectura que para la de vivir: son vidas, cuerpos, detenidos en una situación de lectura. A esas figuraciones en las que hay lectores (*Lobby de hotel, Persona al sol*) se oponen de modo ostensible otras en las que nadie lee (*Once A.M., Ciudad soleada y Autómata* [Becerra, 2012, 51]). Hopper ubica allí mujeres que están solas y que no leen. Sin embargo, en dos imágenes, se ven mujeres que viajan leyendo en un vagón, o que viajan mientras otras leen en el tren. En este último caso, el escritor percibe que hay una mujer que no lee pero que está mirando a la mujer que lee en el vagón. Mastandrea interpreta que esa mujer está leyendo a la mujer que lee y siente que su mirada de espectador se identifica con la de quien mira a esa lectora. En este sentido, "ha entrado al cuadro por intermedio de esa mujer que observa-lee a la lectora y cree percibir a través de su cuerpo de mujer lo que esos ojos le trasmiten de la escena" (52).

La ilusión ficcional lo ha sumergido en un espacio-tiempo diferente y le permite reconocer que el punto de vista con el que ha comenzado a mirar no está afuera sino en el interior de la imagen: ha pasado a formar parte de escena pintada por Hopper, se ha convertido en la mirada figurada, se ha escapado del tiempo y del espacio en ese preciso instante en que está mirando el cuadro. Esta epifanía, en la que se espejea lo que sucede en las pinturas con quienes leen, lo hace comprender que "sabe algo más que Hopper y de sí mismo" (53). La conclusión a la que ha llegado el escritor según refiere el narrador se elide, está ausente. Sin embargo, lo que parece comprender Mastandrea es que tanto él como Hopper son al mismo tiempo parte del afuera y del adentro de las imágenes, se ubican en un intersticio en el que se cruzan dos miradas: observan desde la perspectiva monocular albertiana, cartesiana, que propone el cuadro, en el afuera de la observación y, al mismo tiempo, participan de la anamorfosis a la que induce la mirada de un personaje, intratextual-intrapictórico, que percibe algo diferente que aquello que ellos ven. De esta manera se construye un intersticio en el que se renueva el juego de dos perspectivas que se observan en el cuadro *Los embajadores* de Holbein. La inmersión ficcional les permite migrar del mundo posible en el que existen y acceder al del arte o la literatura. Ese cambio de estatus ontológico los vuelve otros y los libera.

La escritura y la pintura se definen en la novela por su pretensión de permanecer inscriptas sobre un soporte espacial, mientras el que lee escribe un texto que solo existe en el flujo temporal. Se puede pensar que la novela postula que el punto ciego de toda materialización pictórica o escrituraria, su saber ignorado, es su condición originaria y temporal de lectura. La cinta de Moebius del arte y de la literatura comienza y termina en un lector o una lectora sumergidos en el fluir del tiempo y afectados por ese fluir.

Un último cuadro, *Habitación en Brooklyn* invierte la percepción de la escritura como lectura. Se trata de una mujer que leyendo escribe, es decir, que hace tangible que toda lectura es una escritura, que se puede ser escritora sin texto. La mujer es interpretada como "una lectora de cosas" (56). Lee el edificio que puede ver desde la ventana frente a la cual está sentada y las historias de vida que allí acontecen. Se plantea, así, una diferencia entre el punto de vista de Camila y el de Mastandrea, que coincide con la perspectiva monocular del cuadro, y el de la mujer que lee el edificio que está en la calle. Ellos no ven lo que sus ojos leen, pero pueden interpretar eso ausente que brilla justamente por su invisibilidad. Lo interesante, aquí, es que para Camila esa mujer está escribiendo una historia a partir de su mirada, al mismo tiempo que para ella, en ese cuadro, como en los otros en los que hay lectores, leer se asimila a vivir desde el momento en que las imágenes los han captado en un instante en que su vida es la lectura, y ese instante se reproduce infinitamente (57). Escritura, vida y lectura se mimetizan.

La novela de Becerra entreteje dos miradas, en el entrelugar que constituyen la literatura y el arte. Esas dos miradas trazan un movimiento en apariencia divergente: una, la del escritor, concluye que toda escritura es una lectura, la otra, la de la lectora, interpreta que toda lectura es una escritura. Ambas experiencias se articulan en el borde poroso en el que se fusionan arte y vida, lectura y vida, escritura y vida. El primer término de este binomio es el que otorga sentido, supera o da significado al segundo. Mastandrea descubre su condición de lector y con eso la de Hopper y la de todo artista. Camila reivindica la lectura como producción no espacializada, que fluye, se confunde con el tiempo de la vida y escribe historias. Lo temporal se insinúa como dimensión de la lectura, pero en el cuadro, o en la página del libro, esa temporalidad está espacializada con la forma y la perspectiva de una mirada que se desvanece en el momento de la lectura, al mismo tiempo que abre pasajes y genera la posibilidad de un relato.

Quien lee escribe una historia al igual que la mujer de Hopper que mira el edificio o la que mira en el vagón del tren a quien está leyendo. La novela postula una metalepsis, entre espacios ficcionales de diferente grado, que produce efectos de sentido infinitos: Becerra convierte su narración a través de las fotografías de Marilyn, las reproducciones de Hopper, la lectura de Camila y los guiños intertextuales a la teoría y a la novela *Miles de años*, del mismo autor, en un juego de espejos barroco. La ilusión que produce el juego de reflejos difumina el fin y el origen de todas las figuraciones, es decir, las formas sensibles que la constituyen. No importa diferenciar vida, arte y literatura, ni lectura y escritura. Como los personajes de los cuadros, los del libro de Mastandrea y los de la novela de Becerra están "tironeados por dos fuerzas poderosas y antagónicas: las fuerzas de la vida y la lectura" (95). En ese intervalo, en la encrucijada de esos mundos posibles y sus leyes diversas, existen, aparecen y desaparecen.

Camila escribe la historia de su relación con el escritor, es decir con la lectura, a partir de los cuadros que selecciona y cuyo montaje realiza sobre las paredes blancas del monoambiente. Esas escenas son elegidas para escribir el final de la relación de ambos. En algunos tramos del relato los personajes de Hopper parecen imitar la vida, así la protagonista de una de sus reproducciones está vestida igual que Camila con una camisa sobre el cuerpo desnudo (96) y en la misma habitación se ve un hombre que la mira, un avatar de Mastandrea. Un libro abierto está sobre la cama haciéndose eco de lo que sucede en el monoambiente del escritor con su novela *Una eternidad.*

En otros tramos de la novela, son las reproducciones las que anticipan con sus figuraciones lo que sobrevendrá. Uno de ellos muestra a una mujer sola y desnuda y con esa forma anuncia la liberación de Camila cuando deje de leer la novela de Mastandrea (97). En otra secuencia, Camila está sentada al sol en Plaza Francia, pero no lee un libro (117), escribe leyendo una suerte de conexión secreta entre los cuadros de la serie de Hopper que va a comprar y el cierre definitivo de la historia entre el escritor y su lectora. En esos dos cuadros últimos de Hopper (118), que ella somete a lectura sintagmática y paradigmática, dejan bien en claro que no volverá a leer *Una eternidad.* En uno de ellos, hay una mujer desnuda que tiene zapatos en los pies. Se ven dos libros sobre una mesa que se interpretan como ya leídos y toman consistencia de verdad (119). Al igual que la lectora de Hopper, Camila ha terminado su lectura. En el otro cuadro, una mujer ya no lee, porque está "a punto de dar un salto mortal -si es que ya no lo dio- hacia un futuro sin libros" (119). Liberada de su condición de lectora de la novela de Mastandrea, Camila abre la posibilidad imaginaria de escribir otra historia: "La literatura no tiene que estar siempre por escrito" señala Juan José Becerra en una entrevista (Lamberti).

La interpretación de un libro pone en crisis la necesidad de su propia existencia material como novela escrita. El escritor que se constituiría como tal a partir de la publicación de un libro postula que se puede ser autor leyendo (con la mirada, con las modulaciones de la voz), imaginando mundos posibles o permaneciendo inédito. La interpretación se consolida como escritura no escrita. La literatura emerge con la forma de un arte conceptual de carácter inmaterial por contaminación de dos lógicas, de dos historias, de dos maneras de narrar, entre las que propone una relación sin relación (no causal) entre formas diferentes de hacer ver y de configurar lo perceptible en el fluir de un tiempo que se espacializa y se des-espacializa en su acontecer como las chispas de la luz en la oscuridad del subte.

Sin embargo, también el final de lo escrito, en tanto materialidad textual, tiene un costado siniestro que toma la forma utópica de *la desaparición de la escritura literaria.* Esta desaparición implica *la muerte de la literatura y ya no del autor* y es anunciada en el bies irónico de la hipérbole en una novela posterior de Becerra, *El artista más grande del mundo* (2017). La muerte de la literatura en tanto libro escrito será obra de su banalización comercial y se constata ya en el presente distópico del mercado editorial debido a la proliferación de "escritores" que ignoran la potencia imaginaria de la literatura y su laboriosidad. Frente al vaciamiento del espacio material de lo literario, la heterotopía que tenía como finalidad estética enriquecer la vida, solo cabe esperar la felicidad que se anuncia en *el fin de la escritura*:

> Estamos en vísperas de su exterminio, un momento en el que cualquiera "escribe" un libro: el periodista escribe su novela negra, la vedette escribe sus sonetos, el juez escribe sus memorias, el maratonista -como he visto en las librerías- escribe sobre la alimentación que lo ha hecho resistente al cansancio. Cada habitante de la Tierra escribirá su libro, si es que ya no lo escribió, y la escritura, que exigía algún tipo de talento, aunque más no fuese el de la voluntad o la paciencia, se conservará ninguno, y, por fin, desaparecerá." (2017, 20)

La estética del gusto marca también la visión sobre la literatura que *La interpretación del libro*, y no ya su autor, sostiene de manera subrepticia. El arriba y abajo, se reintroduce para reponer un binarismo que la novela en sus paradójicos pliegues erosionaba.

El placer del texto y erotismo de los cuerpos

> El análisis no es la reducción de lo múltiple a lo simple, sino el descubrimiento de la duplicidad oculta en toda simplicidad y del secreto de esa duplicidad, que se manifiesta sobre otro teatro en el que este se devela a la vez que se recubre de nuevo.
>
> *Jacques Rancière*

La experiencia erótica se figura como espejeo entre el cuerpo textual del libro y el cuerpo de quien lee y de quien se convierte en receptor gozoso de lo leído. Desde el cuerpo de las páginas del libro al CsO que se configura en la conjunción del libro, el escritor y su lectora se traza un recorrido que va y viene de uno a otro como la lanzadera de un telar. Este tejido erótico hecho de placeres y de ilusión ficcional se sostiene en la tensión de un extremo y el otro, fusiona literatura y vida. Entre ambas se constituye una red de tensiones en la que manda un deseo polimorfo y perverso: es un niño que juega fingiendo no conocer las difusas fronteras entre ficción y realidad, y pasa de la una a la otra sin solución de continuidad, disfrutando del fingimiento lúdico, de las reglas del *como si* compartidas.

> La lectura dura todo lo que dura el acto; son dos actos en uno, o tres, si se les agrega a los actos resumidos como cópula y lectura el tercer acto, el de la representación, por el cual la cópula obedece en forma estricta a los contenidos del texto que se lee. Mariano Mastrandrea y Camila Pereyra, el autor y su lectora, consecuentes con el ejercicio de la práctica combinada por las imbricaciones complejísimas que están llevando a cabo, como si toda esa confusión y esa mezcla estuviera sugiriendo un arte nuevo (el arte de decir, hacer y representar un hecho real mientras está ocurriendo), hacen lo que leen". (63-64)

Una experiencia común relaciona lo que hacen y leen los personajes de *Una eternidad* y lo que reproducen Camila y Mastandrea. El libro es una suerte de mundo total que rige las acciones de quien lee y de quién escucha la voz que lo interpreta abriendo sentidos nuevos en la escritura ("No puedo creer que lo haya escrito yo" [45]) y volviendo *real* la ficción, en un mundo construido como superposición de ficciones. En la reescritura que lleva a cabo la lectora con la interpretación del texto, a través de los tonos y las inflexiones de su voz, el discurso se vuelve performativo, borra las fronteras entre leer y vivir para crear posibilidad de una historia obsesiva de amor en clave de mímesis platónica. Por eso, la sola posibilidad de apartarse del relato de libro, de agregar lo que en él no está, por ejemplo, la memoria pornográfica de ambos para lograr un *efecto realidad*, asusta al escritor. La experiencia erótica de los cuerpos de Mastrandrea y Camila debe tener la forma de *la cita textual.* En este sentido las relaciones sexuales se vuelven un acto de intertextualidad. La narración, en la novela de Becerra, es un palimpsesto, donde se superponen capas y capas de tejido textual, de imágenes, y se reafirma la condición no original de la literatura que en su espesor transtextual se complace en combinar lenguajes y volverse eco de otras escrituras y de otras artes.

> Lo que digo es: citemos. No nos cuesta nada. Citemos este diálogo breve en la página 96. Cuando te parezca que no aguantás más me lo hacés saber "del modo en que un comandante de abordo anuncia la inminencia de un aterrizaje" ¿sí?, como lo decís en el libro, y ahí citamos el diálogo y pasamos a la realidad. [...] Camila Pereyra aporta en el momento del desenlace la orden que activa la memoria dormida del novelista:
>
> - ¡Decilo!¡Ahora!¡Citate!
> - "Voy a regar"
> - Ay te cito: "Regame". (65-66)

> Por un instante están en el interior del libro, en una de sus escenas y en cada una de sus palabras empleadas en la recreación que es, sobre todo, realización, sueño cumplido de la letra" (66).

La forma barroca de la metalepsis, que estructura el relato, convierte los cuerpos erotizados de los personajes en pasaje de una ilusión ficcional a otra, de una irrealidad a otra: "Creer en la ficción es un reflejo negacionista que consiste en creer en lo que no está, en lo que no es" (Becerra, 2017, 19-20). Mastrandrea y Camila erosionan los límites del mundo posible de *Una eternidad* y de *La interpretación de un libro* que en este juego de cajas chinas funge como realidad para esos personajes. De esta manera, y a pesar de las diferencias fractales que hay entre uno y otro universo, se abre la posibilidad de que la lógica de la ficción determine la de la realidad, que es también una forma de irrealidad, y viceversa, hasta que se pierde la distinción entre el final de la novela, el final de la lectura, el final del romance entre el escritor y su lectora y el vaciamiento de la vida de ambos que se reduce a hoja en blanco. Ser amado y ser leído se convierten en lo mismo y cuando Camila deja de leer, Mastandrea comprende la circularidad ineluctable que une lectura y amor (110).

El libro funciona en este vínculo como fetiche erótico, como elemento necesario y mediador para que se produzca la relación que excita y aproxima al autor, convertido en mito o en fantasma, con la lectora de su única novela. Sin el libro no hay vínculo posible: la historia comienza y termina en él. El mundo que da forma a la historia de amor entre Mastrandrea y Camila cobra sentido en la medida en que se va poblando de figuraciones en las que la lectura y el libro, por ausencia o presencia, son el eje sobre el cual giran las imágenes y el desarrollo de los acontecimientos.

Camila se desnuda y comienza a leer un fragmento de la novela de Mastandrea (Becerra, 2012, 62-63) que corresponde a "la página 95" de *Una eternidad.* En ese fragmento se relata una relación sexual entre los personajes de Castellanos y Julia. La voz de Camila materializa el encuentro de dos fuerzas poderosas, el amor (naturaleza) y la literatura (arte) y el escritor se ve en el espejo de esa lectura-escritura como "su autor, su deidad verbal, su Creador" (63). Paradójicamente, es el lector quien actualiza la superficie del texto y le otorga nuevas dimensiones. Desde esta perspectiva la figura del autor se desdibuja como origen del sentido y se somete a los dictados de ese vínculo carnal que el cuerpo a cuerpo de texto y lectora van trazando al fusionar cuerpo textual y cuerpo sexual.

El placer *del* texto, en su ambiguo genitivo, se concreta en el erotismo de la experiencia de lectura, que a su vez afecta la experiencia erótica de los cuerpos y convierte al texto en objeto de placer compartido a través de su reescritura carnal en la figura triangular y perversa que los amantes forman con él. La novela propone un trayecto que va del texto que desea al lector, al placer y al goce de la lectura y, desde allí, a la experiencia sexual que termina siendo una forma de interpretación textual. En ese vaivén, se construye el entrelugar de una historia de amor. Lectura y sexo se entrelazan en las transgresiones, las tensiones y la circularidad contradictoria que la novela de Becerra propone en todos sus niveles como juego de espejos ilimitado.

> "Leéme un poco más". Un segundo más tarde comienzan a vivir exclusivamente en el campo de la lengua, una comedia completa. [...] (las cosas comienzan a suceder entre su zona y la de Mastandrea y ya no más de un lado o del otro) el novelista apoya el costado izquierdo de su cabeza en la falda de la lectora y desde allí mira mientras oye el fluir melodioso de su literatura cayendo sobre el monoambiente y llenándolo de vida, brillos intensos y una inenarrable sobreoxigenación que solo la letra pude darles.
>
> El cuerpo de Camila se llena de temblores que acompañan el ritmo de la lectura y sacuden suavemente la cabeza de Mastandrea que, sobre sus piernas cruzadas, ha comenzado a sentir un calor, una tibieza, que le

> quema el perfil del rostro y lo enrojece [...] mediante un intercambio invisible de vapores que atraviesan la tela que cubre las piernas, humedeciendo tela y piernas, y le dan lugar a la primera mezcla química entre autor y lectora, que está dispuesta a no detenerse. (39-40)

Se hace evidente, en el escritor y la lectora, una voluntad de disolverse en la lectura del libro, en la materialización de la historia que narra que a su vez repite la de otra novela. La lectura impone su ritmo a la vida, recorta, selecciona y asocia lo que se narra y se vive: "Es un efecto que le da a la lectura el estatus de la vida" (88). La lectora se adueña de vida y libro imponiendo su obsesión y su locura en el encierro áulico de la literatura. Los sintagmas, las letras, las líneas, del discurso de la novela y los de la vida de Mastandrea se modifican por la acción de la mirada y de la voz de Camila: "La voz de Camila Pereyra se desarma un instante y del interior de la frase de *Una eternidad* [...] se desprende un grito sin palabras, sin sílabas siquiera, que salta enloquecidamente de una vocal a otra, como si se estuviera quemando viva" (45). La lectora modifica la escritura y la fusiona con la experiencia vital, al mismo tiempo que exige que la vida reproduzca la escritura: exige que Mastandrea la mire como Castellanos mira a Julia en la página 118 (75), para luego exigir convertirse en ese personaje ficcional, "Julia no existe. Decime que Julia... soy yo" (76), o cumplir en la vida el rol que cumplen las prostitutas mellizas en *Una eternidad* con Castellanos y sustituirlas con Mastandrea, reproduciendo las escenas del triángulo sexual del "capítulo 13" de su novela.

De esta forma, la puesta en abismo de la estética neobarroca, como oxímoron posvanguardista, que organiza la narración de Becerra se concreta en la escena con las mellizas que coloca en el centro la metáfora de lo doble, la repetición, la reproducción. La secuencia de las mellizas, y su reproducción por parte de Camila, ponen en crisis la idea de unicidad, de propiedad autoral y de originalidad, evocando de manera humorística el artículo de Walter Benjamin (1994) sobre la pérdida del aura en la obra de arte por obra de la reproductibilidad técnica. El juego con lo doble, las reproducciones que se multiplican (Hopper, Marilyn Monroe, *Una eternidad*, *Miles de años*, *Ulises*, Barthes, Foucault, Benjamin), o la forma de la cinta de Moebius para graficar los vínculos entre ficción y realidad, están para cuestionar tanto la idea moderna de *genio creador* como la absolutización de lo *nuevo vanguardista*.

Si, como dictamina Camila, todo comienza y termina con Cervantes (la puesta en abismo y la metalepsis como procedimientos que cuestionan el límite realidad y ficción ya está en su obra barroca), si la vanguardia es lo clásico[12], el arte y la literatura explicitan su condición retrógrada de posvanguardia, en tanto parodia, homenaje, reciclaje o cita del archivo cultural y de la cultura de masas. Esto es: en tanto lectura creativa y reelaboración del pasado en su fusión con el presente. Ese gesto que mira hacia atrás, y no hacia el futuro como las vanguardias, elimina las diferencias entre arte y vida, aunque no como lo pretendió la vanguardia histórica, sino convirtiendo *todo* en arte como lo hizo el *Pop*, con ese gesto ambivalente frente a lo dado, afirmativo y negativo al mismo tiempo, que lo caracteriza. No se trata ya de la originalidad de lo único e irrepetible ni de lo absolutamente nuevo, sino de volver de otra manera, a través de la transformación del pasado, de lo ya escrito, en una suerte de movimiento de experimentación retrospectivo (Kohan, 201-202).

> Castellanos entabla con ellas un trío de acoplamientos que persigue menos un objetivo sexual que un propósito más alto: refutar, en el terreno de los hechos, la idea de lo único con la idea de lo doble, lo multiplicado, lo repetido y lo serial. (77)

Cuando, en *Una eternidad*, Castellanos se acuesta con las mellizas, entra en un trance sexual-místico que le permite abandonar la idealización

12 "Para mí lo moderno es una antigüedad. Y lo clásico, hoy por hoy, es vanguardia pura. Y creo que vos sos un vanguardista clásico. [...] el futuro, tanto del arte como del mundo, es un fenómeno regresivo: se avanza hacia atrás. Es como si dijeras: 'volvamos a Cervantes, please, de donde todavía no salimos' (...)" (107).

de la obra original, para ingresar al mundo contemporáneo de "lo sustituible" (78), donde todo es intercambiable (como la lectura y la escritura) y la ficción puede figurarse como realidad y viceversa. Así, en la actualización de la escena entre las mellizas y Castellanos que Camila reproduce dentro del monoambiente con Mastandrea, ella imita y desvía ese relato, otorgándole nuevos efectos de sentido al igual que hace el Pierre Menard de Borges. Transforma la escena en que ambas prostitutas dejan a Castellanos, para unirse entre sí, asumiendo con Mastandrea el rol de las dos. Así, le pide al escritor que eyacule en su boca porque considera que ese acto no tiene carácter sexual sino literario: es una experiencia carnal de la *analogía* entre sexo y escritura:

> El líquido blanco entrando en el cuerpo oscuro es para Camila un trazo de tinta a mano alzada inscribiéndose en el papel que lo absorbe, lo conserva en forma de letra, de palabra, de frase y le da un sentido. [...] desde la perspectiva sensible de Camila es, lisa y llanamente, escribir; pero escribir ya no es una palabra, una frase o una letra como ella misma imaginó en un principio, sino escribir una escritura (un deseo, una caligrafía, un estilo personal) en el interior más profundo en el que un escritor pueda escribir. Camila Pereyra percibe una sensación inédita: se siente tatuada, grabada, esculpida por la tinta vital de Mastandrea. (79-80)

Todo lo que Camila y Mastandrea hacen tiene por espacio vital el intervalo que se construye por mediación de la lectura. De esta manera, la novela escrita por Mastandrea sufre las consecuencias de la interpretación, la sobreinterpretación y la transgresión característica de la *mala lectura*. Se transforma en algo diferente de lo que era en tanto escritura muda, libro no leído. Al llegar a este extremo que bordea en su exceso el límite con la locura, se produce una inversión, una peripecia en la historia que reclama la salida del espacio cerrado, real y ficcional, de *Una eternidad*. La esterilidad creativa contamina los vínculos entre literatura y vida: "El escritor que ya no escribe y la lectora que ya no lee comienzan a escapar a la asfixia del monoambiente" (102). Una metáfora de la asfixia en la que se encuentra una literatura en la que ya no se lee y por tanto ya no se escribe.

La separación definitiva del autor y la lectora se produce simbólicamente cuando cada uno comienza a leer con un ejemplar diferente la misma escena que funciona como puesta en abismo de la historia de amor y de lectura: el encuentro fallido entre Julia y Castellanos en Londres. Allí, ambos ocupan el mismo escenario, pero Julia no ve a Castellanos. De la misma manera, la lectora deja de leer para Mastandrea y comienza a leer solamente para sí desapareciendo del espacio común que los reunía, el encuentro hace notar su carácter efímero. En esta nueva pirueta del texto, la reproducción del arte y la literatura muestra su costado negativo: aísla y masifica a los lectores en la idea abstracta de público lector. La lectura se vuelve "una cosa de personas solitarias y, a la vez, de multitudes" (113).

Mastandrea comprende el sentido de la escena, lo puede interpretar y él, que había nacido para escribir y fue convertido en lector, reconoce su actual impotencia como escritor y proyecta la escritura de otra historia. La novela evoca el necesario proceso de duelo y recomienzo de todo autor que quiere seguir siéndolo: encontrar temas para narrar historias, escribir y buscar, sin saber si se lo va a encontrar, un nuevo lector ideal que construya el horizonte de su práctica. Volver a la literatura implica, en este bies, problematizar el teatro de la apariencia, de ficciones que es la vida cotidiana y aislarse de los juegos de poder del mercado. No hay literatura por el mero hecho de que aparezca "un pelotudo que vendió cien mil libros", señala Becerra (Friera).

La interpretación de un libro, la historia de amor entre el escritor y su lectora es una reflexión intensa, humorística, compleja y paradójica sobre las relaciones entre escritura y lectura, sobre la literatura argentina, actual y futura (su especificidad, su autonomía, su función disruptiva) y, también, una socarrona teoría literaria que revitaliza y cuestiona los discursos académicos desgastados por el uso y convertidos en vulgata. La superposición de historias que la configuran sugiere que lo importante no es responder la pregunta que se formula Mastandrea acerca de quién termina la historia, si el lector o el escritor (121). La novela de Becerra trasciende ese interrogante en el fondo meramente retórico, que funciona como punto de fuga del sentido. Lo importante, en la novela, es la postulación y el reconocimiento del carácter imprescindible de ese espacio experimental y artístico llamado literatura, que funge como una suerte de lámpara de Aladino del deseo, ilumina las contradicciones de la vida haciéndolas patentes y hace imaginable otras posibilidades de existencia. Por eso, Mastandrea escribe en la bolsa en la que compra el último cuadro de Hopper: "'Todo lo que deseamos podemos encontrarlo en el arte'" (2012, 124). Mirar, leer o escribir, darles forma estética a nuevos mundos posibles produciendo ficciones o interpretándolas no marca diferencia. Lo único que cuenta es la celebración de este espacio autónomo, utópico e impersonal donde reina la libertad y desaparecen las relaciones de poder, que se llama literatura, justo en el momento de peligro en que se halla amenazada su existencia por la desaparición de lectores y por la proliferación de libros que no buscan el placer o el goce porque solo murmuran y demandan ser consumidos.

Bibliografía

Barthes, Roland. "La mort de l'auteur". *Le bruissement de la langue.* Du seuil, 1968. Alain Brunn [comp.]. *L'Auteur.* Flammarion, 2001, p. 157.

---. *S/Z.* Siglo XXI,1980.

--- *La cámara lúcida.* Paidós, 2009.

Benjamin, Walter. "La obra de arte en la época de la reproductibilidad técnica". D*iscursos interrumpidos*, Planeta, 1994, pp.15-59.

Becerra, Juan José. *Miles de años.* EMECÉ, 2004.

---. *La interpretación de un libro.* Editorial Candaya, 2012.

---. *El artista más grande del mundo.* Seix Barral, 2017.

Alain Brunn. *L'Auteur.* Flammarion, 2001.

Cavarero, Adriana. *In Spite of Plato. A Feminist Rewriting of Ancient Philosophy.* Polity Press, 1995.

Dalmaroni, Miguel. « La desproporción. Sobre las novelas de López Brusa y Becerra". Katatay, 2007, vol. 3, nro. 5, p. 16-21. http://www.memoria.fahce.unlp.edu.ar/art_revistas/pr.10412/pr.10412.pdf

---. "Negación política y música de la prosa". *Bazar Americano*, julio-agosto 2021, AÑO 14, Nº 80. http://www.bazaramericano.com/resenas.php?cod=234&pdf=si

De Certeau, Michel. *La invención de lo cotidiano.* Tomo I. Universidad Iberoamericana, 1996.

Eco, Umberto. *Lector in fabula.* Lumen, segunda edición, 1987.

Friera, Silvina. "La literatura no tiene por qué estar siempre por escrito". Entrevista a Juan José Becerra. https://www.pagina12.com.ar/65377-la-literatura-no-tiene-que-estar-siempre-por-escrito)

Foucault, Michel. *El cuerpo utópico. Las heterotopías.* Nueva visión, 2010.

Genette, Gerard. *Palimpsestos. Literatura de segundo grado.* Taurus, 1982

Heinich Nathalie. *Être écrivain. Création et identité.* Éditions La découverte, 2000.

Jay, Martin. *Ojos abatidos. La denigración de la visión en el pensamiento francés del siglo XX.* Akal, 2011.

Martín Kohan. *La vanguardia permanente*. Paidós, 2021.

---. "Cuando un crítico produce teoría. Variaciones sobre la literatura de Roland Barthes". http://www.bazaramericano.com/resenas.php?cod=287&pdf=si

Lamberti, Luciano. "Entrevista a Juan José Becerra". https://www.eternacadencia.com.ar/blog/contenidos-originales/entrevistas/item/juan-jose-becerra-la-literatura-es-una-disciplina-terrorista.html

Lavocat, Françoise. *Fait et fiction*. Seuil, «Poétique», 2016.

Libertella, Mauro. "La interpretación de un libro". *Revista Otra Parte*, "Reseñas", abril de 2013. https://www.revistaotraparte.com/literatura-argentina/la-interpretacion-de-un-libro/

Piglia, Ricardo. *Respiración Artificial*. Sudamericana, cuarta edición, 1992.

Premat, Julio (ed.) *Figures d'auteur*. Cahiers de Li.RI.CO. Littératures contemporaines du Río de la Plata Université de París 8 Vincennes-Saint Denis.

Rancière, Jacques. *El espectador emancipado*. Manantial, 2010.

--- *Los bordes de la ficción*. Edhasa, 2017

--- *El hilo perdido. Ensayo sobre la ficción moderna*. Manantial, 2015.

El amor al tiempo: una mirada
Deseo, contratiempo y escritura en tres poemas recientes de Blatt, López, Bossi

Julieta Sbdar
Universidad de Buenos Aires

Introducción

En su libro *El amor al nombre. Ensayo sobre el lirismo y la lírica amorosa* (1997), la teórica y poeta francesa Martine Broda se ocupa de deshacer la idea clásica sobre el lirismo como una expresión enfática del yo y señala que, para la lírica, de lo que se trata es del deseo y, más específicamente, del deseo de un nombre. A contrapelo del monologismo atribuido por Bajtín a la poesía, o de la asociación entre lírica y primera persona del presente sugerida por Jakobson, Broda señala que el problema de la poesía lírica es la "invocación tuteante" (Broda, 27). El tú del poema, sin embargo, no alude al otro empírico sino al gran Otro imaginario, a la Cosa lacaniana[13] cuyo carácter inaccesible, innombrable, es sustituido por un nombre falso. Los significantes *Beatrice* o *Laura* dibujan, para Broda, un objeto imaginario que se aleja, inaccesible, en cada invocación. El amor al nombre, de este modo, prolonga el deseo en tanto "metonimia sin fin" (13): al nombrarlo, el poema desplaza al amado, lo difumina, lo coloca todavía más lejos y lo ubica en otro tiempo.

Tomando la tesis de Broda como punto de partida, este ensayo busca rastrear la lejanía entre la voz poética y el *vos* amado desde la matriz temporal construida por el poema. En su texto "El aforismo a contratiempo", publicado en *Psyché* (1986), Jacques Derrida lee *Romeo y Julieta* como una obra sobre "los héroes del contratiempo en nuestra mitología"

[13] En el seminario VII, Lacan define la Cosa (*das Ding, la chose*) como el "Otro absoluto del sujeto" que siempre "se trata de volver a encontrar" (Lacan 1990 68). El nombre, señala Broda, sustituye ese encuentro imposible, envuelve lo innombrable.

(132). El destino funesto de los personajes se explica, según Derrida, por la "asincronía ejemplar" (135) entre las dos temporalidades que la obra pone en escena: por un lado, "la experiencia interior" del tiempo; por el otro, "sus marcas cronológicas o topográficas, las que llamamos 'objetivas' o 'del mundo'" (135). Recordemos que cuando el padre de Julieta quiere adelantar su casamiento con Paris, es decir, cuando el tiempo objetivo se acelera, el malentendido tiene lugar: Romeo no recibe la carta que explicaba el plan y la tragedia ocurre. Entre el tiempo "del mundo" (el apuro del padre, la lentitud de la carta) y la experiencia de los enamorados se produce un desajuste que resume, a fin de cuentas, el interés de la pieza. Esa luxación entre temporalidades, esa anacronía ejemplar, conduce al contratiempo final: la carta no llega a tiempo, Romeo se suicida y Julieta se despierta tarde, cuando ya no hay más remedio. Arquetipo del amor occidental, la obra de Shakespeare pone en escena la relación indisociable entre el amor y el contratiempo. Al invocarse, Romeo y Julieta nombran lo inaccesible, aquello que se encuentra en otro tiempo, en un pretérito lejano –la genealogía Capuleti o Montecchi– o en un futuro precipitado donde los amados se vuelven inaccesibles. El nombre del objeto amoroso, señala Derrida, se pronuncia siempre *untimely* (inoportuno, a destiempo): el tiempo de la enunciación nunca intercepta a su objeto y esa asincronía amorosa, como intentaré mostrar aquí, se traduce en el verso.

El objetivo de este trabajo es leer, en tres textos recientes de poetas argentinos (Mariano Blatt, Julián López y Osvaldo Bossi), cómo se inscribe el deseo (homo)erótico en tanto *contratiempo* de la temporalidad textual. El poema "Cuando todavía no había celular" de Mariano Blatt (*Mi juventud unida*, 2015) figura el deseo de la voz poética por Julián mediante los sucesivos llamados, nunca correspondidos, a su casa, y los encuentros marcados por el ocio y la demora. Desde un pretérito ya anunciado en el título, el poema empuja al objeto amoroso hacia una temporalidad añorada, marcada por el dispositivo de la disincronía por excelencia: el teléfono fijo. Por su parte, el poema sin título de Julián López que comienza con el verso "Que no vas a lamentarte…", publicado en su último libro *Meteoro* (2020), yuxtapone el tiempo lineal, microscópico, de la ingesta de un melón, a la conversación fragmentaria, atemporal, desordenada y repetitiva, entre la voz poética y un otro. Dicha a medias, la conversación retrocede ante el avance de la experiencia gastronómica, pero también configura, por su propia fragmentariedad, el (des)encuentro amoroso. Finalmente, el poema "Flash", de Osvaldo Bossi, publicado en el reciente *Agüita clara* (2020), inscribe el ruego de la voz poética de que llegue un "muchacho" que lo quiera. La enunciación, en un subjuntivo irrealizable, ya no traduce la conversación imposible (Blatt) o frustrada (López) con el objeto amoroso, sino que la desplaza hacia el ruego divino, a tal punto que la posibilidad del amado, deseo sin rostro, se desmaterializa y deviene una voz telefónica imaginaria.

El recorrido por estos tres poemas sugiere la pregunta, que trataré de explorar aquí, acerca de qué le hace el amor al tiempo, y qué le hace el tiempo al amor. A modo de hipótesis inicial, sugiero que la disincronía entre la voz poética y el *vos* imaginario, evidenciada en el enunciado y en la enunciación, hace del dispositivo amoroso una conversación diferida y posibilita, en última instancia, la escena, también diferida, de la escritura.

"Cuando todavía no había celular": contratiempos del amor conjugado en imperfecto

El nombre pretérito: Julián

El poema "Cuando todavía no había celular", publicado en *Mi juventud unida* (2015), libro inconcluso de Mariano Blatt[14], es, ante todo, un poema sobre –y tejido por– el tiempo. El título no apunta, a simple vista, a ningún elemento del poema sino a sus condiciones de posibilidad: cuando todavía no había celular y el teléfono fijo, dispositivo metonímico atendido por "otros" que sustituían al amado, operaba el amor desde el

[14] La primera versión de *Mi juventud unida*, publicada en 2015, recoge la producción poética de Blatt entre 2005 y 2014. La última parte se titula "Dos poemas que voy a escribir toda la vida". La segunda versión del libro, publicada en 2020, es una edición ampliada que va hasta el año 2019, con algunos poemas agregados de años anteriores y otros corregidos. Esta ampliación del corpus poético, así como la existencia de dos poemas que se seguirán escribiendo siempre, imprime a la obra de Blatt un carácter inconcluso que también aporta a nuestra reflexión sobre la temporalidad poética.

desencuentro. El título, entonces, nos ancla en una temporalidad pretérita, marcada por dos adverbios de tiempo ("cuando", "todavía") y un verbo en imperfecto que se sostendrá, tensado con el pretérito perfecto, a lo largo de todo el poema. El pasado reciente (la adolescencia de los '90, antesala del uso masivo del teléfono celular) se configura así como un tiempo añorado. Es lícito preguntarse, entonces, por ese pretérito insistente, que nada tiene que ver con el presente de lo cotidiano que se suele atribuir a la poesía de Blatt, y que dibuja, por el contrario, la experiencia atávica, siempre inaccesible, del amor.

El poema construye un tiempo textual casi mítico, separado del presente de la enunciación por la aparición, solo sugerida, del celular. ¿Qué es lo que había antes? –parece preguntarse la voz poética, o más bien: ¿cómo era el lazo con el otro, en qué coordenadas se inscribía el amor cuando no era posible rastrear la ubicación del objeto amoroso a toda hora? ¿Cómo era amar sin asegurarse de la recepción correcta del mensaje, sin dirigir la demanda a su respuesta inmediata? El "todavía no"[15] que construye el poema, a modo de elegía, busca restituir la experiencia amorosa anterior al control, a la ficción de localización, a la inmediatez y a la hipervisibilidad propios de la era celular. En su libro *En caso de amor*, la psicoanalista Anne Dufourmantelle señala que el teléfono celular, con su pretensión de comunicación indefinidamente posible, "es la eterna suspensión del deseo, llevada a lo grotesco" (127). La existencia del celular, de este modo, separa el tiempo de la enunciación (marcada por el deíctico "todavía"), del tiempo del enunciado, y de este modo efectúa un primer corte temporal que se traducirá, en el poema, en una distancia temporal entre la voz poética y Julián. Al ubicarse en ese "todavía no" pretérito que

[15] En su célebre texto "¿Qué es lo contemporáneo?", Giorgio Agamben señala, a propósito de la distancia que debe tomar el sujeto con su propia época para erigirse en contemporáneo, que "el anacronismo (...) nos permite aferrar nuestro tiempo bajo la forma de un 'demasiado pronto', que es también un 'demasiado tarde', de un 'ya' que es, también, un 'no aún'" (2008: 5). En ese "no aún", o "todavía no", se ubica el poema de Blatt, haciendo del anacronismo y del contratiempo un modo distanciado de mirar el ahora y "reconocer en las tinieblas del presente la luz que, sin que jamás pueda alcanzarnos, está perennemente en viaje hacia nosotros" (id.).

augura el presente, el poema configura un dispositivo deseante en la medida en que el que ama y el amado también habitan ese intervalo entre dos tiempos que nunca coinciden en la medida del verso.

A lo largo del poema, los verbos en imperfecto marcan el transcurrir de un tiempo ocioso ("los días de vacaciones que no teníamos nada que hacer"), sin acontecimientos, detenido, un tiempo adolescente donde un gesto trivial como soplarse el flequillo *flogger* equivale a una acción digna de ser nombrada dos veces: "a cada rato se tiraba viento/ adelantando el labio de abajo (…) pero era inútil", "y si no, iba callado,/ soplándose el flequillo dorado/ una y otra vez". Yuxtapuesto a ese tiempo "inútil", silencioso, de entrecasa, conjugado en imperfecto, está el pretérito perfecto de la conversación:

> "Llamé a su casa y atendió la mamá y dijo 'Hola',
> y dije: 'Hola, ¿está Julián?'
> 'No, Julián salió'.
> Y al otro día volví a llamar y otra vez la mamá dijo 'Hola';
> 'Hola, ¿está Julián?'.
> 'No, Julián salió, ¿querés que le deje dicho algo?'".
> (Blatt, 191)

Esta escena que abre el poema se repite, luego, con variaciones. La conversación telefónica, como puede leerse en esta primera estrofa, marca el ritmo: se introduce sin mediaciones, como ese *ring* telefónico que irrumpe en el espacio doméstico, mediante frases y palabras cortas que se hacen eco de un diálogo remanido, y se intercala con ese tiempo ocioso, imperfectivo, elegíaco, del encuentro. Pero, además de marcar el ritmo, la forma misma de la conversación condensa la estructura del deseo tal como puede leerse en todo el poema: como sustitución (la madre que atiende en lugar de Julián), como pregunta por la tercera persona ausente ("¿está Julián?"), como repetición ("y al otro día volví a llamar…"), como negación reiterativa ("no, Julián salió") y finalmente como pregunta por el mensaje, es decir, por la escritura: "¿querés que le deje dicho algo?"

Así, en lugar de narrar acciones o de figurar el encuentro, el pretérito perfecto, que insiste en los verbos declarativos (*dijo*, *dije*, *dijo*), introduce el desencuentro: quien atiende no es aquel a quien se llama sino *otro* (palabra repetida dos veces en el mismo verso: "otro día", "otra vez"). Esta sustitución, subrayada por el poema, pone en jaque la figura del deseo como metonimia y el nombre como sinécdoque del objeto amoroso: primero la madre sustituye al hijo, con quien guarda una relación de contigüidad, y después el significante "Julián", parte por el todo, sustituye al Otro imaginario, a la Cosa sin nombre. Mencionado cuatro veces en esa primera estrofa, el nombre *Julián* reposa en el vacío y se basta a sí mismo. La insistencia en el nombre, pero también en la negación que lo acompaña ("no, Julián salió"), no muestra la ausencia de Julián sino la afirmación del deseo amoroso que no es sino un dispositivo de la negación: "l'amour, c'est donner ce qu'on n'a pas", señala Lacan una y otra vez[16], y dice Barthes, a propósito del regalo amoroso: "el sujeto sabe que lo que da, no lo posee" (95).

Cuando todavía no había celular, susurra el poema, el teléfono fijo permitía develar la estructura metonímica del deseo: cuando se lo nombra, cuando se pregunta por él, el otro nunca está. Ese no estar, ese "no, Julián salió" afirma que el que ama, el que llama, no posee y, por eso mismo, ama. Pero esa negación, como la del título, es también temporal: Julián estaba, pero salió, ya no está. Eso que falta, ese algo que se está por escapar, presente al final del poema, es asimismo una correspondencia temporal que, de efectuarse, obturaría el deseo erótico e impediría el surgimiento de la palabra poética. En otras palabras, para que el poema exista y se expanda, para que el amor se tome su tiempo, Julián debe aparecer como tercera persona nombrada del diálogo telefónico, como no-persona, aquel que nunca atiende, pero también como eco ausente que habita otro tiempo o, como leemos al final del poema: "la poesía, lo que se dice la poesía/ solo es posible cuando te falta algo/ o cuando algo se te está por escapar" (194).

---

[16] "El amor, es dar lo que no se tiene": Lacan pronuncia esta frase en el seminario IV y después la repite, con variaciones, en el seminario VII, XX, y otros.

"Más tiempo en slip": la demora del poema

Entre la voz poética y Julián, a lo largo del texto, se establece un contratiempo: una asincronía vivida al mismo tiempo. Como la carta que Romeo no recibe, Julián, a no ser por esa vez ocasional y abreviada, no atiende los llamados del sujeto poético, y viceversa. Entre un llamado y el otro, sin embargo, aparecen los encuentros: los viajes en el 123, que Julián y el sujeto poético pagan "con una sola moneda" (192), y los días de vacaciones en la habitación donde, más de una vez, Julián se saca el jean y se demora en ponerse el jogging "para quedarse más tiempo en slip" (193). Los encuentros parecen reunir los cuerpos en un tiempo compartido como la moneda que se usa para pagar el boleto del 123 –significante *in crescendo*, como el deseo, que también se compone, en el poema, de tres: yo poético-Julián-María–: un pretérito mítico, separado del presente de la inflación, donde el precio que se paga por el amor parece ser menor. Los encuentros en la pieza o en el colectivo, marcados por la enumeración unimembre, el imperfecto musical y los detalles sensoriales funcionan como contrapunto del ritmo veloz de la conversación telefónica.

En efecto, aunque el teléfono fijo fije la ausencia prolongando el deseo, el encuentro de los cuerpos también halla su lugar en el poema. En la segunda estrofa, la voz poética camina las cuadras entre su casa y la de Julián y, al hacerlo, camina las cuadras del lenguaje. El pasaje mencionado abunda en la sucesión narrativa, dando cuenta de una dificultad (marcada por el frío, el viento fuerte, el peso de las propias llaves) a la hora de acercarse al objeto amoroso, es decir, de habitar la sincronía. La sintaxis busca saldar la distancia de los cuerpos mediante el polisíndeton ("*y* el día estaba frío, el viento era fuerte/ *y* seco/ *y* mi llavero hacía peso/ en uno de los bolsillos[17]"[191]). Sin embargo, a pesar de los intentos de la voz poética de acortar esa distancia, la temporalidad empuja el objeto hacia la indeterminación. Los encuentros posteriores estarán marcados por lo indefinido (Julián aparece nombrado como "alguien", "unos pasos", "la voz de Ju-

[17] El subrayado es mío.

lián") y la imposibilidad de completar la imagen: "un flequillo que le tapaba un ojo/ y el otro no./ Así se usaba, en esa época, cuando todavía no había celular" (191). Pero, ¿qué es lo que se usaba "en esa época"? ¿El flequillo *flogger*? ¿O se trata más bien, en este verso que da nombre al poema, de rememorar un pasado previo a la hipervisibilidad, un tiempo (imaginario, ciertamente) donde el objeto de deseo no se dejaba ver completamente, no se dejaba localizar, ubicar en un solo lugar?

En los encuentros, entonces, donde el tiempo ocioso parece compartido por la voz poética y Julián, no se efectúa, tampoco, una correspondencia. Julián, enuncia el yo poético, se demora: "y él se sacó el pantalón de jogging/ que tenía puesto/ porque se iba a poner uno de jean./ Pero se demoró,/ y estuvo cerca de una hora/ en slip" (192), y más adelante: "y él siempre se demoraba cuando se sacaba el jogging/ y se tenía que poner el jean,/ para quedarse más tiempo en slip" (192-193). Ubicado casi desnudo delante de la puerta del placard, esa demora estira, como comprobamos en otro pasaje del poema[18], la salida del closet: al quedarse en *slip* (¿o *sleep*?), Julián habita el intervalo entre el tiempo ocioso del jogging –ese tiempo de entrecasa, sin acontecimientos– y el tiempo de la salida, del afuera, del jean. Semidesnudo durante una hora, una hora que se repite, junto a la palabra "demora", dos veces en el poema –primero en pretérito perfecto, como un episodio ocasional, luego en un imperfecto vuelto hábito: "siempre se demoraba"– Julián vuelve a ubicarse en otro tiempo, un tiempo que no es el de la voz poética, vestido con un rompevientos que lo protege de la desnudez, sino el tiempo suspendido, adormecido, *sleepy,* de quien, sabiéndose contemplado, permanece en el intervalo entre el adentro y el afuera, entre la hetero y la homosexualidad, entre el pasado y el presente.

---

[18] "Después Julián se puso de novio. / A mí me pareció bien/ pero me dio muchísimos muchísimos celos./Entonces llamé a la casa de la novia, una tarde/ y le dije si podía pasar a hablar con ella./ Qué buena que era María./ Y ella me dijo que en realidad se daba cuenta/ de que Julián gustaba de mí" (193).

"Un papelito que decía": la escritura del amor

La disincronía entre la voz poética y Julián, esa tercera persona pretérita, suspendida en el intervalo, adopta la forma de una conversación diferida y posibilita la escena, también diferida, de la escritura. En su célebre texto «La différance», Derrida recuerda el doble sentido del verbo *diferir*: por un lado, temporizar, es decir "recurrir, consciente o inconscientemente, a la mediación temporal y temporizadora de un rodeo que suspende el cumplimiento o la satisfacción del 'deseo' o de la 'voluntad'" (Derrida, 7); por otro lado, el "no ser idéntico, ser otro, discernible" (id.). La escritura, en el poema de Blatt, es una escritura de la *différance* justamente porque, instalada en el intervalo, en el espaciamiento entre el yo y el otro discernible, juega con la temporización, con el rodeo que anticipa o posterga el deseo, "guardando en sí la marca del elemento pasado y dejándose ya hundir por la marca de su relación con el elemento futuro" (Derrida, 11-12). En este último apartado, entonces, propongo centrarnos en los momentos en los que el poema de Blatt alude, de manera más o menos metarreferencial, a la escritura, mediante rodeos del lenguaje que la colocan en un intervalo temporal que difiere del presente.

Detecto cuatro momentos en los que el poema reflexiona sobre la escritura: 1) la pregunta de la madre, repetida dos veces en el diálogo telefónico –al principio y al final del poema–: "¿querés que le deje dicho algo?" (191, 193); 2) la escena de escritura en el 123: "Si tenía con qué/ Julián escribía "Villa Urquiza Manda" (192); 3) la inversión de los términos respecto de 1): "Y a veces yo volvía a mi casa y al lado del teléfono había un papelito que decía/ "Te llamó Julián" (193); 4) la metarreferencia al lenguaje poético que cierra el poema: "Esos son más o menos los recuerdos que tengo/ y los escribo acá porque que yo sepa/ la poesía, lo que se dice la poesía,/ sólo es posible cuando te falta algo/ o cuando algo se te está por escapar" (194).

Los cuatro pasajes citados comparten una singularidad: referirse a la escritura mediante rodeos (*si tenía con qué, lo que se dice la poesía*) o perífrasis verbales (*deje dicho*) que funcionan como mediación entre la enunciación poética y la reflexión sobre la escritura y generan un contrapunto con la pregunta directa por el amado: "¿está Julián?" Frente al presente de la pregunta pero también en disonancia con el pretérito del deseo, el tiempo de la escritura se puede pensar como perifrástico: compuesto, rodeante, a mitad de camino entre la conjugación y la fijeza verboidal. La pregunta de la madre, "¿querés que le deje dicho algo?", es tal vez la que mejor ilustra esta idea: la forma interrogativa abre la posibilidad de la escritura que no "dice", simplemente, a modo de registro, sino que puede "dejar dicho", introduciendo en esta forma una mediación temporal, una marca o un surco, entre el presente de la enunciación telefónica y el futuro incierto en el que Julián recibirá el mensaje. Esta pregunta nunca es respondida por la voz poética, a menos que pensemos –como busco proponer aquí– que todo el poema es una respuesta a esa pregunta: el poema "deja dicho algo", y ese "algo" no es tan importante como el "dejar dicho" en la medida en que lo que el poema despliega, en su extensión, es la afirmación de ese contratiempo amoroso, esa diferencia perifrástica que bordea el presente.

En el segundo momento mencionado, "si tenía con qué/ Julián escribía "Villa Urquiza Manda"/ y si no iba callado...", el primer corte de verso sugiere la pregunta por el instrumento con el cual se escribe. El "si tenía con qué" funciona a la manera de un significante vacío, puro rodeo que demora la aparición de la escritura y que la somete a un aspecto condicional. Además, Julián inscribe un nombre propio en el asiento del colectivo, así como la voz poética inscribe el nombre de Julián en el poema. Dicho de otro modo, para escribir un nombre –y esto supone, como señala Broda, invocar el deseo– hay que tener con qué: un marcador, un *Liquid Paper* o un desencuentro amoroso y temporal que permite prolongar el texto, repetir el nombre, dejar la huella de lo que quedo atrás, como el cementerio de Chacarita mientras el colectivo avanza dejando atrás sus pintadas.

Los versos "Y a veces yo volvía a mi casa y al lado del teléfono había un papelito que decía/ 'Te llamó Julián'" constituyen la penúltima estrofa del poema. El deseo que vertebra el poema, el de la voz poética por Julián, muestra su otra cara al final del poema: también Julián lo llama, aunque esto, parece sugerir el final del texto, no es material para la poesía.

Pero lo que más me interesa de estos versos es, por un lado, la ubicación del papelito al lado del teléfono: yuxtapuesto al desencuentro telefónico, el papelito, como la carta de Romeo, es otra forma del contratiempo. Escrito en pasado, sin firma pero también sin destinatario, traduce la conversación inaccesible y, al nombrar nuevamente a Julián en pretérito, acentúa la distancia con la voz poética. Anónimo, el papelito se contrapone al nombre y registra, en un pasado diferido, el nombre del objeto que le escapa.

Por último, el (ya clásico) final de este poema, a la manera de un *ars poética*, produce un giro interesante: "Esos son más o menos los recuerdos que tengo/ y los escribo acá porque que yo sepa/ la poesía, *lo que se dice la poesía*, / sólo es posible cuando te falta algo/ o cuando algo se te está por escapar[19]". Más allá de la definición que retoma, de manera bastante conclusiva, la idea de la escritura como marca de una ausencia, me interesa esa expresión que resalté en cursiva: "lo que se dice la poesía". ¿Por qué, para referirse al discurso poético, el poema bordea la afirmación? ¿A qué responde ese giro lingüístico que antecede la definición? La expresión coloquial "lo que se dice", como "si tenía con qué", no solo matiza lo tajante de la afirmación, sino que introduce, nuevamente, un rodeo, una mediación. Es que también la escritura –como registro, como inscripción, como ausencia– parece flotar en un tiempo diferente y diferido, como si fuese ella, en tanto significante, ese objeto amoroso que se escapa, que se borra como el Liquid Paper del asiento del colectivo o se vuela como el papelito dejado al lado del teléfono, mientras que el rodeo lingüístico busca agarrarla provisoriamente, demorarla en la versura[20].

"Cuando todavía no había celular" despliega, en un poco más de tres páginas, la elegía de un pretérito capaz de sostener el contratiempo

---

19 El subrayado es mío.

20 Tanto Umberto Eco como Giorgio Agamben recuerdan la etimología del término *verso*, del latín *versura*, que alude al "punto en que el arado llega al final del surco y da la vuelta" (Agamben 252). Este rodeo del arado, para Agamben, se evidencia en el encabalgamiento en tanto disonancia entre el límite métrico y el límite sintáctico. Podemos agregar que ya la sintaxis, en este poema, produce un "cisma" (Agamben 250) en la medida en que las sucesivas perífrasis instalan una demora, un rodeo, un intervalo entre el deseo y su enunciación.

amoroso y, por ende, de acoger el deseo erótico. Hay una estrofa, en el poema, que resalta por su brevedad: compuesta por un solo verso, no se extiende en descripciones imperfectivas, reflexiones perifrásticas, pero tampoco repite el ritmo entrecortado de la conversación. Dice: "un día llamé a su casa y atendió él" (193). Mientras que el desencuentro se multiplica, se expande sobre la página, se alarga inundando el poema con el nombre del amado, el llamado correspondido, atendido por Julián, ocupa una estrofa de un solo verso, un tiempo abreviado en el que, además, el nombre *Julián* retrocede, como una sombra, bajo la huella del pronombre. La brevedad de la estrofa muestra, a fin de cuentas, que el llamado correspondido no es escribible; que la escritura poética difiere, desplaza, habita el contratiempo del significante, que equivale a decir: el contratiempo del amor.

"Que no vas a lamentarte": la conversación diferida del amor

"El presente desgajado"

Si el poema de Blatt registra el lamento, algo irónico, de ese tiempo pretérito, previo a la correspondencia del celular y, por ende, a la suspensión del deseo, el poema sin título de Julián López, publicado en su libro *Meteoro* (2020), inicia con la negación del lamento: "que no vas a lamentarte/ por el tiempo perdido/ que no vas a apurar nada/ decís en el medio de la conversación/ cuando el cuchillo se mete/ después de una presión suave/ que parece a punto de zozobrar/ por la resistencia de la cáscara/ pero comienza a deslizarse/ adentro del melón" (López, 53). El poema, extenso como el de Blatt, avanza al ritmo de una merienda frutal, interrumpida por fragmentos de una conversación ya comenzada de la que la voz poética, concentrada en la ingesta del melón, participa distraída. Dos tiempos, entonces, se entrecruzan: el tiempo de la comida, enunciado en un presente microscópico que se desgaja, lineal, desde el primer corte del melón hasta el final de la merienda; y el tiempo de la conversación, atemporal, anacrónico, fragmentario, que instala una especie de retrofuturo –

"que no vas a lamentarte/ por el tiempo perdido"– y desordena la "medida temporal" (López, 55) que suponen tanto la merienda como la floración del melón. Al igual que en el poema de Blatt, entonces, la conversación –esta vez, *in praesentia*– hace diferir los tiempos de la voz poética y de su interlocutor-amado, entre el apuro y el lamento, mientras que la ingesta del melón los hace coincidir en un tiempo compartido.

El poema, entonces, se despliega en un presente del detalle que, como sostiene María Moreno a propósito de una novela del autor, *La ilusión de los mamíferos*, "es propio de la letanía pero también del poeta" (2018). La letanía, en tanto enumeración repetitiva pero también en tanto oración, atraviesa el poema que se construye como una invocación casi religiosa del melón ("entre bocados de fruta que llaman/ al espíritu de la sangre") y abunda en detalles reiterativos sobre su perfume, su textura y su apariencia. A diferencia del pretérito de Blatt, entonces, nos encontramos frente a un presente desgajado en segundos que hace durar el poema lo que dura la merienda frutal. El primer tiempo del poema, entonces, es un tiempo presente y lineal, un tiempo prosaico y enlentecido que se despliega entre el primer corte del melón, descripto como una herida que atraviesa la cáscara resistente, y el fin de la merienda, esa naturaleza muerta compuesta por los restos, las cáscaras desgajadas de la fruta: "pero tus manos y mis manos chorrean / el perfume material de esa flor rastrera/ y tenemos la sangre en la punta de la lengua/ y nos miramos a los ojos embebidos/ y hacemos el silencio de las esferas desgajadas/ porque ahora sobrevino la calma/ en el tic tac de esta mesa/ ahora que en la cocina termina la merienda/ hay una quietud fragante" (55-56).

Entre el cuchillo que atraviesa el melón y el final de la merienda, transcurre el tiempo lineal de la ingesta. Sin embargo, como se lee en el fragmento citado, ese tiempo lineal no es el del reloj que recién se deja escuchar "ahora" que se termina el melón, no es el tiempo objetivo y homogéneo, sino un presente de la enunciación que hace coincidir la merienda con la duración del poema, tal como se ve en la repetición del deíctico "ahora" hacia el final del texto. Cada verso, así, compone un gajo que se devora despacio, "sin apurar lo que está siendo" (55), con ese presente continuo que prolonga la escena. En ese presente microscópico, alimenticio, erótico, la voz poética y el *vos* parecen habitar una sincronía:

> que se mete inadvertida en la dimensión
> y marca, pertinaz, secreta pero contundente
> una medida temporal,
> una medida de la encarnación que compartimos
> una medida que las palabras no comprenden
> que las palabras ni siquiera pueden percibir
> a menos de que salgan de un lugar anterior
> a la boca y lleguen sin prisa y sin demora
> el sitio de lo que se sabe a sí
> de lo que se dice (López, 55).

La voz poética establece una diferencia entre la boca que come y la boca que habla, o entre la pulsión infantil[21] y la producción de sentido. Mientras que las palabras los alejan, parece decir el poema, mientras que la conversación traza un desorden temporal y erótico, los amados parecen encontrarse en ese estadio previo al lenguaje en el que la boca mastica, traga, chorrea. Ahora bien, la anáfora "una medida", repetida tres veces, introduce un matiz autorreferencial: la medida compartida por la voz poética y el otro es ese presente de la merienda, pero también la medida del verso que, al comienzo del fragmento citado, no corta la sintaxis, no se encabalga con el verso siguiente. Esa medida extensa del verso sintagmático genera un encuentro entre los sujetos, un encuentro previo al corte de verso pero también al corte simbólico. En consonancia con el presente de la enunciación, la medida del verso permite la sincronía de los cuerpos y de los tiempos, y se contrapone a la fragmentariedad conversacional del resto del poema, marcada por el encabalgamiento y por el uso de otros tiempos verbales que le hacen un tajo al presente.

---

[21] Utilizo el término en relación al concepto de *infans*, de Giorgio Agamben, como ese estadio previo al corte simbólico.

El tiempo fragmentado de la conversación

Mientras que algunos versos del poema cifran una medida temporal donde el yo y el otro coexisten, la conversación que se incrusta en este poema, como en el de Blatt, viene a interrumpir la linealidad narrativa de la merienda e intercala un futuro cercano, pero también un pasado que fraccionan la experiencia: "Que no vas a lamentarte/ por el tiempo perdido/ que no vas a apurar nada/ decís en el medio de la conversación" (López, 53). Ahora bien, ¿qué es ese tiempo perdido? ¿A qué alude el lamento? No sabemos, no podemos saberlo. Lo dicho es una fracción de la conversación a la que lxs lectores no tenemos acceso: la conversación se parte, como el melón, y el cuchillo del poema agujerea la charla dejándonos afuera del cuadro. A diferencia del poema de Blatt, que armaba la escena de la conversación con una serie de verbos del decir, este poema empieza *in media res*, coloca el verbo declarativo recién en el cuarto verso, y lo tacha en las citas posteriores mediante el uso del discurso indirecto libre: "que no vas a lamentarte por el tiempo/mientras saco el primer gajo de esta urbe/ que sostengo en la mano" (53).

Como se lee en esta cita, lo dicho por el otro se repite una y otra vez, con pequeñas variaciones, y se trenza con las acciones de la voz poética: cortar el melón, sacar un gajo, comerlo: "que no vas a apurar nada y que no/ te lamentás, el primer bocado de fruta/ que renueva el espíritu de la sangre" (54). Al leer el texto, no sabemos si lo que se repite con diferencias fractales es lo dicho por el otro o lo que el poema traduce de esa conversación. Como sea, lo dicho por el otro se va perdiendo a medida que transcurre el poema. Mientras que el ritual de la fruta avanza, lineal, las palabras se cortan, se estancan, se repiten, generan un malentendido. La voz poética, así, no logra verbalizar su respuesta: "y puede que el melón esté un poco crudo, quiero decirte/ puede que lamentemos/ que sea temprano en la temporada, / quiero decirte" (54). Las palabras, en efecto, quedan en la punta de la lengua: mientras el otro habla, la voz poética lo transcribe a medias, fracciona sus palabras, las repite para deshacerlas, traduce su propia imposibilidad de decir, su dificultad para entregarse al deseo. Ese "quiero decirte", como el "no, Julián salió", da cuenta de la conversación imposible y, al mismo tiempo, es el poema el que viene a ocupar el lugar de la ausencia de respuesta. Sobre el tiempo, parece decirnos también este poema, no hay acuerdo: mientras que para uno es demasiado temprano y el melón está crudo, el otro repite, una y otra vez, que no va a apurar nada. Nuevamente, la disincronía se instala en la conversación: reunidos en una experiencia presente que supondría una adecuación amorosa, la voz poética y su objeto amoroso habitan dos temporalidades lingüísticas distintas. La palabra, al instalarse en el lugar del melón –la boca, la punta de la lengua– deshace el tiempo compartido, fragmenta la linealidad, corta el presente y, al no terminar de decirse, instala el erotismo en el medio de la escena: "y tenemos la sangre en la punta de la lengua/ y nos miramos a los ojos embebidos/ y hacemos el silencio de las esferas desgajadas" (55).

"Flash": el ruego subjuntivo del amor

El poema "Flash", publicado en el último libro de Osvaldo Bossi, *Agüita clara* (2020), dista en su estructura de los poemas comentados: más breve, compuesto por cuatro estrofas de cuatro versos cada uno contiene, en su concisión y su relativa regularidad, ya no una conversación imposible con el objeto amoroso –y entonces, como en los otros poemas, desplegada en la página, reiterada con variaciones– sino un ruego desplazado, dirigido al "Señor", que en este poema puede aludir a dios, pero que en otros poemas del libro se confunde con el médico, el padre o incluso "Os" mismo[22].

Así comienza el poema: "que llegue un día, un día, un simple/ muchacho que me quiera. No pido/ más que eso. Ni mares ni estrellas/ ni abismos ni fortunas. Solo su sonrisa" (Bossi, 21[23]). El ruego pone en

[22] Los interlocutores abundan en la poética de Bossi. En el poema "La canción más linda del mundo", publicado en este mismo libro, leemos las palabras de la madre dirigidas al yo poético que comparte el nombre con el autor: "Se terminó. Acá en el cielo somos todos/ peronistas, Os. Creeme (…)" (Bossi, 27).

[23] Todas las citas del poema pertenecen a la misma página.

escena otra temporalidad: la de lo irrealizable, enunciada en un subjuntivo que se sostendrá a lo largo del poema ("que un día al darme/ vuelta sobre la cama me tope con su/ cuello, o con el dedo gordo de su pie"). La anáfora "que" encabeza las oraciones subordinadas en la medida en que la voz poética tacha, en la mayoría de los casos, el verbo principal (ruego, pido, etc.). En efecto, si en el poema de Blatt había una insistencia en el decir mientras que en el caso de López los verbos declarativos estaban suprimidos, aquí pasamos directamente a la subordinación, sin mediaciones, lo cual produce una lejanía aun mayor con el objeto amoroso. Ya no se trata, en efecto, de un pasado elegíaco ni de un retrofuturo fragmentario, sino de una temporalidad subjuntiva, imaginaria. En este "flash", la voz poética no se detiene en una conversación imposible con un objeto amoroso nombrado, sino que construye un interlocutor al que le confía su deseo y que sustituye al amado nombrado como tercera persona genérica ("un muchacho").

A medida que avanza el poema, el objeto se desmaterializa: pasamos del deseo de un "muchacho", a una fragmentación corporal a través de la sinécdoque–"sonrisa", "ojos", "cuello", "dedo gordo"– para finalmente derivar en la voz: "no pido/ la fantasía de un chico eterno, no... ya no./ Apenas el relámpago de su voz diciéndome/ no sé, cualquier pavada por teléfono". La voz poética (esa que en otros poemas del libro se reconoce soñadora, poeta) concibe su propio ruego como minoritario, sencillo, "simple", alejado de "la fantasía de un chico eterno". La gradación, en efecto, que avanza desde la completud del "muchacho" a la sinécdoque de la "voz", reconoce los límites del ruego. Sin embargo, detrás de esa falsa modestia se esconde la consciencia de la disincronía, de la *différance*, como dispositivo amoroso: la fantasía de la eternidad se niega tres veces ("no pido", "no... ya no") y, en su lugar, aparece el deseo de la voz como un relámpago que diga "cualquier pavada por teléfono". Como la correspondencia temporal o el presente compartido, la eternidad se niega en pos del "flash", del instante, del tiempo breve como el poema que produce un desajuste entre la voz poética y la voz telefónica. Nuevamente, el teléfono aparece como artefacto que desmaterializa el cuerpo idealizado –queda en su lugar, como resto, su voz– y configura un tiempo instantáneo, breve, el tiempo de la conversación. Como en los otros poemas, lo que se dice no es importante, es "cualquier pavada" dicha a medias, a la distancia, fugaz.

El tiempo al amor

Si, como sostenía Martine Broda, la lírica pone en jaque el deseo de un nombre, estos tres poemas dan muestra de la subsistencia de la lírica en la contemporaneidad. La "invocación tuteante", como hemos visto, adopta distintas formas que producen, en una lectura conjunta, una creciente desmaterialización: la repetición del nombre Julián en un diálogo telefónico que denota su ausencia, el anonimato de un "vos" que nunca termina de decir lo que tiene para decir, la sustitución mediante el ruego dirigido al Señor que ocupa el lugar de una voz imaginaria. El otro deseado, amado, es un nombre, un pronombre o un sustantivo común ("muchacho") que vive en otro tiempo: en el pasado, en el anacronismo de la conversación fragmentaria o en una dimensión subjuntiva, irrealizable. El régimen verbal de los poemas, los deícticos que revelan el desajuste de la enunciación y la figura de la conversación como malentendido o "pavada" (Bossi, 21) permiten leer ese contratiempo entre el nombre y el yo que enuncia en los poemas, entre la voz y el vos, y mostrar hasta qué punto la temporalidad luxada o malentendida funciona como condición poética del erotismo. Así, lo que el sujeto poético mira nunca le devuelve la mirada, o si lo hace, lo hace en otro tiempo, demasiado temprano o demasiado tarde respecto de la medida del verso.

Bibliografía

Agamben, Giorgio. "¿Qué es lo contemporáneo?" (trad. Ariel Pennisi). 2008 https://19bienal.fundacionpaiz.org.gt/wp-content/uploads/2014/02/agamben-que-es-lo-contemporaneo.pdf)

Barthes, Roland. *Fragmentos de un discurso amoroso*. Siglo Veintiuno Editores, 2014.

Blatt, Mariano. *Mi juventud unida*. Mansalva, 2015.

Bossi, Osvaldo. *Agüita clara*. Gog y Magog, 2020.

Broda, Martine. *El amor al nombre*. Losada, 2006.

Derrida, Jacques. « L'aphorisme à contretemps », *Psyché. Inventions de l'autre II*. Galilée [pp. 131-144], 2003.

Dufourmantelle, Anne. *En caso de amor*. Noctura editora, 2018

Lacan, Jacques. "IV. Das Ding", *El seminario de Jacques Lacan. Libro 7. La ética del psicoanálisis*. Paidós, 1990.

López, Julián. *Meteoro*. Literatura Random House, 2020.

De invasores y cuerpos abyectos: un diálogo entre Lovecraft y la historieta argentina

Iván Gordin
Universidad de Buenos Aires

Yo he visto abrirse el tenebroso universo
Donde giran sin rumbo los negros planetas,
Donde giran en su horror ignorado
Sin orden, sin brillo y sin nombre.

El Morador de las Tinieblas. H.P. Lovecraft

Introducción

La obra de Howard Phillips Lovecraft (Rhode Island, Estados Unidos, 1890-1937) figura un mundo perdido de seres abyectos y antiquísimos. Dioses venerados por cultos secretos, imposibles de ser concebidos por el sujeto moderno cientificista. El acceso a estos "Dioses" se da a través de un lenguaje perdido que, al mismo tiempo, castiga y deforma los cuerpos por atreverse a invocar las imágenes de estas deidades malignas; un universo latente que se mueve en los abismos y profundidades. Simultáneamente, la narrativa gráfica de Héctor Germán Oesterheld (Buenos Aires, 23 de julio de 1919-desaparecido por la dicta-dura cívico-militar argentina en 1977 y asesinado en 1978) introduce a per-sonajes alienados de su cotidianeidad, cuerpos controlados y sub-yugados por fuerzas superiores poseedoras de un poder técnico, mágico o social. En ambos autores abundan las mutaciones y los cuerpos improbables, protagonistas marginados y perseguidos que deben moverse en las sombras para sobrevivir a una realidad opresiva. No obstante, en un contexto (y sobre todo en género como el terror, la ciencia ficción y la fantasía) donde la abyección y el grotesco visual marcan el pulso —y el impacto— del argumento, el verdadero horror se encuentra concentrado en el poder y el control de aquello que observa todo, pero que niega a mostrarse o comprenderse. Tanto Héctor Germán Oesterheld (HGO) y Howard Phillips Lovecraft (HPL) rechazan otorgar una manifestación explícita a sus antagonistas y los caracterizan como amenazas cósmicas, seres por fuera de este mundo que son imposibles de percibir para los narradores (y por los lectores) de sus obras. La posibilidad de entendimiento se ve restringida ya sea por una barrera cultural, idiomática, histórica o por los propios límites de los sentidos. Se instaura, entonces, la imposibilidad de ser visto, de ser señalado, de ser observado y percibido, como un espacio de libertad. Dicho procedimiento, tomando el criterio de Foucault a partir de las entrevistas para realizar por (Bentham, 18), tiene su precedente en el terror gótico europeo decimonónico, autores como Ann Radcliffe y Charles Wilkin Collins "desarrollan todo un mundo fantástico de la muralla, de la sombra, de lo oculto, de la mazmorra, de todo aquello que protege en una complicidad significativa a los truhanes y a los aristócratas, a los monjes y a los traidores (…). Estos espacios imaginarios son como 'la contra-figura de las transparencias y de las visibilidades'". Según el filósofo francés, en la época de la Revolución Francesa se establece un nuevo tipo de sociedad donde "el poder podría ejercerse por el solo hecho de que las cosas se sabrán y las gentes serán observadas por una especie de mirada inmediata colectiva y anónima" (Foucault, 44).

Tomando en cuenta los conceptos y las descripciones de estos primeros párrafos, este trabajo se dispone a analizar cómo HGO y HPL presentan la tensión entre lo visible y lo invisible como un campo de lucha donde entran en juego las relaciones de poder entre distintos agentes. En este sentido, la manipulación de la mirada del lector será la operación narrativa que se ponga en discusión para entender la construcción de un nuevo régimen escópico tanto para los residentes de este universo ficcional, así como para los receptores de estas obras.

Con el objetivo de profundizar en este análisis, se propone una perspectiva teórica enmarcada en la ruptura entre aquello que se mira y su configuración, una vez atravesado por el prisma de la ideología[24]. Por esta

[24] Ideología entendida desde Althusser: "La relación imaginaria entre los hombres y sus condiciones de existencia" (Althusser, 32).

razón, resulta pertinente introducir el concepto de *régimen escópico*: "La particular mirada que cada época histórica construye consagra un régimen escópico o sea, un particular comportamiento de la percepción visual" (Jay, 222). Esta noción resulta clave, ya que dicho régimen habilita o niega la posibilidad de un verosímil en un determinado contexto sociohistórico; un verosímil dinámico que cambia según una normalización institucional de la mirada. En este sentido, el quiebre de la percepción y la apertura (o la imposición) de un nuevo régimen en HGO y HPL depende de un mecanismo cultural y científico. De este verosímil previamente mencio-nado depende la subsistencia de un grupo social sobre otro y la posibilidad de establecer su resistencia ante un otro. Paralelamente, esta función normalizadora de la mirada se presenta como un conflicto entre el *decir y el mirar*. Percibir no se limita a contemplar, sino a estructurar con el lenguaje y transformarlo en idea, en conocimiento. En palabras de Rancière:

> Hay una estética de la política en el sentido en que los actos de subjetivación política redefinen lo que es visible, lo que se puede decir de ello y qué sujetos son capaces de hacerlo. Hay una política de la estética en el sentido en que las formas nuevas de circulación de la palabra, de exposición de lo visible y de producción de los afectos determinan capacidades nuevas, en ruptura con la antigua configuración de lo posible. (Rancière, 2010a, 65)

A lo largo de este trabajo, entonces, se estudiarán las operaciones literarias que emprenden ambos autores en sus respectivos dispositivos (en el caso de la historieta con la fuerte presencia de la ilustración gráfica) para abordar y figurar un nuevo *modo de ver* (Berger 4). Modo de ver que, paradójicamente, se funda en la opacidad de la imagen y el extrañamiento del cuerpo como idea de liberación ante una estructura social que asimila y controla todo lo que observa.

Lovecraft y el devenir inhumano

Como mencionamos previamente, la opacidad, los puntos ciegos y la monstruosidad no se plantean como el castigo, sino como una instancia de disidencia. La monstruosidad de los seres *lovecraftianos* erosiona o pone en crisis una configuración hegemónica y disciplinada de la realidad social humana. Asimismo, la deformidad y la animalidad de las figuras fantásticas en Oesterheld se enmarcan como propias víctimas marginadas e instrumentalizadas por una clase dominante.

Esta animalidad puede enmarcarse en la reelaboración que Mónica Cragnolini (10) utiliza para el concepto de *devenir animal* en Deleuze. No se deviene animal por asimilar el código de la animalidad[25], fugándose del territorio familiar y edípico de la cultura. Los personajes lovecraftianos devienen monstruos (usualmente con características bioló-gicas, animales) y se liberan del código social, de su propia cultura. Se convierten en una No-Persona. Son parte de la manada indómita. La animalidad es una condena, pero también es el paso hacia el contacto con lo sublime y la inmensidad de las deidades originarias. Se desbordan los límites, se destruye el lenguaje previo, el código previo y la animalidad presenta un nuevo lenguaje.

En este sentido, también es pertinente cuestionar el binarismo de bien y mal en el que suelen estructurarse la literatura fantástica. Al igual que las novelas góticas que se mencionaron previamente, el enemigo se asocia con el invierno, la oscuridad, la confusión, la esterilidad, la vida moribunda y la vejez; no obstante, la perpetuación de este arquetipo cuenta con un trasfondo ideológico en el que "el mal" es solo la demonización de una Otredad. Según Frederic Jameson (2005):

> En el mundo estrechado de hoy, con su gradual nivelamiento de las diferencias de clase, nacionales y raciales, y su inminente abolición de la Naturaleza (como

[25] Un movimiento, un cambio, una mutación hacia lo "no-humano".

> término último de la Otredad o diferencia), debería ser menos difícil entender hasta qué grado el concepto de bien y mal es un concepto posicional que coincide con las categorías de la Otredad. El mal entonces, como nos lo enseñó Nietzsche, sigue caracterizando todo lo que sea radicalmente diferente de mí, sea lo que sea lo que por la virtud precisamente de esa diferencia parece constituir una amenaza real y urgente a mi propia existencia. Así, desde los tiempos más antiguos, el extranjero de otra tribu, el «bárbaro» que habla una lengua incomprensible y sigue costumbres «exóticas», pero también la mujer, cuya diferencia biológica estimula fantasías de castración y devoración, o en nuestra propia época, el vengador de resentimientos acumulados de alguna clase o raza. (Jameson, 120)

¿Cómo se presentan los monstruos en Lovecraft en un dispositivo literario, sin ilustración ni trabajo pictórico? No se instalan como amenazas objetivas, sino que se caracterizan a través de sensaciones sub-jetivas de sus narradores, con la suspensión de su lógica interna y la inmovilidad del horror; las descripciones visuales de Lovecraft son adjetivaciones e hipérboles del sentir de su narrador. Las indicaciones visuales son comparaciones enmarcadas en un conocimiento antropológicamente biologicista que conduce generalmente a una hibridación entre rasgos humanos y animales. Cuentos como "Dagon", "La sombra sobre Innsmouth", "El horror de Dunwich" y "Desde el más allá" se construyen como bitácoras científicas. Relatos que rápidamente se alejan de un tratamiento académico y entran en el desborde emocional de su narrador-escritor. El orden de los sucesos es similar en todas estas obras: un investigador descubre o fabrica un artefacto a partir de las pistas de una vieja mitología (el ficcional "libro del Shoggoth", el pergamino de los seres "Antiguos"); el protagonista experimenta paulatinamente sucesos inexplicables; finalmente, en el clímax de la narración, el investigador queda absorto por la presencia de lo sobrenatural y termina su bitácora desapareciendo de la escena, con un cuerpo mutado o escapando con su mente absorta. Esa cosmogonía que oscila entre la verdad y la ilusión, una atmósfera indeterminada entre la alucinación y aquello que se establece como realidad. Para el lector, un mundo cercano en el que se produce un acontecimiento imposible de explicar por las leyes de ese mismo mundo familiar. Según Todorov (1970, 26), "el que percibe el acontecimiento debe optar por una de las dos soluciones posibles: o bien se trata de una ilusión de los sentidos, de un producto de imaginación, y las leyes del mundo siguen siendo lo que son, o bien el acontecimiento se produjo realmente, y entonces esta realidad está regida por leyes que desconocemos". La búsqueda de estas reglas desconocidas funciona como catálisis en el universo lovecraftiano.

La adaptación de esta operación en la historieta argentina se traduce en los estilos expresionistas de Alberto Breccia[26] (AB) y Horacio Lalia (HL). Breccia establece un vínculo entre la ciencia ficción tradicional y tecnocéntrica, y el "horror cósmico" de Lovecraft. El estilo expresio-nista de Breccia resulta disruptivo, no hay una correlación directa entre el relato y la ilustración. No es una adaptación directa, sino que contrasta en un ejercicio de montaje intelectual.

Es pertinente tomar las palabras del investigador Cristian Palacios sobre este período de AB, donde la historieta deja de ser una "literatura dibujada" para convertirse en "dibujo literaturizado" (8). Palacios evoca principalmente las definiciones del autor Oscar Masotta:

> En la historieta la imagen nunca deja de "ilustrar", siempre en algún sentido, a la palabra escrita, o para el caso de las historietas "silenciosas", de ilustrar casualmente la ausencia de texto escrito. Dicho de otra manera: la historieta nos cuenta siempre una historia concreta, una significación terminada. Aparentemente cercana a la pintura, entonces, es su parienta lejana; verdaderamente cercana en cambio a la literatura (sobre todo

[26]Ver portada. Buscaglia Norberto (guion) y Breccia, Alberto (il.). *Los mitos de Cthulhu*. Deodeytores, 2009.

> a la literatura popular y de grandes masas) la historieta es literatura dibujada, o para decirlo con la expresión del crítico francés Gassiot–Talabot, "figuración narrativa" (Masotta, 10).

AB evita la figuración hiperrealista de la biología humana, las reacciones raramente son evocadas por expresiones faciales como se puede observar en la portada. Breccia iguala la reacción del horror con lo inefable, con un acercamiento sublime dinámico kantiano. Las criaturas *lovecraftianas* de Breccia comparten cierta animalidad visceral; mutaciones externas al cuerpo humano con tentáculos y rasgos licantrópicos. Y, aun así, el estilo de Breccia y sus contrastes monocromáticos impiden una figuración transparente, queda un vacío simbólico a cargo de la subjetivización de la mirada.

AB es uno de los ilustradores de mayor influencia en la historieta argentina, especialmente en las adaptaciones de Horacio Lalia. En estas últimas se pueden observar atmósferas crudas, la aplicación de tramas para obtener grises, el contraste de luces aplicado con conocimiento de la anatomía y de las leyes de la perspectiva. Lalia sigue un patrón para evitar la monotonía en la planificación, que incluye aspectos como la inclusión de una viñeta circular por página, y va modulando una narratividad visual de la página que se convertiría con el paso del tiempo en su más recono-cible "marca de autor".

Procedimientos similares son implementados en las adaptaciones que HL haría posteriormente en sus adaptaciones de Lovecraft, publicadas dos décadas después en Francia e Italia. El uso de colores obscuros, climas tenebrosos logrados con manchas de esponja, tramas o guache, personajes a cada episodio más definidos.

Los monstruos lovecraftianos en los lápices de Breccia y Lalia raramente dejan entrever su forma, algunos cuentan con determinadas referencias biológicas (los brazos de un pulpo, el rostro de un simio, las escamas de un reptil) pero la constante es la indefinición de sus límites. La monstruosidad se caracteriza por el desborde de los límites en la figura humana; una mutación hacia un nuevo estadio que el lector nunca podrá mirar. Los cuerpos se escapan de la mirada humana.

El monstruo emancipado

Breccia y Lalia se han destacado, a su vez, como colaboradores de Oesterheld. Del primero se resalta la reversión de *El Eternauta* de 1969 (la versión original fue publicada en 1957, con dibujos de Francisco Solano López). Del segundo, el serial gótico-fantástico *Nekrodamus*, con el primer número publicado en 1974 y continuado por HGO desde la clandestinidad[27].

En ambas obras se profundiza la fuerte marca política de HGO, quien durante dicho período sufrió el secuestro y asesinato de sus cuatro hijas por parte de la dictadura cívico-militar argentina (1976-1983). El impacto de este suceso y de la militancia orgánica de HGO en Montoneros puede hallarse en diferentes decisiones y transformaciones narrativas. En la nueva iteración de *El Eternauta,* HGO apela al arte de AB para descomponer la figuración clásica que Francisco Solano López había establecido en su primera versión. Invasores y monstruos ya dejan de ser animales e insectos gigantes[28] dominados por "Los Ellos". Por ejemplo, "Los cascarudos" y "Los gurbos", presentados como escarabajos y bestias de tamaño inmenso, ahora pasan a ser figuras indeterminadas, manifes-taciones

[27] El primer arco de la historia termina en 1978, año de la desaparición forzada de HGO. Este primer libro se termina gracias a la colaboración de Carlos Trillo, Guillermo Sacomanno. En 1975 se publica el primer episodio de Nekrodamus en la Revista Skorpio. Primero en Italia, y luego reeditada en Argentina dos años después.

Nekrodamus fue uno de los primeros aportes de Oesterheld a Editorial Record cuando esta inició su labor en 1974, y se ha constituido en una de las series de mayor vigencia en la historieta argentina (sobrevive hasta 1994). Luego de Oesterheld fue escrita por varios guionistas, entre ellos Ray Collins y Walter Slavich, pero en cuanto a sus dibujos ha sido una tarea exclusiva de HL, quien con ese trabajo volvió a la historieta tras varios años de alejamiento, y partir de allí quedaría absolutamente identificado con el género de terror.

[28] Una imagen recurrente en la ciencia ficción de posguerra, comúnmente ligado al miedo radiactivo de las bombas nucleares. Ejemplos cinematográficos: *La humanidad en peligro* (Gordon Douglas, *Them*, 1954) y *Godzilla* (Ishiro Honda, *Gojira*, 1954).

monstruosas que ponen a prueba la psiquis de los protagonistas. El miedo deja de ser el cuerpo mutado, el desafío físico de un animal exacerbado ahora es el elemento del enemigo interno; concepto presentado en la obra original pero expandido por la estética de Breccia[29]. La paranoia que induce el enemigo a través de su "glándula del terror"[30] hace pelear a los aliados, a los compañeros humanos. Los monstruos ya no son la amenaza, son las víctimas de ese mismo instrumento. Grupos sociales que ca-yeron ante el caos interno y ahora son subyugados por un agente externo.

En *Nekrodamus*, con la colaboración de HL, la monstruosidad y la disidencia ya no se introducen con un rol ambiguo y pasivo: en un contexto medieval, los demonios, la magia y las creencias paganas dan el sentido de justicia ante una sociedad controlada por la Iglesia y regímenes aristocráticos. *Nekrodamus* es la búsqueda de la redención por parte de un demonio encarnado en la figura del conde Sarlo D'Averso, a quien un fiel y deforme colaborador llamado Gor[31] acompaña en su peregrinar por una Europa renacentista plagada de supersticiones, brujas y engendros varios. HGO y HL realizan una inversión semántica, los demonios no representan al mal del mundo, sino que de alguna manera son las únicas figuras de impartir justicia en un clima opresivo de reyes megalómanos y alquimistas sin compasión. En el mundo de "Nekro", conviven seres de pesadilla de origen incierto con otros personajes que parecen sacados de cuentos tradicionales, más cercanos a la fábula con moraleja que al relato de horror. Nekrodamus tiene un origen difuso, pues era un cadáver irreconocible en una cripta que se incorpora y adopta otro cuerpo como quien se cambia de guantes; y ese cuerpo tampoco tiene nombre o no se usa hasta bien

---

[29] En 1969, se publica una reversión de *El Eternauta* en Revista Gente, esta vez con el ilustrador Alberto Breccia; el trazo más costumbrista y tradicional de FSL cambia por un estilo experimental, con procedimientos pictóricos más abstractos como el collage y el fotomontaje; podría teorizarse que, con el efecto de fragmentar una percepción uniforme, con la intromisión de elementos prestados de la "realidad" del lector. El aspec-to de los personajes se modifica rotundamente, construyendo descripciones gráficas geométricas, ambiguas y poco definidas.

[30] Dispositivo que utilizan Los Ellos para controlar a las especies. Se instala detrás del cuello como una "glándula".

[31] Traslación del "anfitrión" de las historietas de terror americanas.

avanzada la serie. A lo largo de sus desventuras, Nekro y Gor[32] son percibidos como dos figuras marginales solo para aquellos quienes ostentan el poder en la sociedad. Para aquellas personas oprimidas y marginalizadas, son el equivalente del héroe medieval; el caballero medieval fiel a los valores de la corona que suele hallarse en los relatos clásicos.

Podría decirse que Oesterheld toma la disidencia del devenir animal y lo explicita como acción política. Lo abyecto es lo marginal que se manifiesta activamente ante lo verdaderamente monstruoso; la sumi-sión ante un poder hegemónico.

Romper la mímesis, romper la mirada

Como mencionamos previamente, el cuerpo humano tanto en HGO y HPL parece desbordarse, deshacerse y reformarse en una figura que rompe los códigos de una determinada cosmovisión en un contexto social, una nueva modalidad del grotesco. Esta descomposición del cuerpo viene acompañada, a su vez, con el quiebre de la identificación mimética con el héroe arquetípico. En Lovecraft, la identificación se crea a partir de la primera persona, con una justificación marcada de las intenciones de sus personajes. El horror que siente el protagonista se desplaza hacia el lector, ya que este es testigo de un destino trágico argumentado por la búsqueda de conocimiento y un escape de un orden social rígido. Cabe destacar también, que el lector occidental de principios de siglo XX está intermediado por una valoración sociohistórica positiva del positivismo y la antropología etnocéntrica[33].

En Oesterheld la identificación con el héroe se mantiene en sus primeras obras, especialmente con el primer Juan Salvo de 1957 (héroe y protagonista de la primera publicación de *El Eternauta*). A HGO no le

[32]Ver página 12. Nekro y Gor en Oesterheld, Héctor German, Sacomanno, Guillermo, Trillo, Carlos (guion) y Lalia, Horacio (il.). *Nekrodamus*. Ediciones Record, 1993.

[33] Lovecraft ha tenido una posición abiertamente racista y antisemita, con apoyo manifiesto a grupos supremacistas blancos. Un ejemplo de ello, es el "On the Creation of Niggers" (Sobre la creación de los negros) de 1912. http://www.amnistiacatalunya.org/edu/2/txt/lovecraft.html

alcanza con la mirada pasiva del lector, en palabras de Rancière "mirar es lo contrario de conocer". El espectador permanece ante una apariencia, ignorando el proceso de producción de esa apariencia o la realidad que ella encubre. Oesterheld necesita de la acción del espectador, del héroe colectivo. En su relato, Juan Salvo advierte al lector y al propio Oesterheld (ficcionalizado e ilustrado en la historieta)[34] que la única manera de resistir ante un inminente cataclismo es la organización y el esfuerzo conjunto de diversos estamentos sociales. HGO rompe la cuarta pared para comunicarse con el mundo cotidiano del lector y toma una visión que Rancière explaya de la siguiente forma: "El espectador debe ser sustraído de la posición del observador que examina con toda calma el espectáculo que se le propone" (Rancière, 55).

Cabe mencionar que uno de los principales elementos que distinguen a *El Eternauta* de otras obras de ciencia ficción es la construcción de Buenos Aires y sus suburbios como el escenario principal de la invasión. La periferia es la que resiste mientras que los países centrales amenazan con destruirse unos a otros[35]. La ciudad es un personaje más dentro de la propia mitología de HGO; genera una identificación con su lector, pero también un distanciamiento. La visión heterotópica de almacenes, subterráneos, plazas, edificios públicos, estadios de fútbol y el clima sucumben ante el escenario homogeneizante de la invasión. Cada espacio está deformado e instrumentado como una base de operaciones bélica.

En HGO, la mirada pasiva del lector se compara con la mirada del invasor. La pasividad con que se observan los actos de destrucción del universo cotidiano opera, a su vez, como el instrumento de vigilancia que "Los Ellos" utilizan para controlar a la especie humana. Es el "gran ojo"[36], instalado en el centro de la Plaza Congreso, lo que domina la voluntad de

---

[34] *El Eternauta* es el relato de Juan Salvo, viajero argentino del tiempo y el espacio, quien irrumpe en la residencia de Oesterheld para advertirle de una futura invasión extraterrestre. Toda la historieta es el testimonio de Salvo; no obstante, se presenta al lector como una narración en tercera persona. En *El Eternauta II,* el personaje de Oesterheld toma mayor protagonismo y participa activamente de la resistencia.

[35] En la secuela se revela que las potencias mundiales son cómplices de la invasión y responsables de la invasión.

[36] Ver página 88. Cuartel general en Plaza Congreso. Oesterheld, Héctor German (guion) y Solano López, Francisco (il.). *El Eternauta. Edición Integral.* Norma, 2019.

los seres subyugados. Y la liberación de esta mirada (y del control ajeno) solo será posible una vez que los personajes destruyan colectivamente este dispositivo. De esta manera, se disuelve un doble régimen escópico: el del espectador y el del invasor ficcional.

Las palabras y los monstruos

La presencia central de HGO y HPL en sus respectivos cánones (la literatura americana y la historieta argentina) nos indica que hay una tradición literaria que ha sido reconfigurada y reconsiderada a partir de la mitología y lenguaje narrativo en sendos autores. Aun así, resulta pertinente destacar la disonancia entre una narrativa literaria con una figuración deliberadamente indeterminada y un dispositivo narrativo que cuenta con la ilustración y la descripción visual como principal recurso simbólico. En otras palabras, la subjetivación de la mirada de Lovecraft (y, por consiguiente, su lector) se abre ante la posibilidad simbólica de un nuevo autor, atravesado por sus condicionamientos culturales y sociales a la que pertenece. El estilo de dicho autor puede llegar a crear una visión "objetivada" de las operaciones literarias de la obra original; dicho estilo, producto de diversas influencias (ya sea de las prácticas canonizadas de la historieta o del género literario mismo) se institucionaliza como el método para adaptar la obra, en este caso, de HPL. Para Martín Jay, "la particular mirada que cada época histórica construye, consagra un régimen escópico, o sea, un particular comportamiento de la percepción visual" (Jay, 221). Un *modo de ver* condicionado por las prácticas sociales y la tradición histórica del medio. En términos *lovecraftianos,* este régimen funciona de una manera análoga a la invención de Crawford Tillinghast en el cuento en "Del más allá" (1934), es una máquina que posibilita observar planos de la existencia inconcebibles por nuestros sentidos alienados: "Lo que sabemos o lo que creemos afecta al modo en que vemos las cosas" (Berger 10), en Lovecraft el conocimiento afecta la sensorialidad y la propia morfología del cuerpo, y viceversa: lo deforma, le da nuevos miembros, destruye su biología humana y le otorga la posibilidad de un conocimiento sobrenatural.

Lovecraft describe un universo relativo, carente del Dios judeocristiano, en el que la verdadera naturaleza de la realidad no puede ser revelada por medio de la biología (y la percepción) humana pues sobrepasa el límite de lo simbolizable. En este sentido, cabe destacar que, según Lacan, la realidad humana está organizada por los tres órdenes: simbólico, imaginario y real. En el dispositivo de HPL parece presentarse predominantemente la categoría de *Lo real* es aquello que tiene una presencia y existencia propias y es no-representable. Aquello imposible de conceptualizar, pensar, representar o imaginar. Lacan vincula lo real con la fijación freudiana, cuando el autor define que "lo real que vuelve siempre al mismo lugar" (Lacan, 147); en términos freudianos crea una *impresión demoníaca,* ya que funciona como la posesión de un Otro. Diana Rabinovich (8) lo explica de la siguiente manera: "lo ´demoníaco´ es más literal de lo que se piensa, porque el demonio en griego era esa parte del ser de alguien que lo gobernaba. En este sentido, el psicoanálisis es una gran teoría de la posesión generalizada, estamos todos poseídos por ese Otro, que ni siquiera sabe que nos posee. Eso nos toma, nos agarra, a veces parece sernos favorable y otras no" (Rabinovich, 8). Si extrapolamos este concepto, en Lovecraft es el regreso constante de lo inconceptuable, de lo monstruoso, lo que posee y genera el horror de los sujetos. No obstante, el horror es una primera barrera hacia el reencuentro con los sentidos y las percepciones suprimidas por la estructura social.

Lo inasible del lenguaje manifestado en la visión de sus protagonistas podría tomarse como la definición del privilegio del ojo que provee Foucault en *La filosofía de la reflexión.*

> Detrás de todo ojo que ve hay un ojo más tenue, tan discreto, pero tan ágil que, a decir verdad, su todopoderosa mirada roe el globo blanco de su carne; y detrás de este hay otro nuevo, luego otros más, cada vez más sutiles, y que pronto solo tienen ya como única sustancia la pura transparencia de la mirada. Se dirige hacia un centro de inmaterialidad donde nacen y se

> anudan las formas no tangibles de la verdad: el corazón de las cosas que es su sujeto soberano. (Foucault, 136)

En cuanto a la adaptación gráfica de Lovecraft, se podría encuadrar el concepto de *lo imaginario*, aquello que es posible de representar con imágenes; espacio psíquico compuesto de imágenes provenientes de todos los sentidos y de los movimientos del otro y del propio cuerpo que, cuando logran significarse como propias, hacen a una imagen integrada del sujeto que pasa a comprenderse como uno, distinto de otro. No obstante, en la historieta lovecraftiana (incluyendo al propio Oesterheld) la posibilidad de percibirse se diluye y la identificación con esa representación se vuelve imposible. Esto funciona tanto para los propios personajes ilustrados, así como para el lector que no tiene manera de encontrarse (o desencontrarse) ante los individuos que se le presentan en la obra.

Entonces, como mencionamos previamente, la realidad de la mitología lovecraftiana expone un régimen escópico escondido que excede las capacidades de conceptualización de los personajes expuestos al lenguaje prohibido del universo establecido por HPL. Lo cognoscible no solo está limitado por la finitud de las posibilidades del cuerpo, sino también de los atributos y la estructura de entendimiento en un deter-minado orden social. Así es que, cuando HPL escribe desde la perspectiva de un individuo, el autor omite deliberadamente una descripción transparente de aquello que se le presenta. Los seres abyectos se manifiestan co-mo experiencias sensoriales difusas en los personajes. Las adjetivaciones no responden a la apariencia física de estas figuras ominosas, sino que se utilizan para describir las tribulaciones internas de los personajes. Es decir, en términos de Rancière, se dispone una nueva *división de lo sensible:*

> La división de lo sensible muestra quién puede tomar parte en lo común en función de lo que hace, del tiempo y del espacio en los que se ejerce dicha actividad. Así pues, tener tal o cual "ocupación" define las competencias o incompetencias con respecto a lo común. Esto define el hecho de ser o no visible en un

espacio común, estar dotado de una palabra común. (Rancière, 4)

La recontextualización de los protagonistas lovecraftianos configuran un nuevo rol y un límite en adaptabilidad de los protagonistas con el ambiente. El nuevo marco establece una nueva visión de la realidad que omite las categorías que fundan la sociedad occidental.

Asimismo, resulta interesante analizar cómo funciona la intersección entre lo imaginario y lo real en *El Eternauta*, específicamente cuando se trata de la figura de "Los Manos". Dichos seres, figuras humanoides con manos especiales que permiten controlar toda la tecnología de la invasión, son introducidos como la única "especie" con capacidad de dialogar con los protagonistas y, por extensión, con el lector. "Los Manos" son los únicos con una fisonomía cercana a la humana; podría teorizarse que HGO utiliza los rasgos humanoides para crear una contradicción en el receptor: el Otro, el opresor se revela como una víctima y un instrumento para la violencia; lo ajeno se convierte en propio y se acentúa la identificación con personajes y lectores por igual. El primer encuentro de Salvo con esta especie consta de un intercambio donde uno de "Los Manos" cuenta la naturaleza de su mundo y la verdadera razón por la cual está en la Tierra. "Los Ellos" han controlado su especie a través de una "Glándula de miedo"[37], el miedo no solo los controla, sino que los mata. En su lecho

[37] El tipo de dominación de "Los Ellos" podría inscribirse como parte de los conceptos de biopolítica y anatomopolítica. En esta línea, Foucault define a la tecnología llamada disciplina. "La disciplina es, en el fondo, el mecanismo de poder por el cual se llega a controlar en el cuerpo social hasta los elementos más tenues, y por estos alcanzamos los átomos sociales mismos, es decir, los individuos [...] a grandes rasgos, una especie de anatomía política, de anatomopolítica". El ejercicio del poder se instrumenta a través de la tecnología política, de invención algo posterior, que no se dirige a los individuos aisladamente sino a las poblaciones humanas. "Se descubre que sobre lo que se ejerce el poder es sobre la población, que no quiere decir simplemente un grupo humano numeroso, sino seres vivos atravesados, mandados y regidos por procesos y leyes biológicas (...) En este momento se inventó (...) la biopolítica" (245-246).

de muerte, "el Mano" menciona una sensación de libertad y murmura repetidas veces *Mimnio Athesa Eioioio*38: palabras desconocidas para humanos; un último pedazo de identidad incognoscible para un Otro. Aquí el lenguaje no se instrumenta como una herramienta de terror, sino como un hallazgo etnográfico desde el punto de vista humano (y nostálgico desde el punto de vista "Mano"), un material simbólico que está en riesgo de extinción; la no existencia se convierte en un desesperado recurso de resistencia. Este riesgo de exterminación simbólica y física se encuentra latente en varios pasajes de la historieta; la identidad cultural de Buenos Aires empieza a perderse primero con la nevada, luego con la destrucción de la ciudad y, por último, con la destrucción del tejido social que hace enfrentarse a los humanos entre sí.

Conclusión

Formalmente, este corpus está atravesado por un procedimiento compositivo propio del dispositivo de la historieta y la creación de un nuevo régimen escópico subjetivizado y deliberadamente generado por medio de la ausencia de una forma comprensible. El emplazamiento visual se rige fundamentalmente con una inversión operativa en la traducción entre dos lenguajes diferentes. El relato literario presenta la palabra, pero impide su traducción visual; la historieta presenta la ilustración, siendo un medio híbrido en la configuración de imagen con texto. En el medio se genera un espacio, un linde imposible entre el poder simbólico de la obra y las posibilidades semióticas del receptor. El horror, entonces, se convierte en la herramienta que pervierte la mirada y la convierte en un cúmulo de estímulos que desintegran los lenguajes y, por consiguiente, el reemplazo de la realidad establecida por otra regida por nuevos factores de poder.

Temáticamente, el diálogo entre Lovecraft y la historieta argentina se encuentra signado por "la amenaza de lo desconocido". No obstante,

[38]Ver página 53. Canto de El Mano. Oesterheld, Héctor German (guion) y Solano López, Francisco (il.). *El Eternauta. Edición Integral.* Norma, 2019.

el horror no se define por el miedo al otro, sino por la propia interiorización de lo extraño: la mirada interna incapaz de reconocer su propio "yo". La despersonalización y la transformación del universo sensorial por medio del disciplinamiento convierte a los personajes en sus propios antagonistas, en sus propios monstruos. La monstruosidad también es la posibilidad de escaparse de la mirada ajena, del ojo institucional que todo lo ve, que todo lo controla. Esa posibilidad de libertad, el extrañamiento voluntario, se vuelve la única vía de escape, un nuevo ser que destruye los códigos culturales y se expone como abyecto para el resto de sociedad. El cuerpo se expresa como un terreno de lucha, dominarlo es dominar la posibilidad de pensar y observar la realidad de una manera determinada. Por un lado, un cuerpo con sin lenguaje, sin subjetividad y sin capacidad sensorial es un agente libre de la construcción institucionalizada de la realidad; del régimen escópico imperante. Por otro lado, dicho cuerpo resulta un agente perfecto para que se instaure una nueva configuración del paisaje cotidiano, un paisaje definido por intereses ajenos o, tomando en cuenta a HGO, por la acción política de un colectivo. Una subjetividad colectiva, pero que no opera a partir de la lógica y la topología del orden imperante (o de cualquier orden humano).

Bibliografía

Fuentes primeras

Oesterheld, Héctor German (guion) y Breccia, Alberto (il.). *El Eternauta y otras historias.* Colihue, 1997.

Oesterheld, Héctor German (guion) y Solano López, Francisco (il.). *El Eternauta. Edición Integral.* Norma, 2019.

Oesterheld, Héctor German (guion) y Breccia, Alberto (il.). *Mort Cinder.* Astiberri, 2017.

Oesterheld, Héctor German, Sacomanno, Guillermo, Trillo, Carlos (guion) y Lalia, Horacio (il.). *Nekrodamus.* Ediciones Record, 1993.

Buscaglia Norberto (guion) y Breccia, Alberto (il.). *Los mitos de Cthulhu.* Deodeytores, 2009.

Lalia, Horacio. *Lovecraft: El horror secreto.* Doedytores, 2019.

Lovecraft, H.P. Narrativa completa. Valdemar, 2005.

Fuentes secundarias

Althusser, Louis. *Ideología y aparatos ideológicos del Estado.* Nueva Visión, 1988.

Becerro, Manuel. *Nekrodamus: El demonio que se hizo humano.* Tebeosfera, 2008.

Bentham, Jeremías. "Michel Foucault: El ojo del poder". *El Panóptico.* La Piqueta, 1980.

Berger, John. *Modos de ver.* Eterna Cadencia, 2017.

Breccia, Alberto. "Reportaje al maestro Breccia" por Terrile H. y Miñones D. Rebrote, 2004.

Carroll, Noel. *The Philosophy of Horror.* Routledge, 1990.

Cragnolini, Mónica. "Nietzsche, Deleuze o del devenir animal". *Entre Nietzsche y Derrida: vida, muerte, sobrevida.* La Cebra, 2013.

Deleuze, Gilles. *Foucault.* Paidós, 2015.

---. *Mil Mesetas: Capitalismo y esquizofrenia.* Valencia, 1994.

Foucault, Michel. *El cuerpo utópico. Las heterotopías.* Nueva Visión, 2010.

---. *Escritos esenciales. Estética, ética, hermenéutica.* Paidós, 1999.

---. "Un prefacio a la trasgresión". *Lenguaje y literatura.* Paidós, 1996.

Freud, Sigmund. "Lo siniestro". Obras completas Tomo XVII (1917-19). Amorrortu, 1992.

Houellebecq, Michel. *Lovecraft: Against the World, Against Life.* Believer, 2005.

Giorgi, Gabriel. *Formas comunes. Animalidad, cultura, biopolítica.* Eterna Cadencia, 2014.

Jameson, Frederic. *Documentos de cultura, documentos de barbarie.* Machado, 2005.

Jay, Martin. *Ojos abatidos. La denigración de la visión en el pensamiento francés del siglo XX.* Akal, 2007.

---. "Regímenes escópicos de la modernidad". *Campos de fuerza, entre la historia intelectual y la crítica cultural.* Paidós, 2003.

Kaczan, Gisela. *La cultura visual como mecanismo para interpretar la historia cultural.* Universidad Nacional de Cuyo, 2013.

Kant, Immanuel. *Crítica del juicio.* Espasa Libros, 2006.

Lacan, Jacques. "Más allá del principio de realidad". En *Escritos I*, Siglo XXI, 2009.

Ledesma, María. *Régimen escópico y lectura de imágenes.* UNER, 2005.

Lovecraft, H. P. (1927). *Supernatural Horror in Literature.* H.P. Lovecraft. www.hplovecraft.com/writings/texts/essays/shil.aspx

Masotta, Oscar. *La historieta en el mundo moderno.* Paidós, 1982.

---. *Literatura dibujada.* Summa-Nueva Visión, 1968.

Palacios, Cristian. *La invención de Breccia.* UNLP-FaHCE, 2012.

Quinta Dimensión. "Lovecraft en los cómics. Charla con Horacio Lalia". http://www.quintadimension.com/node/249

Rabinovich, Diana. Psicoanálisis Escuela Francesa [Material del aula]. Universidad de Buenos Aires, 1995.

Rancière, Jacques. *La división de lo sensible.* Estética y política. Consorcio Salamanca, 2002.

---. *El espectador emancipado.* Manantial, 2010.

Sotera, Silvina y Otero, Rafael. *Héctor Germán Oesterheld: el hombre, el escritor, el sujeto político*. UBA, 2009.

Todorov, Tzvetan. *Introducción a la literatura fantástica.* Premia Editora Fantástica, 1981.

Vázquez, Laura. "La representación de la otredad: lenguaje y género en el cómic de terror argentino". *El terror en el cómic.* Ediciones y publicaciones, 2003.

Marcos animales
La mirada del voyeur animal en *El niño pez* de Lucía Puenzo

Anabella Macri Markov
Universidad de Buenos Aires

1. *El voyeur-animal, una introducción*

"Soy negro, malo y macho" (Puenzo 9) es la descripción con la que el narrador en primera persona de la novela *El niño pez* de Lucía Puenzo se presenta a sí mismo. Esta caracterización, que bien podría ser la de un humano, es sin embargo la de un perro que tomará la palabra para narrar la historia de Lala y la Guayi. El perro mira, habla, narra y devela desde su lugar de animal doméstico los eventos y los secretos que tienen lugar en una casa hermética y laberíntica de San Isidro. Serafín, el narrador, construye desde el inicio una voz que nos remite directamente a una enunciación humana, es capaz de describir, insultar, adoptar un tono irónico, de reírse y, sin embargo, hay un rasgo que nos remite directamente a su condición de animal doméstico: es capaz de ver sin ser visto. Su tamaño lo vuelve apto para escabullirse por puertas entreabiertas, por espacios limitados y los personajes olvidan su presencia. Las acciones no se interrumpen por su materialidad en el espacio o por su mirada entrometida y no es necesario que se oculte para develar los secretos de la familia Brontë[39]. Es por esto que este trabajo postulará a Serafín

---

[39] No parece casual la elección del apellido, referencia a las escritoras inglesas Charlotte, Emily y Anne, pensando en el rol de la figura paterna: el padre de las Bronte, Patrick, fue un pastor anglicano, característica que nos lleva a pensar en la moral y en los valores conservadores, tal vez como una ironía por las diferencias entre él y el padre de Lala en la novela.

Tal vez la relación pueda establecerse mediante la representación de la invisibilización femenina de las hermanas Bronte teniendo que firmar sus novelas bajo seudónimos masculinos en relación a Lala y la Guayi, invisibilizadas bajo el rótulo de "amigas".

Con respecto a la otra figura masculina, el hermano, ¿Se podría pensar un paralelismo entre el hermano Bronte y el hermano de Lala, ambos aparentemente sin rumbo y con notorias adicciones a sustancias y alcohol?

como una suerte de voyeur-animal y se buscará desentramar esta otra manera de mirar presente en la narración. Si el *voyeur*, desde su concepción más clásica, es aquel que mira sin ser mirado y encuentra pla-cer visual en esta observación desde las sombras, existe la posibilidad de pensar en la potencialidad *voyeurística* de lo animal, en este caso de un animal doméstico, a partir de la condición híbrida que habilitan estos cuerpos: pertenecer y no pertenecer al mundo humano, ser parte de la composición familiar y a la vez posicionarse pasivamente en el fondo de eventos. Por su condición es anulado como testigo por los seres humanos, quienes perciben su presencia, pero no su capacidad de otorgar sentido a esto que ve. Puenzo toma este cuerpo en el que habita una zona liminal animal-humano para dotarlo con los privilegios y el poder de la vista y el habla y de otorgar sentido a lo que mira.

Tomar el concepto de cuerpo en relación al poder nos invita a revisitar categorías como lo visible, lo enunciable y lo cognoscible para pensar qué cuerpos poseen el poder de la enunciación y en este sentido qué puede decirse y quién puede enunciarlo en un tiempo y lugar determinado. Autores como Gabriel Giorgi piensan lo animal como una instancia desde donde "se piensan las tensiones entre ficción, lengua y biopolítica que conjugan alternativas a la modernidad disciplinaria" (Giorgi 15). Lo animal sería entonces "un punto o zona de cruce de lenguajes, imágenes y sentidos desde donde se movilizan los marcos de significación que hacen inteligible la vida como "humana"" (Giorgi 14). Por eso se vuelve central repensar el lugar de la palabra, la narración, el cuerpo y la mirada de Serafín como enunciador y de qué manera su condición de animal habilita otros cruces y posibilidades en la narración.

Entonces, ¿qué poder se oculta en la mirada y específicamente en la mirada del voyeur-animal? Les *voyeurs* transforman los lugares más comunes de la cotidianidad en puestos de observación desde donde pue-den concertar su objetivo principal: mirar sin ser vistos. Pensemos en puertas, ventanas o mirillas que de alguna manera delimitan espacios de visión parcial ya que muchas veces quien observa no tiene acceso a toda la situación sino a una porción de ella, y es desde esa focalización que se construye una noción de ese mundo y se interpreta y otorga sentido a eso que se ve volviéndolo simbolizable y dejando afuera un resto inasible. En *Los bordes de la ficción* Rancière reflexiona sobre el secreto y el voyeurismo y le otorga a la mirada furtiva del *voyeur* el poder de develar una verdad que en una sociedad y un tiempo específico se presenta como un secreto o un tabú. El *voyeur* no sería únicamente el observador de una situación concreta sino que en la narración es el encargado de poner en escena qué puede mostrarse y qué debe permanecer oculto, evidenciando así las realidades que se relegan a existir en las sombras. En ese sentido podemos pensar en el régimen de lo visible que instauran algunas historias en rela-ción con lo que se muestra, lo que se oculta y lo cognoscible en lo visible. Los marcos formados por las puertas y ventanas, propone Rancière, "bloquean la visión e instauran un dispositivo de captura. Este adquiere, en principio, el aspecto de la mirada entomológica que capta los caracteres de las especies sociales" (Rancière 27). La mirada intrusa del *voyeur* se posiciona tras una mirilla, en lo entreabierto de una puerta, a la distancia, observando las sombras chinas que se imprimen en las cortinas cerradas y ponen en relación tres elementos esenciales: mirada, cuerpo y cultura. Los espacios construidos por estos marcos construyen una realidad que se aísla del tiempo de la ficción y es la mirada del *voyeur* la que evidencia que hay un motivo por el cual los eventos se ocultan o se velan.

Cuando Serafín es testigo y pone en palabras el amor prohibido de las dos protagonistas de la novela, está también poniendo en escena eso que no se puede decir por fuera de ese espacio: el lesbianismo de Lala y su relación con la Guayi y la metamorfosis identitaria de Lala quien vira hacia el no binarismo. La operación es invisibilizar, no nombrar, para no darle entidad a la relación amorosa entre dos mujeres, lo que no se nombra parece no existir. Es allí donde parece recaer el subtexto fuertemente político de la narración: la mirada animal pone en escena, entre otras cosas, los conflictos de identidad y de clase que atraviesan a toda la narración. Al mirar desde un lugar de no persona, los límites entre prohibido, permitido, perversión o anomalidad se ponen en juego de otra manera volviendo permeables los límites entre estas categorías o deconstruyendo el sentido que traen aparejadas como resultado de una construcción histórico-cultural. El juego binario (mirador-mirado) del *voyeur* se transforma en un acto plural de mirar y producir conocimiento: por qué Lala y la Guayi deben ocultarse o por qué los padres de Lala nunca ponen en palabras su relación. Pensar en por qué algo ocurre en las sombras es también pensar en el rol que cumplen los contextos sociales condicionando qué puede enunciarse y qué no, cómo ciertos discursos han prevalecido sobre otros decidiendo el lugar que se le ha dado a ciertas identidades y realidades. Estos secretos también pueden llevarnos a pensar en las estructuras de poder que organizan a los cuerpos, en los lugares que se la asignan a ciertas identidades y en los discursos que históricamente han prevalecido por sobre otros. La figura de Serafín en *El niño pez* como un narrador animal-*voyeur* nos presenta un caso paradigmático ya que es a la vez un cuerpo precario desde una concepción antropocéntrica que aún así se posiciona en el lugar de evidenciar y desenterrar la censura, lo castigable, aquello que en la narración debe ocultarse y silenciarse, es decir, de producir un extrañamiento y dar a conocer otra manera de figurar las relaciones entre los cuerpos.

Gran parte de la narración se desarrolla en el interior de la casa de los Brontë y cada habitación parece ocultar un secreto. La relación de la Guayi y Lala es invisible para la mirada heteronormativa y clasista de los padres de Lala y todo sucede puertas adentro en la mayor parte de la novela. A través de su discurso, ambos designan a Lala y a la Guayi como amigas, no amantes, evidenciando las huellas de silencio que desde el exterior se le imponen a estos cuerpos. Sin embargo, en la mirada y la narración de Serafín, ambas son amantes desde el principio. y es él quien las observa bañarse y escucha sus sueños, las promesas de amor y ante todo se posiciona como un gran observador de los secretos que se ocultan en las miradas "Si hay algo que no me olvido es de sus ojos mirando a la Guayi salir del cuarto desnuda" (Puenzo 19). Frente a todo el silencio que caracteriza a la familia de los Brontë, acostumbrados a evadir las temáticas que puedan resultar incómodas (la adicción de Pep, el abandono de la madre, la violación de La Guayi o la relación de Lala con la Guayi) como un principio rector que organiza la aparente estabilidad familiar, es la mirada y la voz de Serafín la que viene a enunciar y a desacomodar las estructuras construidas en base al secretismo.

Por su parte, detrás de las puertas de la habitación de Brontë, nuestro narrador ve cómo éste pasa de masturbarse con una foto de su esposa a mirar con deseo a la Guayi cuando limpia "antes se masturbaba con una foto de su esposa, ni para eso tenía imaginación. Ahora, desde la ventana de su escritorio, miraba como la Guayi baldeaba el patio" (Puenzo 15). Nuevamente se insiste en la capacidad de Serafín de reparar e interpretar las miradas y develar lo que ocultan, anticipando lo que sucederá más adelante en la narración. Su mirada cinematográfica es capaz de ver lo mínimo, incursionando en el plano de talle, haciendo zoom foco en los gestos imperceptibles, para dar cuenta del todo en su complejidad "acariciaba la alfombra con un movimiento mínimo, apenas perceptible, como un gato" (Puenzo 79). Como narrador testigo, es el animal doméstico quien traza el recorrido y construye el relato sobre aquellos que miran y de quienes son mirados y en ese acto nos remite a la mirada detectivesca de quien desarrolla hipótesis e inferencia. En este sentido, *El niño pez* puede verse como la narración de un crimen y de una huída en la que el desencadenante del conflicto es otro de lo silenciado en la casa: el parricidio. Lala se encierra en su habitación y sirve dos vasos de leche, uno con leche y azúcar y el otro con leche, azúcar y 10 pastillas de ketamina trituradas que serán letales para cualquiera que las ingiera. Serafín captura la escena del juego de azar propuesto por Lala en el que deja los dos vasos sobre la mesa y hace elegir a su padre cual beberá. Este gesto es en sí ambivalente, Lala pareciese desligarse de la responsabilidad total del acto dejando en manos del fatum el desenlace. El parricidio se transforma en el silencio más enraizado de la novela, solo equiparado con el filicidio de la Guayi hacia el final de la narración. Sin embargo, Serafín no solo se construye como testigo del parricidio sino también de las posibles causas del envenenamiento a través de las analepsis que revelan cómo Brontë ha violado a la Guayi en repetidas ocasiones, ejerciendo su violencia y poniendo en escena su posición de poder.

Sin embargo sería reduccionista pensar que Serafín como testigo de los hechos nos muestra simplemente la violación azarosa de un cuerpo con respecto a otro ya que si analizamos las características de ambos personajes y el lugar de poder que se le otorga a cada uno en la sociedad patriarcal, binaria y clasista que propone la narración (empleador-empleada, hombre-mujer, clase alta-clase baja) en la figura de la empleada doméstica se evidencia el nivel de propensión a la violencia arbitraria a la que están expuestos ciertos sujetos a relaciones de poder arriba-abajo. Es en este sentido que podríamos pensar en la noción de precariedad teorizada por Butler (2010). Esta categoría se diferencia del concepto de *precariousness* (la condición de vulnerabilidad de todos los cuerpos por ser mortales) de *precarity* (aquellos cuerpos que por determinadas características ya sea raza, clase, género, nacionalidad están menos protegidos por el Estado y por ende más expuestos a la violencia arbitraria). Todos los humanos estaríamos expuestos a la *precariousness* ya que no somos inmortales, pero la violencia recae con más facilidad y más impunidad sobre algunos cuerpos que se encuentran más desprotegidos por el estado, volviéndolos doblemente expuestos y por ende cuerpos precarios, descartables para algunos gobiernos en momentos específicos de la historia. En este hogar de clase alta argentina, Brontë parece ver en el cuerpo de la Guayi determinadas condiciones, podríamos pensar en su clase, su género y su condición de extranjera, que vuelven su cuerpo más precario y su vida destinada en tanto no sujeto a ser tomada, violentada y descartada.

El ámbito de lo privado, de lo íntimo, este *domus* dividido en habitaciones donde cada una parece ocultar un secreto, un tabú, una injusticia, se vuelve un retrato en miniatura de los distintos modos de la violencia y la marginalidad de algunos cuerpos. *El niño pez* parece poner en juego la división entre vidas valiosas y vidas descartables "las distin-ciones políticas entre "vidas" -entre las vidas que se protegen y se reconocen socialmente, y las vidas marcadas para la explotación, el consumo o la precariedad, la distinción, en fin, entre las "personas" (en principio "humanas") y las vidas no-personales" (Giorgi 175), lo que Esposito en *Bios* llama Zoé, nuda vida, y Bíos, vida que merece ser vivida, valiosa. Dentro de este juego binario, la mirada animal nos invita a habitar las ambigüedades, otra manera de ver las cosas donde los cuerpos que parecían descartables, la Guayi, Lala o Serafín mismo, se resisten a ser reducidos a estas categorías y se posicionan en un lugar de poder pasando del margen al centro. De esta forma, los límites alto-bajo, destacable-descartable se resignifican y los límites se permeabilizan dando lugar a lo ambiguo, lo difuso o inclusive lo subversivo; el animal toma la palabra y se construye en un plano difuso entre humano y animal y Lala comienza una búsqueda identitaria no binaria.

1.2 El testimonio de lo marginal

A partir de estas lecturas podemos pensar el lugar de lo animal: ¿Qué sucede con el cuerpo de un animal cuando muere? ¿Se inscribe en algún registro judicial? ¿Se le da un entierro a ese cuerpo? ¿Se llora? ¿A quién pertenece? En *Marcos de guerra* Judith Butler se pregunta por el cuerpo del muerto y el duelo y por qué vidas se lloran y qué vidas no se consideran dignas de ser lloradas. Preguntarnos por este cuerpo perruno pone en jaque y cuestiona nuestros presupuestos antropocéntricos. Cada cuerpo tiene un rol, y Serafín como animal está destinado al segundo grupo, al de los marginales, al de los cuerpos hiper precarizados y aún así, posee el poder de ver y narrar. Es su voz animal la que habla y su mirada la que devela. Podríamos pensar en este como un lugar paradójico que fusiona la precariedad y el poder, la posición de quien no puede actuar pero al mismo tiempo es central para darle el sentido a la historia. Para Giorgi (2014) la animalidad, lo monstruoso, lo deforme, ilumina la crisis de la pretendida superioridad de ciertos cuerpos por sobre otros y el supuesto derecho del hombre a dominarlos "el animal o lo animal cifra aquí ese repertorio de fuerzas que estallan los cuerpos, los vuelven inciertos, los deforman (...) fuerzas que irrumpen, dislocan, impugnan las formas de lo humano y lo social" (Giorgi 117). Lo animal parece abrir el campo de lo ambiguo, lo híbrido o lo incierto y hace estallar el acuerdo tácito del silencio y el secreto que construye lo familiar en la casa de los Brontë con sus puertas cerradas, eufemismos y discursos. Si personajes como Brontë o su esposa quieren repartir los cuerpos de una determinada manera e imponer su violencia y el obligado silencio, la narración de Sera-fín nos abre el camino de la simbolización de lo supuestamente innombrable.

Podemos pensar entonces de qué manera estos actos individuales no se limitan a ilustrar un caso particular, lo micro de un *domus,* sino que pueden caracterizar todo eso que, en una sociedad, en un tiempo y en un lugar específico debe vivir en las sombras. La narración parece adquirir, por su peso y su urgencia, ciertos rasgos de lo testimonial, del compromiso que implica narrar esta otra historia, la historia de los marginales, de la generación perdida, a través de la mirada de la animalidad que coloca a Serafín como voz de autoridad allí donde las demás voces parecen flaquear o silenciar "Mentira. Yo soy el único que se acuerda de todo lo que pasó la última noche del año pasado. Todos los demás estaban demasiado drogados o borrachos como para recordarla" (Puenzo 107). El animal doméstico en su posición de voyeur al narrar los secretos inenarrables para otros personajes y nombrar lo antes inferido mediante eufemismos, pone en escena la hipocresía familiar de orden y control de esa familia de clase alta argentina "Si ustedes supieran las cosas que pasaban ahí adentro. Para el mundo, los Brontë eran una familia más de San Isidro" (Puenzo 11). Una vez que la madre deja a su familia para fugarse con su amante a la India, los secretos comienzan a estallar y la decadencia familiar se refleja de manera especular en el deterioro del espacio "La casa no volvió a ser la misma. Para empezar, estaba sucia. La Guayi ya no limpiaba. No sacaba la basura. No hacía las compras. Sabía que la querían para otra cosa. Y era como si Brontë se oliera que le quedaba poco tiempo" (Puenzo 21).

2. *La mirada de Medusa*

Martin Jay en su extenso ensayo sobre la visión, establece un diálogo entre la ciencia, la antropología, la psicología y el desarrollo cognitivo desde la infancia y analiza el lugar que ha tenido el sentido de la vista frente a otros sentidos a lo largo de la historia. Jay afirma que desde que los primeros seres humanos abandonan la posición horizontal para erguirse, desarrollan un sistema sensorial en el que la vista se posiciona como sentido privilegiado. "la importancia del olfato, tan relevante en los animales cuadrúpedos, se redujo, transformación nefasta que Freud conje-turó como la propia fundación de la civilización humana" (Jay 13). Por otra parte, menciona que en los niños y niñas el olfato y el tacto son funciones más vitales que la vista en el primer estadío del desarrollo. Pensando en la lógica ocularcéntrica, ¿Qué lugar tiene la vista en nuestra cultura contemporánea? ¿Estamos atravesando un momento donde ésta podría estar poniéndose en crisis a través de un cuestionamiento de su poder o centralidad? Con narraciones como *El niño pez* donde se nos presentan estos casos paradigmáticos de la visión desde lo animal o lo marginal, lo que se está poniendo en juego es un tipo particular de mirada: cerrada, heteronormativa y totalitaria que define y rotula en categorías taxativas y usualmente binarias a los cuerpos. "Resulta de utilidad recuperar la noción de modelo sensorial de Constance Classen (1997), el cual hace referencia a cómo las sociedades otorgan significados, valores y jerarquías a determinados sentidos corporales [...] cada modelo sensorial se asocia a un orden generizado [...] que reproduce un binario de género" (Sabido Ramos 88-89) Esta manera de mirar es la que en la novela encuentra su mayor representación en el padre de Lala y la llamaremos la mirada de Medusa.

En la mitología griega, Medusa es quien transforma en piedra a aquellos que la miran fijamente. De esta manera se ponen en relación dos elementos: mirada y detención, otorgando a la mirada el poder de petrificar lo humano, de volverlo sólido. Sartre utiliza este mismo personaje mitológico en *El ser y la nada* para ilustrar la perspectiva antivisual, a la que Jay llama "la cruel dialéctica de «le regard»" (Jay 142), en la que el otro al mirarme me petrifica y me cosifica. En *La náusea*, esta perspectiva antiocular sartreana puede entreverse cuando Roquentin parece temer hasta a su propio reflejo. El personaje acerca su rostro hasta tocar la superficie del espejo con su nariz y ve allí su propio rostro desmembrado en la cercanía insoportable de su propia imagen reflejada. Este rostro comienza a volverse ajeno en la visión insostenible del detalle que le devuelve el reflejo de un ser irreconocible y monstruoso "Es el reflejo de mi rostro (...) No comprendo nada en este rostro. (...) Mi mirada desciende lenta, hastiada, por la frente, por las mejillas; no encuentra nada firme, se hunde. Evidentemente hay una nariz, ojos, boca, pero todo eso no tiene sentido, ni siquiera expresión humana" (Sartre 33). Esta hostilidad ante lo visual, la noción de la petrificación del sujeto a través de la mirada, parte de una concepción que podríamos llamar ocularfóbica que Jay estudia en varios autores franceses del siglo XX a partir de distintas disciplinas[40]. Es en esta desconfianza en lo visual donde podemos pensar la experiencia narrativa de *El niño pez* como punto de fuga o escape a la lógica plenamente ocular-céntrica a través de esas miradas otras que desautomatizan la mirada objetivante, patriarcal, heterosexual y unívoca de Medusa. Al mirar y narrar desde los márgenes y desde la perspectiva de un ojo encarnado, en el cuerpo, Serafín encarna todo aquello que en otras voces parecía inenarrable: el parricidio, el mito, el filicidio, las violaciones, la violencia, la fluidez de la identidad, las transformaciones de los olores y los cuerpos. Ahora bien, si Serafín es el personaje que habilita estas zonas liminales de los sentidos donde lo ocular puede captar la deriva y las zonas ambiguas de los personajes y sus historias en lugar de clasificarlas, podríamos pensar en qué elementos en la narración funcionan como contrapunto, como representantes de la mirada cosificadora que petrifica y vuelve objeto.

El padre de Lala a quien solo se lo conoce por su apellido o sus dos iniciales J.J, puede pensarse a partir de dos corrientes relacionadas a la mirada: la mirada de Medusa y la ceguera. Brontë es escritor; este detalle que es mencionado en diversas ocasiones y plasmado en la novela como una explicación de su comportamiento egocéntrico y *snob,* es también lo que permitirá pensar en el juego de miradas que despliega cuando posa su mirada sobre los demás personajes, sobre todo sobre su hija y la Guayi. "La Guayi bajó la mirada. Estaba acostumbrada a que otros la miraran así, pero nunca un tipo como Brontë, que salía en los diarios y en la televisión" (Puenzo 110). Esos ojos penetrantes son los ojos patriarcales que vuelven al cuerpo de la Guayi un objeto posible de ser tomado, utilizado y descartado y es la mirada que la transforma en víctima de la violencia. Tanto en su mirada como en su discurso patriarcal, heteronormativo, no hay lugar para el relato abierto, la fluidez y solo ve en sus hijos y en la Guayi un objeto sexual o un objeto de la ficción: "Brontë, que más que un buen escritor era un buen empresario, olfateó que su próximo libro, el que había

---

[40] Entre ellos Georges Bataille, André Bretón, Jean-Paul Sartre, Maurice Merleau-Ponty y Emmanuel Levinas, Michel Foucault, Louis Althusser y Guy Debord, Jacques Lacan y Luce Irigaray, Roland Barthes y Christian Metz, Jacques Derrida y Jean-Francois Lyotar.

terminado esa misma noche, tenía que llamarse «Sin rumbo, la generación del 2000». Sirvió las copas mirando a sus hijos, protagonistas anónimos de su próximo libro" (Puenzo 113). Si Serafín puede contar esta otra historia, la historia de Lala y la Guayi con todas sus derivas, sus ambi-güedades, su multiplicidad, su mitología, en la novela que Brontë quiere hacer de ellas solo parece haber lugar para el relato de sus hijos convertidos en mercancía. No podemos olvidar que la historia al poner en el centro un parricidio y un filicidio y contextualizarlos en un año en concreto, pone en escena la familia y el deterioro de ese núcleo duro que históricamente ha servido como garantía de orden y de reproducción de valores.

> La familia sirve para subjetivizar, temporalizar y representar el tiempo de la nación, de la historia, la memoria, el futuro y los diferentes pasados. La familia es como el sujeto universal del tiempo; hay familias dis-locadas, amputadas, incestuosas, parricidas y filicidas: cada una en diagrama temporal propio. Como si la familia, grado cero de la sociedad, fuera el único sujeto temporal y el único sujeto político concebible en el 2000. (Ludmer 89)

En la narración hay una mención al contexto socio-histórico en el que se inscribe que son los años 2000 en Argentina. Si queremos pensar la novela en este contexto, no parece casual que la denominación elegida por Brontë para definir a sus hijos sea "sin rumbo: la generación del 2000" (Puenzo 113). Esta generación, herederos del menemismo, el proyecto neoliberal, el fin de siglo, también puede remitirnos tal vez a la *lost generation*, estos hijos de la primera guerra mundial, errantes, perdidos en una sociedad en la que no encontraban un lugar o a la generación del 80 retratada por Cambaceres en *Sin rumbo*. Brontë retoma esta idea para retratar a los hijos de la crisis económica y social del 2001. Cuando Laura Arnés (2013) se refiere a esta y a otras novelas del siglo XXI en Argentina, las denomina *desorientaciones* ya que están marcadas por la búsqueda, la errancia y la deriva y sus personajes se trasladan y fluyen inquietos como el río.

La promesa de Brontë de transformar a la Guayi en la protagonista de su próxima novela no solo se inscribe en un deseo personal de abandonar los ensayos para comenzar a escribir ficción sino de plasmar a la Guayi como él la ve: un cuerpo que puede tomarse y volverse objeto simplificado y vuelto mercancía, que puede ser escrito y organizado, enca-sillado en un relato. En este gesto parece ponerse en escena el debate metaliterario del *bestseller*, de la literatura rápida, el entretenimiento de fácil lectura en la que estos cuerpos retratados se transforman en consumo, en personajes ce-rrados y definidos, fácilmente catalogables con un destino predecible. "Vamos a escribir una historia chiquita. Poco importante... Como un atar-decer... como mi vida" (Puenzo 112). Esta mirada ocular-céntrica que es-pecializa el tiempo y cosifica todo lo que mira se opone a la manera en la que Serafín ve a Lala. El narrador marcado por la ambigüedad animal-humano parece ser el único que puede plasmar la fluidez identitaria, la deriva o el devenir de Lala sin necesidad de cerrarla en una categoría unívoca "Lala se había ido desprendiendo de la que fue; había que mirarla bien para saber qué era" (Puenzo 82). Es como si el cuerpo de Lala se plasmara también en un entre mujer-hombre. Esta idea plasmada en *El niño pez* que también es explorada por Lucía Puenzo en varias de sus películas como *XXY*, es justamente lo opuesto a lo que Brontë quiere hacer con esos cuerpos que sería volverlos historias pequeñas, insignificantes, entendibles, ya que él puede hacerse cargo del retrato de una identidad en deriva, abierta, rizomática (Deleuze) e inclasificable.

La mirada de Brontë parece ser capaz de dos acciones: una es afirmativa (el mirar y cosificar) y la otra es negativa, el no poder ver lo que lo rodea, convertirlo en resto inaprensible. Cuando las dos jóvenes comienzan a tramar su plan de fuga, deciden que la única posibilidad de juntar el dinero necesario es robando objetos valiosos de la casa de los Brontë para vernderlos en el mercado negro. La idea surge una vez que la madre de Lala abandona el hogar para fugarse con su amante y la casa comienza a caer en una profunda decadencia. "Ese era el argumento de Lala: en esa casa nadie miraba los cuadros, no servía de nada que estuvieran ahí. En cambio, a ellas, podía cambiarles el futuro" (Puenzo 114). Bajo esta lógica, Brontë ignora los cuadros que decoran su propia casa porque su mirada está marcada por la incapacidad de ver más allá de lo que lo rodea. Lala y la Guayi deciden utilizar esta ceguera a su favor robándose esos cuadros ignorados y haciendo que en sus manos adquieran el poder de la posibilidad, de su futuro juntas en Paraguay.

3. *La mirada animal como punto de fuga: oler, tocar, escuchar*

El niño pez explora zonas ambiguas, híbridas, marginales. A través de esta visión animal, parece haber una deriva hacia una pluralidad de sentidos y un posible punto de fuga a esta lógica plenamente visual. El perro ve, pero también percibe eso que es invisible para los demás personajes y abre así el campo de lo posible hacia el olfato, el tacto, lo auditivo, como sentidos que producen conocimiento. Su mirada, lejos de ser una mirada que petrifica aquello que ve, habilita esos espacios múltiples, esas historias que se encuentran en los olores, en los sonidos o en las pieles que escapan a la simbolización cristalizada.

El amor de Lala y la Guayi no se plasma únicamente con lo visto sino a través del tacto de la piel "Desde esa noche, algo les pasó. Tenían tantas caricias en la piel, las bocas latiendo con el recuerdo del último beso, los ojos cargados de secretos..." (Puenzo 15). Serafín dirige su olfato hacia lugares concretos, de la misma manera en la que dirige su mirada; la piel es uno de ellos porque es allí donde se acumulan los olores que reflejarán los cambios, las mutaciones de los personajes. Él huele y percibe en la piel aquellas transformaciones antes de que sean capturadas por la mirada. Esto ocurre por ejemplo luego de la violación de la Guayi "Lo supe antes de verlo; reconocería su olor hasta en el fondo del lago azul de Ypacaraí" (Puenzo 19). En este caso, lo cognoscible precede a lo visible y hay algo en lo olfativo que produce conocimiento logrando que lo ocular no sea, por lo menos por momentos, el sentido predominante. En personajes como Charo, el abuelo de la Guayi, estos otros sentidos son centrales para resaltar el carácter mágico, espectral y mitológico que trae aparejado Ypacaraí, el río y la familia de Paraguay "Charo nunca dormía, no hacía ruido, no tenía olor" (Puenzo 28). Por su parte, lo auditivo también juega un rol esencial por ejemplo en el canto de la Guayi al remitirnos a ese lado ancestral, barroso, enraizado en lo más hondo de la tierra de su voz "su voz era otra, grave, aterciopelada, india, venía de la boca de su estómago, pero parecía llegar de más adentro, de más bajo, de la tierra, y a medida que conquistaba el espacio se hacía cada vez más espesa" (Puenzo 111). En otros casos es justamente el olor lo que habilita el camino de la vista, lo que permite dibujar las imágenes en la retina para dar lugar a lo que antes no estaba. "[a la Guayi] la olíamos en cada rincón de su pieza, con su gusto a almíbar transpirado. Oliéndola la veíamos bailar y la escuchábamos reírse, una pasadita por su cuarto alcanzaba para mantener-la viva, a diferencia de todo lo demás, que empezó a perder la forma" (Puenzo 30). En este pasaje, también se ve cómo el gusto y el oído habilitan zonas ambiguas donde los sentidos se entremezclan y hacen que se dificulte determinar dónde empieza uno y dónde termina. No por esto la mirada comienza a ser un sentido denostado, sino que parece demostrar la insuficiencia de la vista como única manera de capturar un sentimiento, un momento o una energía para darle lugar a una suerte de polifonía habilitada por lo animal en el que los sentidos se cruzan y dialogan. Si hay una figura presente en la narración es justamente la del desvío, un híbrido que surge a partir del entrecruzamiento entre lo humano y lo animal que de alguna manera vuelve los límites difusos.

Por último, la mirada de Serafín logra capturar el gran misterio que le da título a la novela, la leyenda del niño pez. Tanto el perro como Lala eligen creer en el mito del hijo anfibio de la Guayi y a través de su creencia, logran verlo en el río

> Se dio vuelta y vio a un nene de unos cinco años, sonriéndole con los ojos abiertos, sumergido en el agua. Tenía la piel tan clara que se le adivinaban las venas, los ojos grises con las pestañas de punta, el pelo verdoso y espeso como las algas. (...) —Vos sí que lo viste —me dijo. (...) —Vos lo viste". (Puenzo 32)

A partir de la repetición del verbo "ver" como sinónimo de creer, de conocer, el énfasis está puesto en la mirada a través de una afirmación que asocia visión con saber, esta visión que le da consistencia al mito, lo materializa, basándose en el "ver para creer". La relación entre eso que se ve y el acto de creer parece ser inmediato: otorgamos a la vista la capacidad de entregarnos una verdad, una certificación de la existencia de eso que se nos aparece, muchas veces olvidando que aquello que vemos está atravesado por un tiempo, un lugar, una cultura específica. Cuando Lala ve al niño pez en el río es cuando esta carga cultural que atraviesa la mirada se vuelve más evidente ya que la creencia precede a la visión, primero se cree en lo mítico y luego se refleja en el río. La mirada en este caso pone de manifiesto el peso que las narraciones míticas tienen para ese pueblo y el lugar que se le da a los relatos orales que se heredan de generación en generación. Primero se cree en el mito y luego se ve.

Esta zona mítica habilita ciertas asociaciones: el útero y el río como medios acuáticos que pueden alojar vida, este hijo de la Guayi que no vivió y el pez como forma primitiva de vida y por último la combinación de ambos imaginarios: el niño que se mueve dentro del útero como un pez. La criatura que Lala ve en el río que corresponde al mito es un híbrido entre lo humano y lo animal (mitad niño mitad pez) y podría pensarse como la representación mitológica del silencio: el filicidio que comete la Guayi con su hijo cuando era adolescente. Esta información que se puede inferir, pero recién se devela al final de la novela, pone en escena el tabú del filicidio y el embarazo adolescente a través del cuerpo híbrido del niño pez. Serafín y Lala eligen creer la versión mitológica de Charo en lugar de reparar en el asesinato de la Guayi y es por eso que son capaces de ver al niño en el río. El filicidio y el parricidio se narran a través de una comparación que pone en el centro los dos tabúes de la narración, el asesinato del hijo y el asesinato del padre "«Lo hago por él», eso pensé... que lo hacía por él, para que durmiera tranquilo (...) La misma mentira, los mismos ojos, hasta las manos te temblaban igual que a mí" (Puenzo 150).

4. Una breve reflexión en torno a la transposición cinematográfica de El niño pez

Yo leo una historia solo una vez.
Cuando la idea de base me sirve, la adopto,
olvido por completo el libro y fabrico cine.

Lucía Puenzo nos presenta un caso que no es el más frecuente en el traspaso de una novela a su versión cinematográfica: que este esté realizado (adaptado y dirigido) por su propia escritora. Sin embargo, hay ciertos elementos en los que debemos detenernos a la hora de reflexionar en torno a la literatura y el cine. La cuestión de la transposición de un texto literario a un filme ha generado largos debates críticos y reflexiones. El director y crítico ruso Sergei Eisenstein considera el pasaje de la literatura al cine en términos de reelaboración crítica del (hipo)texto literario. Invita de esa manera a pensar el movimiento de una obra a otra no como una búsqueda de la traducción exacta de los recursos literarios a su equivalente cinematográfico sino como una reelaboración del texto en una nueva lectura en clave audiovisual. En este sentido podríamos pensar la figura de quien realiza una transposición como un lector que resignifica el texto con cada lectura para después generar una nueva proyección del material desde una visión cinematográfica. La transposición implica entonces "una transfiguración de sus contenidos semánticos, de sus cate-gorías espacio-temporales, de las instancias enunciativas y de los procesos retóricos que producen la significación misma de la obra" (Ferrari 181). Cuando pensamos en una reformulación, estamos pensando en elementos que mutan y se transforman para ser funcionales a un nuevo lenguaje. En una entrevista para *El País* Lucía Puenzo afirma que "la novela ya existe, la película puede tener diferencias, me divierte que así sea. La literatura tiene más desvíos, más digresiones, más subtramas" y eso puede verse perfectamente en el caso de *El niño pez*.

En el film, Lucía Puenzo introduce un cambio significativo que difiere enormemente de la novela: el punto de vista. Mientras que en la narración este está claro desde el principio con un enunciador (Serafín) en primera persona, en el filme esta mirada es reemplazada por la visión anónima, que no se asocia con ningún personaje de la diégesis, ya que los planos no son subjetivos, como sí lo es el punto de vista en la narración. Ahora bien, ¿cuál es el grado de impersonalidad que presentan ambas perspectivas? Lo que podemos pensar es si la elección del punto de vista del filme acentúa lo impersonal de ambas miradas (igualando animal y cámara) o si por el contrario, pone de manifiesto cuán disímiles son ambas perspectivas. Aunque en ambos casos se construyen marcos desde los cuales se lee y se interpreta, parecería no producir el mismo efecto enunciar desde la marginalidad subversiva de Serafín que desde la mirada anónima de una cámara. Mientras que la mirada de la cámara se asocia con lo impersonal, con lo externo, la perspectiva de Serafín en la novela está teñida por su condición animal y su identidad, haciendo que cobre relevancia el sistema literario que la novela propone (un híbrido que pivotea entre lo animal y lo humano) que se diluye en el filme.

Pensar en un filme construido a través de la mirada perruna implicaría necesariamente repensar todo el material literario y sobre todo el cinematográfico: ¿Dónde se posiciona la cámara? ¿Cómo filmar una película desde una mirada tan cercana al suelo, desde un cuerpo en cons-tante movimiento, que jadea y se agita? ¿Qué sucede con lo sensorial y con el verosímil en ese caso? El personaje en la versión cinematográfica se limita a correr, lamer y ladrar alejándose de todas las acciones que hemos analizado como características específicas de su rol como narrador: enunciar, mirar y develar. Esto nos lleva a reflexionar sobre los efectos que este corrimiento (de voz enunciadora y personaje con una clara iden-tidad construida a personaje sin diálogos y casi sin intervención) podría generar. Lo que en literatura es un narrador en primera persona, en un filme significa un problema distinto. La cuestión del punto de vista ha sido largamente estudiada por Francois Jost quien se apoya en los escritos de Genette para pensar que el plano cinematográfico o bien está anclado en una mirada intradiegética o de lo contrario, en una mirada externa. En el primer caso tendríamos un ejemplo de una focalización interna, es decir, el espectador ve a través del punto de vista de uno de los personajes y éste se vuelve explícito en el film; por ejemplo, si el personaje corre, la cámara se mueve rítmicamente con sus respiraciones, si un personaje está ebrio, el plano se verá nublado o borroso como si todo se viera en primera persona, desde su visión y percepción. Por su parte el segundo caso es el de la ocularización cero, es decir, el *nobody 's shot* en el que no hay un personaje concreto con el que se identifique el plano, sino que el punto de vista es parte de una instancia extradiegética, una cámara que, aunque sigue a Lala, no se inscribe en la perspectiva de ningún personaje de la diégesis ni tiene la carga de subjetividad de alguien en particular.[41]

Para el presente análisis, estas dos diferenciaciones serán centrales ya que tomando el ejemplo de *El niño pez*, la novela podría tratarse de lo que en teoría literaria llamamos un narrador testigo (que observa, reflexiona y narra el relato) mientras que en el filme nos encontramos con un caso de ocularización interna cero, es decir, la mirada de la cámara es externa y no pertenece a ningún personaje dentro de la diégesis. Serafín, antes narrador y personaje, deviene únicamente lo segundo y pierde su enunciación humana en una voz que se vuelve ladrido. Este cambio en el punto de vista hace que la figura del animal también se resignifique y que ese cuerpo que en la novela podía ser de alguna manera subversivo, híbrido entre su concepción animal y humana, que nos otorgaba una nueva manera de mirar, ambigua y sensorial, en el film se transforme en la representación del adiestramiento o el abandono. En la transposición, el personaje del entrenador de perros cobra mayor relevancia y el control del cuerpo animal insurrecto también posee un lugar central. Eliminado el punto de vista de Serafín, los perros son cuerpos obedientes con lugares definidos (la casa, una jaula, el entrenamiento o la calle) y es responsabilidad de los humanos, del entrenador en este caso, de transformar la vida animal, salvaje, en mercancía funcional a un objetivo: que los perros puedan atacar a posibles delincuentes. Uno de los destinos del cuerpo animal es entonces transformar sus instintos en comporta-mientos dóciles y productivos.

Otra de las posibilidades que el film propone para el cuerpo animal es la pérdida. el vagabundeo, la deriva. Cuando Lala vuelve de Paraguay y pregunta por Serafín, su madre no sabe darle una respuesta ya que al estallar el conflicto familiar tras el parricidio, ese cuerpo perruno se pierde, sale del hogar y su destino se vuelve incierto. En el film ya no es Serafín quien toma la palabra y el poder de la visión para narrar la fuga de

[41] Hay un breve plano subjetivo cuando Lala se oculta detrás de una puerta y descubre a su padre y a la Guayi en la escena de la violación y podemos ver todo a través de sus ojos.

Lala a Paraguay, su corte de pelo como el inicio de la transformación identitaria o la visión del niño pez en el lago de Ypacaraí, sino que es la cámara externa la que va contando las historias. Mientras que la novela parece revertir la noción del perro como el cuerpo más propenso a ser descartable, más precario (Butler), el film vuelve a poner en escena la noción de lo animal como lo hiper marginalizado. Toda la subversión que habilitaba la mirada de Serafín como narrador se traslada al punto de vista de la cámara transformando el lugar de la animalidad como esa fuerza que dislocaba la forma de lo humano y lo social (Giorgi).

Puenzo elige no contar el filme a través de la mirada de un animal ya que, como menciona en la entrevista de *El país*, la literatura cuenta con sus derivas y especificidades que no necesariamente se traducen directamente en el cine. Sin embargo, este parece encontrar sus propias maneras de contar esta historia en la que el silencio asume un rol central y los recursos como el fuera de campo cobran relevancia en la transposición cinematográfica. El fuera de campo, aquello que queda por fuera de un plano, es un recurso que de alguna manera puede pensarse en el juego del silencio narrativo que hace referencia a lo innombrable en una escena. Designa así "lo que existe en otra parte, al lado o en derredor; en el otro, da fe de una presencia más inquietante, de la que ni siquiera se puede decir ya que existe, sino más bien que «insiste» o «subsiste», una parte" (Deleuze 35). El término que utiliza Deleuze, insistir, parece central a la hora de analizar una breve escena en la que *El niño pez*, retomando la tradición griega de no escenificar el asesinato, utiliza el fuera de campo para ilustrar el parricidio. En este caso lo que queda por fuera del plano no necesariamente se deja fuera por su falta de importancia sino, por el contrario, por su centralidad. Elegir no mostrar adquiere todo el peso del silencio. Si en la novela era Serafín en su posición de *voyeur* quien develaba los secretos guardados por las habitaciones de la casa de los Brontë, en el filme el trabajo con el fuera de campo nos abre la posibilidad de pensar en lo que se mantiene oculto.

Centrémonos en la escena donde Lala sirve los vasos con leche y veneno: la cámara sigue y pone en plano las expresiones de Lala y su padre en el momento previo a la ingesta del líquido, pero deja por fuera el momento preciso de la elección, el acto donde Brontë toma de los dos vasos el que contiene el veneno. Como espectadores sólo sabemos qué vaso toma por las consecuencias que se muestran desde el principio del filme con la fuga de Lala. Esa elección de encuadrar los rostros y no los vasos con leche siembra algunas dudas: ¿Es Lala la que le acerca el vaso a su padre? ¿Es él quien elige azarosamente el vaso con el veneno? ¿Hay un vaso que está más adelante que el otro guiando la decisión de su padre? La escena que sigue es la de Lala con el pelo corto regresando a Buenos Aires y entrando al estudio de su padre donde toca los objetos de su escritorio mientras derrama algunas lágrimas. La cuestión del arrepenti-miento no es un elemento explorado en la novela y Lala nunca llora la muerte de su padre. Lo que podemos extraer de esta decisión de la realizadora es que el tabú del parricidio es aquello que elige dejarse fuera del plano. De esta forma, a través de este elemento específicamente audiovisual (no es posible en la literatura trabajar con un recurso como el fuera de campo ya que es algo particular del plano cinematográfico) también hay un trabajo con lo visible y lo cognoscible, una elección de esa cámara-ojo que ve y alude, que decide dejar por fuera ciertos elementos para construir una zona ambigua y resaltar el silencio narrativo del asesinato del padre.

Consideraciones finales

Ficciones como *El niño pez*, permiten poner en jaque el acto mismo de mirar. ¿Qué significa ser un animal, posicionarse en un histórico lugar marginal y, sin embargo, narrar? Estas miradas y voces supuestamente destinadas al silencio toman la palabra y subvierten la ecuación que asocia marginalidad con silencio. En su lugar, nos aleja de la mirada de Medusa que petrifica, encierra y define en categorías binarias y heteronormativas y abre el juego a otra manera de mirar: híbrida, rizomática y ante todo abierta. El punto de vista del *voyeur*, en este caso animal permite que lo visto también nos interpele y nos muestre las estructuras de poder que organizan a los cuerpos en el espacio: qué puede verse, decirse y qué se mantiene en las sombras en una sociedad y un tiempo determinado, además de cuestionarnos nuestro propio antropocentrismo. Esta posición de quien ve sin ser visto y a partir de su mirada devela los secretos de la narración también puede pensarse para otras ficciones. Toda mirada, dentro y fuera de las ficciones, crea marcos desde donde se cuentan historias y es central cuestionarse desde qué marcos se está mirando, por qué factores está atravesada esa mirada y qué consecuencias trae.

Una última consideración en relación con el *voyeurismo*. Parece interesante pensar de qué manera tanto la literatura como el cine tienen en común la puesta en escena de lo íntimo para un otro, lector o espec-tador, volviéndonos también *voyeurs* de lo que allí ocurre. Toda puesta en escena abre un juego de miradas entre escena mirada o descripta, narrador o cámara y lector-espectador en el que necesariamente nos transformamos en mirones de la intimidad. En ese sentido, la lite-ratura exhibe su poder transformador al escenificar el silencio y describir la escena íntima o eso que estaba destinado al silencio, interpelándonos y abriendo las paradojas de los efectos de sentido que nos recuerdan una vez más las tensiones que habitan en toda imagen literaria o cinematográfica.

Bibliografía

Arnés, Laura. "Errancias sexuales, errancias textuales: figuraciones literarias del siglo XXI" *Cuadernos del sur, Letras 43,* 2013, pp. 11-27.

Butler, Judith. *Marcos de guerra. Las vidas lloradas.* Paidós. 2010.

Deleuze, Gillles. *La imagen movimiento. Estudios sobre cine 1.* Paidós, 1987.

Eisenstein, Sergei. *El sentido del cine.* Siglo XXI, 1974.

Ferrari, Marta Beatriz. "Del texto narrativo al fílmico: un caso de transposición". *CELEHIS-Revista del Centro de letras Hispanoamericanas* Año 10 - Nm 13 - Mar del Plata, 2001, pp 179-201.

Gaudreault, André y Jost, François. *El relato cinematográfico; cine y narratología.* Paidós, 1995.

Giorgi, Gabriel. *Formas comunes. Animalidad, cultura, biopolítica.* Eterna Cadencia Editora, 2014.

Jay, Martin. *Ojos abatidos. La denigración de la visión en el pensamiento francés del siglo XX.* Akal, 2007.

Ludmer, Josefina. *Aquí América latina.* Eterna cadencia, 2020.

Puenzo, Lucía. *El niño pez.* Emecé, 2013.

Puenzo, Lucía. "Entrevista a Lucía Puenzo". *El País* [Madrid, España] 7 Oct. 2013: s.p Web 7 Oct. 2013.

Rancière, Jacques. *Los bordes de la ficción.* Edhasa, 2019.

Sabido Ramos, Olga, compiladora. *Los sentidos del cuerpo: un giro sensorial en la investigación social y los estudios de género*, Universidad Autónoma de México, Centro de investigaciones y estudios de género, 2009.

Sartre, Jean Paul. *El ser y la nada.* Losada, 1961.

Filmografía

El niño pez. Dir. Lucía Puenzo, Historias Cinematográficas, Wanda Vision, MK2, 2009.

Bailar sobre el abismo
La mirada obstinada en *La Wagner* de Pablo Rotemberg

Julián Guidi
Universidad de Buenos Aires

Cuando estés mal
Cuando estés solo.
Cuando ya estés cansado de llorar
No te olvides de mí
Porque sé que te puedo estimular.
Cuando me mires a los ojos
Y mi mirada esté en otro lugar
No te acerques a mí
Porque sé que te puedo lastimar.

Charly García, *De mí*, 1990

El cuerpo, un elemento central en la creación artística y literaria contemporánea, es el objeto por excelencia de numerosas figuraciones estéticas que van desde la publicidad sobre las más variadas experiencias de consumo en los medios masivos de comunicación hasta acontecimientos teatrales, escénicos y performances en circuitos alternativos, e incluso en la circulación de imágenes pornográficas, *NSFW*[42] y de contenido exclusivo para suscriptores de distintos sitios web y redes sociales y de mensajería instantánea. En efecto, el cuerpo es objeto constante de la mirada y se vuelve un terreno en disputa sobre el cual se tensan prerrogativas, disciplinamientos, apropiaciones y negaciones. La mirada del público, de los espectadores y de los consumidores de imágenes en

[42] *Not Safe For Work (NSFW)* es una jerga en internet que designa imágenes con desnudos, contenido erótico, violencia, opiniones políticas ofensivas, etc.

general es una acción que piensa, define, interpreta, lee, figura y otorga continuamente significados que se adaptan, se superponen o continúan los ya existentes.

Nuestra escena teatral nacional muestra el devenir de una praxis escénica que toma como eje al cuerpo y que produce a puro estoicismo a partir de condiciones materiales exiguas. Así lo entiende Jorge Dubatti cuando señala que a partir de la destotalización de las poéticas en la posdictadura, luego con sedimentos del penúltimo gran impacto neoliberal de los noventa y a efectos de la paulatina redistribución de recursos del Estado que ejecutara el peronismo kirchnerista, se da "un teatro que hace de necesidad virtud" (62). En este sentido, Alicia Montes y María Cristina Ares reparan en una cartografía que distribuye lo sensible en la producción literaria y artística local contemporánea mediante significaciones profundas sobre la violencia, la herida, el dolor y el sacrificio del cuerpo (2017, i). Siguiendo estas coordenadas, podemos distinguir en la obra de danza contemporánea *La Wagner* la proyección de una mirada sobre la condición humana en tanto condición corporal (Le Breton, 5). Se trata de una obra del músico, coreógrafo y director Pablo Rotemberg, quien se ubica en una zona de las artes escénicas que se lanza sobre el cuerpo, la muerte y sobre aquello que tiende a permanecer en el terreno de lo irrepresentable[43]. *La Wagner* se estrena en 2013 y se mantiene durante siete años consecutivos en cartel. Rotemberg retoma procedimientos elaborados desde obras anteriores que envuelven la desnudez, la sexualidad, la violencia extrema, el cruce entre alta y baja cultura y la metarreferencialidad (Cadús, 2013). Si bien el estreno fue en la Sala Alberdi del Centro Cultural San Martín, las funciones se han presentado sobre distintos escenarios del circuito *under* porteño. Su trayectoria más extensa la ha alcanzado en la sala del Espacio Callejón del barrio de Almagro y a través de sucesivos viajes a festivales internacionales de teatro y danza en España, México, Costa Rica, Chile y

[43] Jorge Dubatti ubica a Rotemberg en "una vasta zona del teatro actual [que] trabaja sin pausa, y de diferentes maneras, en la asunción del horror histórico, la construcción de memorias del pasado, la denuncia y el alerta de lo que sigue vivo de la dictadura en el presente". De este modo piensa en un canon "imposible" (2011:45).

Uruguay. Las protagonistas de *La Wagner* son las bailarinas y artistas escénicas Ayelén Clavin, Carla Di Grazia, Josefina Gorostiza y Carla Rímola, quienes junto a Rotemberg gestan las secuencias coreográficas basadas en un lenguaje expresivo plagado de un virtuosismo irónico, repeticiones, golpes, caídas, rebotes, giros, deslizadas, saltos y gritos. A lo largo de sucesivas temporadas y en distintas ocasiones, las bailarinas Fiorella Álvarez y Bárbara Alonso oficiaron de reemplazos.

El arreglo musical, fundamento del trabajo del coreógrafo, se basa en segmentos de las óperas de Richard Wagner, tramos de música experimental atonal del compositor y realizador Phill Niblock y piezas de los músicos y compositores de bandas sonoras para films *porno soft* ita-lianos de los años setenta Armando Trovajoli y Gianfranco Plenizio. Este pastiche de tono operístico evidencia la construcción de una mirada con dobleces y que permanece expectante ante la incomodidad para agotarla y volverla una experiencia compleja mediante operaciones que reponen lo que, por un lado, en tiempo pretérito habría sido silenciado y desplazado del espacio escénico para recluirse en una solemne intimidad y lo que hoy, por otro, parece estar disuelto en el frenesí de las vistas que recorren las pantallas. El propósito de este escrito es indagar en significaciones posibles que *La Wagner* ofrece a la vista por medio de figuras del erotismo y el neobarroco y cuyo efecto es lo que proponemos como una mirada obstinada.

Porque el verdadero arte es el que no te deja ileso[44]

El dionisismo nietzscheano es un impulso vital (*Trieb*) que hasta nuestros días atraviesa una vasta producción poética y estética. Junto con lo apolíneo, se trata de una dualidad de fuerzas en constante atracción y choque que permanecen necesariamente[45] juntas, como lo señala Graciela C. Sarti, quien destaca que lo dionisíaco es más fuerte tanto en el arte

[44] Tomado del título de la obra homónima que Rotemberg estrena en 2017 en el Centro Cultural Kirchner, quien a su vez cita al artista contemporáneo argentino Edgardo Giménez. C.f. https://cck.gob.ar/eventos/pablo-rotemberg_1979.

[45] En términos filosóficos: que es así y no puede ser de otra manera.

como en la vida (2008, 176). La potencia que detenta esta fuerza se debe al principio de lo Uno Primordial (*Das-Ur-Eine)*, una noción que Friedrich Nietzsche ha entendido se cumple en el dionisismo a partir de la disolución del ego y su efecto de borramiento del límite entre los cuerpos. El culto a la individuación, propio de lo apolíneo, que se deja atrás es lo que el pesimismo schopenhaueriano había considerado como un navegante en una barca en medio de un mar embravecido. Esto se opone de manera brutal a los efectos del dionisismo, cuyo único fluir vital es el exceso y que Nietzsche percibe fundamentalmente en la danza y la música en un estado de éxtasis ilimitado que condensa el sentido de la existencia. Ocurre entonces una metamorfosis con lo animal y en correspondencia con el mito del dios Dionisos, las Ménades llevan a cabo un desmembramiento que despedaza el cuerpo divino y que volverá a reunirse de modo eterno en el tiempo. Esta presencia mítica se ofrece como significante disponible para reactualizaciones semánticas (Sarti, 2008, 180) que en clave estética pueden ser rastreadas en *La Wagner* de Rotemberg; siempre sobre la premisa de que los fenómenos jamás dan cuenta de algo por sí solos sin un gesto de provocación (Calabrese, 23).

Con la latencia dramática de una obertura[46] wagneriana, lo primero que se corporiza en escena en *La Wagner* es un halo de niebla. Bajo una luz blanca cenital, se vislumbra un vaho que lentamente se disuelve y se funde en la oscuridad, como una metáfora trágica del destino que el mundo le figura al cuerpo. El drama musical representa para Richard Wagner la restitución del poder absoluto en el arte. Así lo sostiene Martin Heidegger cuando nota que Wagner arroja su intento de obra de arte total (*Gesamtkunstwerk)* en medio de la denuncia hegeliana sobre la decadente fuga de la esencia artística en el siglo XIX (2000, 89-91). La concepción wagneriana de una obra de arte total es en sí un gesto violento, y nos referimos a una violencia en su acepción no negativa, la que es propia de una praxis totalizadora que busca absolutizar o cristalizar una esencia. Sin

[46] Richard Wagner, *Parsifal*, 2° Acto, Preludio. C.f. https://youtu.be/7wwPb6ESUBg

más: un gesto gentil[47], alemán. Heidegger señala que el drama wagneriano pesa en su carácter escénico y fundamentalmente coreografiado. Este poderosísimo procedimiento puede llegar a dominar los sentimientos de quien mira, lo que en sus palabras describe como

> el frenesí y el ardor de los sentidos, la gran convulsión, el feliz terror de fundirse en el gozo, la desaparición en el «mar sin fondo de las armonías», el hundimiento en la embriaguez, la disolución en el puro sentimiento como forma de redención (90).

Así, Heidegger hace un profundo hincapié en el efecto y la voluntad de excitar, y a eso lo llama teatro. La ilusión purificadora con la que Wagner dota al teatro retoma sin dudas la intención de *La Poética* aristotélica que sitúa al dolor como objeto de fascinación, junto a la violen-cia y la muerte, porque de ese modo se da la catarsis purificadora. Más aún, la salvación que propone Wagner en la transfiguración teatral tiene asidero en un juego místico, en incitaciones a la experiencia de la tentación:

> [Encontramos] con Rienzi, el deseo de rebelarse, las pasiones políticas, y con Tannähuser o Tristán, la aspiración al amor. Con Sigfrido, la tentación del heroísmo. Con Lohengrin y Parsifal, el ansia de santidad. Y del mismo modo que los espíritus del más allá llevan un signo para darse a conocer, también estos personajes incluyen un objeto sagrado: Sigfrido nos tiende su espada, Tristán el filtro, Parsifal el grial (Schneider, 4).

Lo absoluto para Heidegger es lo que se experimenta "como el balancearse que se hunde en la nada" (91): lo que no está determinado, lo que se diluye al mismo tiempo en que se siente. Diremos lo informe,

[47] Porque nos ahorra el trabajo de pensar (para simplemente aceptar). Marcel Schneider afirma que Wagner "sintió la nostalgia de esa cultura universal que singulariza a los hombres del siglo XVI, la nostalgia de Vinci y del Renacimiento" (5).

acaso. Es aquí, en esta temporalidad inasible que se dirige hacia lo que le es inminente, que nos topamos con el erotismo en Rotemberg. Aunque, como veremos, la intención de Wagner de sacralizar al artista resulta despedazada ante la poética rotembergiana que no solo representa la muerte simbólica en escena (Groys, 23) sino que deja marcas en el cuerpo: lo hiere. La pregunta sobre si hay algo más allá del cuerpo en caso de su destrucción da pie a que resuene el eco de la muerte (Ares, 2013, 139) y Nietzsche afirmó en *Así habló Zaratustra* que "el hombre es una cuerda tendida entre el animal y el superhombre, una cuerda sobre un abismo" (1997, 38).

Tirar de la punta de uno de los hilos que se entretejen en esa cuerda nos llevaría a tratar el tiempo invaluable y finito sobre el que se aboca Georges Bataille, quien retoma la ruptura trágica de Nietzsche y a la vez recupera un pensamiento profundamente sistémico como la dialéctica hegeliana (Jay, 2007, 171). En medio de esta tensión elabora su misticismo materialista cargado de una profunda crítica a la idea de sujeto que le era contemporánea y de manera particular a la racionalidad impresa en la escritura[48] (174). En este sentido, Alicia Montes considera: "La escritura toca los cuerpos en su límite mismo, pero no los escribe como la violencia, no se incrusta en su carne, no los atraviesa, ni los hace hablar o los condena a silencio: no los sacrifica"[49] (2017, 30). Como si se tratara de una reivindicación batailleana, Rotemberg escenifica la violencia en actos. El paso de la enunciación a la consumación, plantea Bataille, implica necesariamente la transgresión y así propone su noción de erotismo, que rompe una lógica de proyecto futuro y se ancla en el presente para encarnar con exuberancia la discontinuidad inherente al hombre que se manifiesta por fuera de sí, es decir, en la experiencia, y que a la vez le es constituyente hacia sus adentros (12). El erotismo batailleano es una tragedia que sacude

[48] Martin Jay se basa en que Bataille se oponía a un materialismo basado en la imagen visual de la materia en favor de un materialismo fundado en la experiencia corporal de la materialidad.

[49] Montes refiere en su análisis de las novelas *Dos veces Junio* (2002) de Martín Kohan y *El mendigo chupapijas* (2005) de Pablo Pérez que las narraciones ponen de manifiesto cuerpos vulnerables en los que se puede leer la violencia del presente que determina la validez de la vida de algunos por sobre otros.

las formas constituidas (13) y busca alcanzar al ser en sus profundidades más íntimas para ponerlo de cara a la muerte: un fenómeno por lejos más verdadero y meritorio que la vida. Dada su médula nietzscheana, Bataille concibe al ser como discontinuo. Ese rasgo de discontinuidad es el abismo sin forma, oscuro, que existe entre los seres (9). Así se traza sobre nuestro horizonte un destino en el que morimos de manera aislada: echados a nuestra suerte. No obstante, la nostalgia de una continuidad perdida nos gobierna y nos ordena hacia una experiencia deseante.

Por el modo en que Bataille da cuenta del erotismo, no nos permite conocerlo mediante un enunciado que lisa y llanamente lo defina. Sin embargo, nos es posible recuperarlo mediante una fórmula que se expande sobre la base de su paradoja nietzscheana fundante y cuyo dominio está demarcado por la violencia traducida en transgresión. Por eso, para otorgarle un parangón, alude a la figura de un estallido, el de la "violencia en el momento de la explosión" (98). Tal como en el culto a Dionisos, que alcanza su cenit ritual en el momento del desmembramiento, es decir, del *sparagmos*. "La crisis del ser es su entrada en el juego" (76) sostiene Bataille cuando se refiere a que la toma de conciencia de la discontinuidad altera la conciencia del sujeto acerca de sus límites y lo lleva a la crisis. Un sentimiento de profunda resignación con reminiscencias en la pérdida de fundamento nietzscheana[50]. Transgredir la prohibición da pie a un momento de angustia y goce a la vez: la experiencia interior es la toma de conciencia del desgarrarse uno mismo sin resistencia (27).

La transgresión se encuentra enraizada en la naturaleza y a su vez se manifiesta en el hombre a través de un impulso que empuja los límites de la razón; seguimos tratando la violencia. La razón domina nuestra vida

---

[50] María Cristina Ares retoma en *El cuerpo muerto en el arte contemporáneo* la noción de pensamiento débil de G. Vattimo cuando sostiene que, en esta forma de nihilismo, y a efectos del pensamiento posmetafísico, la noción de ser sufre un debilitamiento ante la ausencia de la idea de Dios y el sujeto puede ver su condición de debilidad cuando acepta que no es posible pensar en la certeza absoluta: se trata de la aceptación de la propia finitud. Ares la enuncia como un trampolín hacia la asunción de lo que propone como nuestra única posibilidad (2013, 141).

a través del trabajo y no admite de forma alguna los impulsos que se liberan en la fiesta o en el juego, en donde el tiempo queda suspendido[51], porque estos impulsos son consecuencia del exceso. Más aún y en este tenor, lejos de pensar en la muerte como una desavenencia, Bataille insiste en que se trata de un efecto propio del conflicto vital, un conflicto que despliega la fuerza agresiva de la violencia (Jay, 2007, 166). Tanto la violencia como la muerte lucen una ambivalencia más que expresiva en términos de horror y fascinación (Bataille, 32) y su exceso funda un sen-dero hacia la revelación, una zona sin retorno. En la experiencia corporal que se erige ante nuestros ojos en *La Wagner* ocurre una suerte de desdoblamiento entre el dolor y el sufrimiento (Le Breton, 2010). Una reafirmación vital de exuberancia y lance, que se figura a través del golpe, la herida y el fantasma de la muerte. La paradoja se luce una vez más cuando las intérpretes se sitúan en las antípodas del estar muertas por dentro, debido a que la contemplación de este riesgo erótico es, por sobre todo, efecto de una profusión vital; un aspecto particular y necesario del bailar Rotemberg.

En el cuadro inicial de la obra las protagonistas ingresan a escena por un corredor en altura y descienden por una escalera, impulsadas por la armonía de *Voce d'Amore*[52]. Su lenta caminata demora la percepción de que están desnudas y su efecto fundante de un ritmo delimita un confín que luego será excedido, transgredido, a lo largo del resto de los cuadros. Las bailarinas transitan su recorrido con la cabeza gacha, mirando hacia abajo. Desde el inicio, entonces, se devela el desnudo como vestuario y ese ralentí del comienzo propicia una percepción densa del tiempo que discurre, en oposición al desenfreno que lo está por suceder. Una vez que han descendido, cuando terminan su caminata la mirada de las cuatro bailarinas se alza de frente hacia el público y deja en claro que el encuentro

[51] Hans-Georg Gadamer sostiene en *La actualidad de lo bello* que el arte se refleja en la fiesta dado que "posee una suerte de tiempo propio que nos impone" (1997, 110).

[52] Rotemberg emplea esta pieza de Gianfranco Plenizio, parte de la banda sonora del film *La Gatta in Calore* (1972) de Nello Rossati, para la caminata que trae a las artistas a escena al comienzo de la obra. C.f. https://youtu.be/hpK-hTsdG7E. Hacia el final de la obra, en un procedimiento metarreferencial, las cuatro bailarinas frente a un micrófono con pie titularán así su próxima escena.

se halla en un punto de no retorno, en una especie de pacto de aceptación de que, juntos, nos encontramos allí: ellas para bailar, nosotros para mirar.

En su ensayo *La desmagicización del ojo: Bataille y los surrealistas*, Martin Jay señala la "obsesiva fascinación" de Bataille "por la violenta abolición de la visión" (169) que podemos extrapolar hacia el vestuario desnudo que presenta *La Wagner*. El desnudo que viste a las artistas escénicas tamiza por sus cuerpos una equivalencia entre lo genital y lo ocular. Así lo entiende Roland Barthes con respecto a los objetos con los que interactúa la heroína de *Historia del ojo*, la novela erótica que Bataille escribió bajo el alias de Lord Auch. Barthes, como un comentarista cautivado por esta obra, sostiene que al igualarse lo ocular con lo genital en las metáforas creadas por Bataille entre la corporalidad de un ojo, un huevo, un testículo o el sol y entre líquidos que se cuelan por entre los dedos como la sangre, la orina o las lágrimas "todo se da en la superficie (...) la metáfora se exhibe en su integridad (...) no remite a ningún secreto" (Jay, 169). De este modo opera el desnudo rotembergiano cuando sobre los cuerpos se activa una mirada (*Gaze*) que barre cada recoveco del cuerpo, que discurre sobre lo informe del desnudo bañado por la película de la luz y ensombrecido hacia el telón de fondo de oscuridad de la escena. Este procedimiento construye un desnudo de mirada obligada, que despoja al cuerpo de solemnidad, desjerarquiza cualquier accidente geográfico corporal y a la vez pivotea entre la prohibición y la transgresión como actos de expectación. La visión del desnudo es una mirada compuesta por capas que complejizan su desglose. En principio, tal como escribe John Berger en su análisis de un auto descubrimiento o de la comprensión de la mirada en tanto aparato perceptivo: "Poco después de ver, nos damos cuenta de que también podemos ser vistos" (Berger, 9). Aquí las bailarinas miran a los ojos a los espectadores. A esto se suma la conciencia de un conjunto de personas reunidas mirando el desnudo de cada intérprete y a la vez dejándolo por detrás, deslizándolo hacia una capa presente pero no principal, dada la seriedad de las acciones que sobre-vienen; y se da cuenta de un ejercicio propuesto a la mirada: un ejercicio de sostén.

También es de notar que las intérpretes se miran entre ellas. Si bien están conectadas en el plano de la sincronización musical, es un hecho a la vista que sus miradas se constituyen en sostén: se apoyan en la mirada de la otra. Cuando el ejercicio coreográfico demanda el daño, la mirada sostiene. A poco de empezada la obra acontece la *fellatio*Clavin - Di Grazia. Sobre la pieza wagneriana del Preludio del I Acto de *Sigfrido*, Gorostiza se ubica delante de un micrófono con pie, hacia el frente sobre la derecha, y susurra de manera tenebrosa una y otra vez "Brunilda". Con este llamado al personaje operístico, Clavin y Di Grazia sobre el centro se mueven en vaivén, dubitativas, hasta que Clavin toma a Di Grazia, le abre la boca y le introduce sus dedos índice y mayor para reproducir aquel vaivén inicial. Lo que antes fue dudoso, entonces es decidido y violento. Aquí se evoca la escena de *Portero de noche* (1974) de Liliana Cavani, en la que Max (Dirk Bogarde) y Lucia (Charlotte Rampling) mantienen una re-lación sadomasoquista y obsesiva en la que la herida recuerda la propia existencia (Le Breton, 61) y el dolor acerca un confín propio que da cuenta de un cuerpo que el horror del mundo dejó en el olvido (66). En medio del acto, Di Grazia tose y podemos ver caer a contraluz los hilos finos de saliva que el movimiento de los dedos de Clavin hace salir de su boca. Si bien Di Grazia permanece impertérrita por lo que parecen minutos eternos, cuando finalmente se libera empuja a Clavin contra el suelo en una serie de golpes repetidos y se dirige hacia el fondo de la escena a escupir y beber agua. Clavin se incorpora. Las bailarinas no tardan en estar listas para lo que sigue. Quizás de este modo podríamos pensar acerca de los dobleces de una danza abismal, que se sustenta en una tensión fundamentalmente estética: la mirada *voyeur* frente al riesgo erótico y la inmolación neobarroca.

La oscuridad cubrió la tierra[53]*: porno-mostras*[54]

El desarrollo de las estéticas barrocas no encuentra un límite en su constante ejercicio de acumulación (Ares, 2019, 11). El barroco americano logra sostenerse sobre lo desfondado de sus heridas una vez que allí ha indagado (Mignolo y Gómez, 43). En vistas del gozoso resquebrajamiento de los sistemas estéticos clásicos, Calabrese hace pie en el problema particular del neobarroco que concierne al límite y al exceso. Parte de la premisa de que lo clásico es portador de un confín, es decir, de un conjunto de puntos que pertenecerán a un sistema y lo delimitarán, demarcarán un adentro y un afuera, una coherencia (64). Las operaciones neobarrocas giran alrededor de determinadas transgresiones a este confín y se presentan como deseos o aspiraciones hacia la apertura de aquellos sistemas que se conforman cerrados; allí es que recaen sobre el límite y el exceso.

Mientras que el límite es la tarea de llevar a sus consecuencias extremas la elasticidad del perímetro sin romperlo, el exceso encarna la ruptura del contorno, una figura de salida o una válvula de escape (66). En *La Wagner*, el estado físico y corporal de agitación que alcanzan las intérpretes se extralimita en caídas y golpes brutales, como tocando la puerta de un umbral, de un más allá portador de plenitud vital. En este más acá solo habría anhelo. Es de este modo que la experiencia Rotemberg propone una prueba tanto a sus intérpretes como a sus espectadores que en algún punto trabajan la experimentación sobre la elasticidad del confín: por un lado, en bailar, por otro, en mirar. La agitación de las bailarinas pulsa desafiando el límite mientras que su dominio técnico del movimiento opera con hilos propiamente apolíneos que inoculan el exceso

[53] Tomado de la obra homónima que Rotemberg estrenara en 2019 en el Centro Cultural 25 de Mayo. En este caso, el autor parte de piezas musicales del compositor renacentista Carlo Gesualdo y focaliza su mirada barroca y resistente sobre el cristianismo y la libertad. C.f. https://www.pagina12.com.ar/171495-el-cuerpo-es-el-objeto-del-momento

[54] Sarti entiende que en el lenguaje coloquial llamamos monstruo a quien destaca de modo extraordinario por sus cualidades o desempeño (2013:17). A su vez, *mostra* es en italiano lo que al español se traduce como exposición.

de la figura con la dosis justa de mesura. Se trata de una operación al límite en la que el dolor no será sufrimiento sino liberación y en donde la violencia repetida irá perdiendo su efecto de exponer la herida ante la visión: si se aguanta se incorpora.

El exceso es genéticamente interno cuando en el interior mismo de un sistema se generan fuerzas centrífugas (Calabrese, 75). Esto es un rasgo distintivo del barroco y se manifiesta canónicamente, como bien es revivido por la poética rotembergiana, a través del exceso erótico para poner en crisis un sistema de valores. Rotemberg sostiene de este modo su idea fija y excesiva acerca del sexo en *La Wagner*, porque es un signo de algo más: versa sobre la provocación que busca sortear el límite de los principios sociales comunes (76), como lo propone Calabrese en relación a cierto cine entre los 60 y los 80 en donde identifica el sexo como muerte en *Saló* de Pier Paolo Pasolini y como denuncia y drama en Rainer Werner Fassbinder. A esta sucesión agregaremos el sexo como aliento de vida en *Portero de noche* de Liliana Cavani. La violencia es intrínseca al erotismo (Bataille 43) y así mirada y sexo se despuntan en imágenes complejas para la experiencia si de lo que se trata es de correrse del consumo corriente de pornografía. En este sentido, la necesidad de la presencia de la mirada como contraparte en la experiencia de apertura corporal de la danza se expone de manera significativa, también, en *Habitación con vista*[55], el videodanza que el Ballet Nacional de Marsella estrenó en 2020 y que explicita la mirada del compositor musical sobre los cuerpos que compo-nen movimiento. En su devenir, esta mirada muta hacia una corporeidad que, producto del exceso, termina por volverse hacia sus adentros, revisitando los rastros de una experiencia acontecida en su interior.

Según lo entiende Hans-Thies Lehmann en su propuesta sobre el teatro posdramático, la mirada del espectador sostiene la violencia de estas acciones porque así aparece de verdad el cuerpo. Es decir, en escena el

[55] *Room with a View* (Rone & (LA) HORDE, 2020), trabaja los límites de la mirada, la música y el cuerpo en la experiencia individual y grupal de la composición en la danza. La pregunta de cuán adentro lleva la mirada el *DJ* que sonoriza para situar a los bailarines se expone en una danza con alta potencia expresiva mediante figuraciones sobre la protesta y la rebelión callejera y una desembocadura monstruosa como resultado de la conjunción de las miradas. C.f. https://youtu.be/w77nJ6BBEhc

cuerpo surge de un gesto azaroso en medio de una tensión con la mirada (357). Para Lehmann, la danza "es esencialmente gesto porque no es otra cosa que la distribución y la presentación del carácter medial del movimiento corporal. El gesto es la presentación de una inmediatez, el medio hecho visible como tal" (358). Acerca de este planteo, el autor retoma a Walter Benjamin cuando alude a lo que se hace presente para simplemente fugarse y llevarse consigo nuestra más atenta mirada, tornándose, de este modo, irreproducible. Lehmann sostiene que el gesto carga un exceso de potencialidad que la mirada no puede organizar porque carece de finalidad; es en sí mismo y conforma de este modo lo que define como un cuerpo posdramático o cuerpo de gestos, porque "el gesto es una potencia que no se olvida en el acto para agotarse en él, sino que permanece como potencia en el mismo acto y baila en él" (358).

De esta manera, la exhibición extrema es un gesto de descaro. Una escena que refleja la experiencia del exceso que estamos tratando es el porno de Carla Di Grazia, en la que la artista alcanza un estado, en términos de alcanzar y sostener, e interpreta una secuencia bailada de un erotismo al que podríamos aproximarnos, en palabras de Calabrese, como un genuino "espectáculo de fruición" (80). En ese momento, la conciencia del cuerpo desnudo ya ha quedado atrás y llega a rasgarse una membrana aún más allá. A la vez que Di Grazia ejecuta su porno sobre una pieza[56] de Travajoli que forma parte de la banda sonora de la película *Sesso Matto* (Dino Risi, 1973), Clavin y Gorostiza, hacia el costado derecho, bailan una secuencia con pasos de rumba que incorpora una serie de caídas provocadas adrede. Gorostiza propicia un puntapié silencioso a Clavin sobre su peroné y juntas caen, se levantan y lo repiten. Una acción de derroche, sin una finalidad: la caída por la caída. Todo sucede en simultáneo y suma a la mirada una exigencia más, la altera y en consecuencia la desorbita. Como espectadores, nuestra mirada puede volverse estrábica, porque queremos mirar y a la vez rehuimos, esquivamos la mirada de Di Grazia y también la del espectador a nuestro lado, como si no quisiéramos que nos miren mirando, pero sabiendo que es inevitable. Somos *voyeurs* obligados

56 Armando Trovajoli, *Kinky Peanuts*, 1973. C.f. https://youtu.be/vSFFHteai5A

y conscientes. Según Lehmann, la exposición a la que se arroja el cuerpo posdramático ante los espectadores es amenazadora y contradictoria dado que su sentido no está cerrado, no permite ser esencializado. Se trata de una exposición que prescinde del drama y del personaje (362). Lehmann considera que este rasgo es inherente a la danza y recupera del poeta Stéphane Mallarmé que "la bailarina no es una mujer que baila, sino una constelación de reminiscencias poéticas (sin autor), asociaciones y figuras, una abstracción fascinante de todo lo real que debería hacer posible la percepción simbólica" para distinguir que en el juego posdramático el artista escénico se arroja "como una víctima", dispuesto a asumir desde sus estados más vulnerables como miserables hasta su cariz erótico y provocador a la mirada del espectador (363).

Durante el porno de Carla Di Grazia no solo se exhibe un exceso de detalles corporales e insinuaciones sexuales, sino que la escena se corona con una luz puntual que al final se posa sobre su vagina. Una ulterior enfatización escandalosa y violenta, el efecto porno[57] o de hasta dónde puede llegar la idea fija, el *leitmotiv*, del desnudo. Cuando John Berger se refiere en *Modos de ver* al auge de la pintura al óleo en el Alto Renacimiento, señala específicamente que se debe a su capacidad de dar cuenta del sentido del tacto a partir de la vista. El pigmento con aceite permitía un grado genuino de la presencia de lo tangible en su textura, lustre y solidez. Entonces, desde una perspectiva cartesiana (Jay, 2003, 226), el objeto representado se volvía deseable visualmente y la mirada apuntaba a satisfacer el tacto, la mano del propietario (Berger, 89-90). Esta mirada *voyeur* que se estructura desde el porno de Di Grazia, ambivalente, descarada y a la vez pudorosa, dispuesta y entregada hasta el detalle, neobarroca, se asemeja a la que surge a partir de la lectura de una escena erótica en *El amor*, el cuento de Martín Kohan que a modo de *spin off* reescribe qué fue de Fierro y Cruz[58]. Cuando se narra que ya es de noche y todos se disponen a dormir, juntos en su carpa y en una experiencia interior, Fierro y Cruz se van

[57] Calabrese aclara que "el *efecto porno* no atañe solo al sexo, sino también a otros procedimientos de detalle igualmente escandalosos, como los que conciernen a las acciones de violencia" (1987:99).

[58] Personajes de *El gaucho Martín Fierro* (1872) de José Hernández.

en un recorrido erótico sensorial en donde la única mirada activa es la del lector. Así se despliega una escena sobre la que recae la prohibición por leer lo que el ojo no debería ver. Podríamos preguntarnos si Fierro y Cruz llegan a verse entre ellos, pegados sus cuerpos, sumergidos en la oscuridad de la noche. De lo que no podemos dudar es de cuán dentro llegan a sentirse el uno del otro, luego de una coreografía de escupitajos, manotazos y derrames motorizada por el deseo. Una parte de esa experiencia que se da a conocer queda reservada para unos, mientras que lo que de esa experiencia se deja ver, queda expuesto para otros, porque busca la mirada. Aquí paridos por la visión barroca en el sentido de su poder explosivo (Jay, 2003, 235): por un lado, Di Grazia, Fierro y Cruz, por otro, espectadores y lectores.

En *La Wagner* también aparece la repetición como una figura compositiva que devela una faceta de dolor. La mayoría de los movimientos y secuencias del repertorio de la obra que Clavin, Di Grazia, Gorostiza y Rímola ejecutan mediante rebotes, golpes, saltos y caídas se dan de manera repetida y dan cuenta de la demanda explícita de rendimiento físico que las somete. Este fenómeno reiterativo sumado a la distribución simétrica de los cuerpos por el espacio, que permanece vacío excepto por cuatro sillas envueltas en cinturones, se presenta como una similitud serial (Lehmann, 370) que despierta en la mirada un *voyeurismo* que busca la falla. La aspiración a la perfección enfatiza la insuficiencia y la debilidad como aspectos fundamentales del cuerpo. Lo ausente, así, aparece por negativo: todo lo que está señala el vacío de lo que no está, es decir, las diferencias entre masas corporales, largo de cabellos, alturas, volúmenes y ritmos de respiración. El cuerpo, poderosamente real para alcanzar ese estado, se proyecta ante la mirada del espectador en su debilidad para sostenerse a pesar del esfuerzo. Cuando la mirada contempla la violencia sobre el cuerpo sobreexigido se torna más empática. No sería desacertado considerar entonces que bajo estos procedimientos el cuerpo adquiera mayor visibilidad (a pesar del desnudo) cuando la formalidad estética ante la que se somete amenaza con disolverse ante la realidad del cansancio y la extenuación corporal (371).

Resulta imposible rehuir a una de las nociones batailleanas que nos permiten comprender la repetición. Se trata del derroche, el procedimiento más dispendioso inherente a los seres, un impulso dado con la vida y en dirección hacia la muerte. En una lectura económica, el sistema capitalista se basa en producir con el menor gasto, mientras que, por el contrario, la naturaleza se presenta como un derroche de energía viva y como "orgía del aniquilamiento" (Bataille, 44). Si bien la repetición que ejecutan las bailarinas se torna en un aspecto maquínico y puede interpretarse como una metáfora del disciplinamiento del cuerpo inserto en la producción del sistema capitalista, es incluso más evidente considerar que aquí el cuerpo se decide a no producir sentido siquiera. Las bailarinas se detienen (sin dejar de moverse) y no producen más que un derroche de energía que las consume, las agota y acerca sus cuerpos a la muerte; acaso como una experiencia erótica.

A poco de iniciada la obra, Josefina Gorostiza se sube a una de las cuatro sillas que componen la única escenografía, realiza una proclama en un movimiento militar de brazos y salta desde lo alto en una gran caída al piso. Gorostiza realiza su suicidio no sin antes hacer una oda del derroche, y luego como un ave fénix resurge del suelo y repite su suicidio sin cansancio. El derroche de energía que se libera en la insistencia repetitiva de la composición de movimientos, en donde el sentido no se halla más que en la repetición misma, en su implicancia estética, resulta reivindi-catorio del derroche batailleano que denuncia la inmovilidad instrumental capitalista, el cartesianismo fundamental de la vida. En su suicidio, vemos a Gorostiza alcanzar y sostener en un ritual sacrificial. La vemos inmolarse en una renuncia al tiempo para otorgar magnitud a su existencia. Gorostiza encarna lo que Le Bretón entiende como "la envoltura del dolor", el "Apostar al dolor (que uno controla) contra el sufrimiento (que está en la vida y es incontrolable)" (65-66).

La repetición también opera en distintas escenas a través de otra figura que es efecto de la desmesura y que se encarna en un cuerpo temible que se oculta y se desoculta. Se trata del monstruo, que aparece en una hipérbole de agresiones físicas y sexuales. La desmesura monstruosa se da mediante la fusión de la carne con la máquina. Si hay algo que retorna de modo constante es el monstruo, lo monstruoso, la *mostra* en su ambigüedad. En un primer momento, esta figura hizo su aparición en la mencionada *fellatio*Clavin–Di Grazia. En una escena siguiente, el lugar frente al pie con un micrófono vuelve a ocuparse, esta vez con un anuncio de Di Grazia, quien como con un llamado a la violencia de los dioses enuncia "La violación de Carla Rímola". Rímola se entrega acostada sobre el piso, sin resistencia, inerme. La escena está envuelta por una vibración sonora de Phill Niblok que enmarca la oscuridad absoluta del cuadro. En secuencias repetitivas, tres cuerpos obscenos de piel, nervio y músculo la ultrajan evocando la figura de una monstruosidad maquínica (Sarti, 2013, 18) que nos obliga a resistir el espectáculo de violencia que se despliega ante nuestros ojos y nos despierta la intención de defendernos, algo que en escena está ausente. Acaso una violencia excesiva desafía la mirada a resistir, a curtirse, a mostrificarse, volverse un poco más *mostra* en un devenir más resistente a lo impresionante por medio de la estabilización de un exceso. Como si lo que viéramos tuviese el poder de metamorfosear nuestra mirada con el horror que pueden revelar los cuerpos, porque en ello se va. Si hasta entonces lo más violento había sido la *fellatio* mecánica Clavin – Di Grazia, la violación de Carla Rímola recrudece la figura hiperbólica de la violencia. El carácter inenarrable de aquello que vemos en estas escenas monstruosas se hace evidente si nos referimos a ellas, en principio, como "violentas", sin más. La invocación del término violencia, entonces, devela un efecto neutralizante, aliviador, del uso de un hiperónimo cuando oculta la referencia a la *fellatio* morbosa y al ultraje perverso.

En *La Wagner* las apariciones del monstruo se componen, en un principio, por lo que parecería una oposición dialéctica: quien en un principio es un cuerpo sumido en la inermidad y es vulnerado y herido, luego cobra un vigor inusitado y una vez en movimiento responde con su violencia reactiva. No obstante, prescinden de la síntesis tanto como del drama y del personaje. Liberada de cargas semánticas que estructuren, la mirada fetichiza la fuerza y la belleza del cuerpo contemplándolas como únicas verdades posibles (Lehmann 364). Se trata de escenas que alteran la conciencia, como si en algún momento fuera nuestra mirada la que mira desde dentro del cuerpo que intenta desecharse para que el otro logre su vida plena (Montes y Ares, 2020, iii). La constante relación violenta entre los cuerpos, que se lleva al extremo con la aparición del monstruo, se muestra acaso como un retrato de la realidad o como una figura decadente a superar ante lo que aparece inmenso y aplastante como parte de un sistema y que tiene un efecto de negación ontológica del otro (Dussel, 24). Algo propio de la modernidad clásica, que imprime al cuerpo su destino en la fusión con la máquina, porque así lo entiende y lo explica: en términos de sistema y mecanismos (Sarti, 2013, 19). El modelo cartesiano y sus postulaciones mecanicistas dan cuenta de un augurio de obsolescencia del cuerpo ante una máquina evidentemente más completa, poderosa y productiva. Sin embargo, como podemos ver en *La Wagner*, estas apariciones de lo monstruoso maquínico evidencian la desafección que es consecuencia de la desmedida instrumentalización del cuerpo. La poética rotembergiana expone con ironía lo que Sarti afirma como "algunos de los terrores más profundos de la modernidad: [la] indiferencia emotiva que se desentiende del dolor físico, que martiriza al cuerpo al tiempo que lo ignora" (22). Ante el avance de la técnica que instrumen-taliza la vida, en Rotemberg el cuerpo se subleva como carne y dolor y con el gesto de la inmolación encara su finitud.

La voz del amor: una mirada obstinada

La noción de visión barroca que propone Martin Jay nos permite ligar elementos en la constelación de *La Wagner* que vemos a partir de las figuras que encarnan los cuerpos y la danza de las intérpretes. Está visto que la violencia en su cariz múltiple, como *sparagmos* en plena danza y como sinécdoque en el discurso que recupera la experiencia, no admite una conclusión clara, sino que coadyuvada por la visión barroca apunta hacia lo que permanece irreductible (2003, 235). En este sentido, Jay recupera aquel desprecio batailleano por el proyecto y la valorización del derroche, porque a la visión barroca no le molesta la caída en el fracaso. Ahí podría hallarse algo que aún pueda ser visto, rescatado, por caso, en esa zona temida y esquivada, poco agraciada y decadente. Las estéticas barrocas latinoamericanas sirven de tierra fértil para la reapropiación inagotable de figuras poéticas. Así, en clave significativamente corporal, se superponen sistemas estéticos y debates filosóficos con vertientes emancipadoras para nuestra región (Ares, 2019, 11). En la (re)presentación de lo irrepresentable, lo desprolijo, lo fuera de proporción, lo sobrante, se jugará un efecto para la mirada que, si bien podría sustentarse en la tradición que recupera la sensación de lo sublime kantiano, nada tiene que ver con la naturaleza, sino, más bien, con los engendros más problemáticos de los sujetos en crisis: sus deseos eróticos y aquellos vinculados a su ser. Dada la ausencia manifiesta de un sentido cerrado en *La Wagner* como acontecimiento teatral, la experiencia de lo trans-sublime propuesta por María Cristina Ares se adecua a la sensación de choque y reflejo interior de la mirada en la obra de Rotemberg. Ares propone que pensar en términos de trans-sublime

> habilitaría al pensamiento latinoamericano a transitar el exceso que desborda la capacidad de nuestras facultades pero dejando suspendida la posibilidad de pensarlo en términos de infinito. Dejaría que la reflexión transitara la variedad excesiva no conceptualizable, sin el apuro de buscar lo universal ni conjeturarlo ni pretenderlo. Por el contrario, permitiría instalarnos con profundidad en ese placer displacentero, que los románticos alemanes describieron con tanto rigor, sin la urgencia de cerrarlo, sin el apuro de etiquetarlo y sin postular universales incognoscibles como el infinito o Dios (26).

En el derrame de una transculturalidad europea – latinoamericana, dado que la violencia intrínseca de la cultura a las claras conforma la historia de Latinoamérica (Szurmuk y McKee Irwin, 281), recuperamos, en primer lugar, la consideración de Calabrese con respecto al gusto neobarroco como una marca de época a fines de la década de los '80 que imprime un rastro de fenómenos irregulares, en donde "la inestabilidad se manifiesta como suspensión de categorías" (198). Desde latitudes más cercanas, el filósofo ecuatoriano Bolívar Echeverría propone un *ethos* barroco que desborda la cuestión estética y la torna política; sostiene que dada la imposibilidad de salirse de la lógica capitalista moderna, serán la experiencia estética y erótica las que ofrezcan una posibilidad de libertad, un gesto de resistencia ante el devenir aplastante de la crisis civilizatoria contemporánea (196).

En *La Wagner,* Rotemberg propone en escena un ejercicio de cacería seguido de la inmolación. En este sentido, se expresa lo que Carlos Rojas Reyes entiende por una estética caníbal. Lo wagneriano se transforma (*"La" Wagner*), es reducido, destruido, devorado y reapropiado hasta volverse un crono-topo otro mediante una economía de ensamblajes parciales, un movimiento tzántzico[59] (97-98). "Se entra en un estado",[60] afirma Carla Rímola cuando se refiere a su interpretación escénica. Como si de entrar en un terreno sacrificial se tratara. En efecto, donde Bataille ubica, en el paso de la continuidad hacia la discontinuidad, una toma máxima de conciencia: la revelación, la experiencia mística. Más aún, la mirada implícita en *La Wagner* se obstina en que, a pesar de estar siendo *voyeurs* de las intérpretes desnudas, golpeándose, cayéndose, pateándose y abusándose, mirando nos pase algo más. Ante el estado de agitación que sostienen las intérpretes y que se desenvuelve como una danza sparagmática, los golpes y las caídas se vuelven detalles y el ejercicio de sostén que se proyecta a través de su respiración y de su mirada se torna principal desde el principio.

Los cuerpos de las intérpretes se ven sometidos a ejercer su máxima resistencia y esa misma resistencia se pretende de la vista del espectador. Efecto tramposo, si se quiere, porque puede resultar en todo lo contrario[61]. Es decir, la mirada no busca cerrarse. O se sostiene o salta

---

[59] El tzantza es la práctica indígena amazónica de reducción de cabezas. Rojas Reyes define a las estéticas caníbales como "tzántzicas", dado que buscan "reducir la cabeza de los intelectuales occidentales, de sus teorías, de sus producciones artísticas y colgarlos en el cinturón como trofeos de caza" (98).

[60] Rímola relata ese estado como punto de partida necesario. C.f. 2' 25" en https://youtu.be/x-v9OdXrm7o

[61] El director da por cierto que en cada función se retiran espectadores. C.f.: 5' 35 " en https://youtu.be/x-v9OdXrm7o

como un fusible. Como ubicado en una tangente[62], el examen que se suscita se alza entre perplejidad (durante los suicidios de Gorostiza), confusión (ante el derroche que suma Clavin), renuencia (ante el monstruo que ultraja a Rímola) y también éxtasis (en el porno de Di Grazia). Características todas que Jay atribuye a la visión barroca y que se ofrecen en la misión rotembergiana de bailar lo imbailable bajo las máscaras del desnudo, la repetición y la violencia que demandan un escrutinio que alcance y que sostenga, una mirada obstinada que puede agotar los ojos desprevenidos y que desafía los de quien sospecha.

Incluso en la aparición del detenimiento y la quietud, en una escena llegando hacia el final, el movimiento ya impreso en la observación no deja de pulsar. Luego de tanto frenesí, la quietud propone la sensación de un absoluto roto. Luego de anunciarse el nombre del cuadro[63], las bailarinas se sientan una al lado de la otra en las sillas que junto a ellas habitaban la escena y se detienen para que la pieza wagneriana llene el espacio. Alan Pauls escribe en *Wasabi* que "la quietud, un estado extremo, se vuelve una pura intuición de movimiento, los ojos no necesitan moverse para mirar, un absoluto de percepción anida en el fondo de la parálisis." (82). Las miradas destrozadas de las cuatro intérpretes, a ritmo con la respiración que infla y desinfla sus pechos, evoca la cima de ese estado límite que apuntan a sostener y que logran aún solo sentadas. Todo el frenesí que llenaba el espacio se ha trasladado a sus ojos. Marcel Schneider sostiene en referencia a los amantes protagonistas de la ópera wagneriana *Tristán e Isolda* que "se amaron la primera vez que se vieron; así entendemos el motivo de la mirada que causa una herida incurable" (90). Luego de todo lo que se las ha visto hacer, las bailarinas nos infringen un pesado sentimiento de dolor y cansancio solo con sus rostros de lleno frente al público. Si Berger entiende que desde el Renacimiento la pintura al óleo evoca la sensación táctil de la mercancía (90), nuestros ojos parecerían acariciar el rostro de las intérpretes para prevenir su derrumbamiento. La evocación al tacto no puede ser más clara. Ellas nos desafían una vez más a tocarlas con nuestra mirada, pero esta vez con una ternura hasta entonces ausente.

---

62 Jay retoma la expresión "el azogue del espejo" de Rodolphe Gasché (2003: 236).
63 *Tristán e Isolda*, III Acto, Preludio. C.f.: https://youtu.be/i6lRoIlXzdU

Finalmente, durante una de las últimas escenas, las cuatro bailarinas se amuran frente al micrófono para anunciar su próximo ritual. Juntas pronuncian "La voz del amor" y se vuelven de a pares para encarar un estallido de golpes, empujones, fregoteos, rebotes, saltos y caídas en un clímax sin retorno, en la cúspide de su inmolación. Es entonces cuando Rímola repite un giro espiralado, con su brazo izquierdo extendido hacia afuera como una flecha formando un ángulo cóncavo y el derecho hacia su adentro, con su mano posada sobre su vagina. Si bien parece esconder su rostro entre el vuelo de su pelo, hace su aparición una bruja que exige que se la mire en caso de salir disparada en un vuelo hacia el público. De este modo, podríamos considerar que la danza durante la bruja de Rímola se esconde y al mismo tiempo se deja ver entre los movimientos erráticos de la visión barroca. Es más, si lo trasladamos en relación al porno de Di Grazia, los suicidios de Gorostiza, el ultraje de Rímola y el derroche de Clavin, veremos que detrás de los procedimientos de riesgo erótico y los ensamblajes de un neobarroco inmolado, deviene una experiencia escénica que toma distancia de cualquier danza bella. En *La Wagner* no existen los ojos impertérritos, sino que la mirada obstinada surge desde y hacia los cuerpos que habitan la herida. De esta manera, se está frente a una experiencia de lo trans-sublime en la que el espectador llegaría a preguntarse qué hace ahí, al fin y al cabo, y cuánto puede mirar de aquello a la vista, o si solo se deja llevar en la experiencia, si se deja bailar sobre el abismo.

Fuente

LA WAGNER (2013-2019)
Dirección: Pablo Rotemberg
Intérpretes: Ayelén Clavin, Carla Di Grazia, Josefina Gorostiza, Carla Rímola, Fiorella Álvarez, Bárbara Alonso
Dramaturgia: Pablo Rotemberg
Banda de sonido: Jorge Grela, Phill Niblock, Gianfranco Plenizio, Pablo Rotemberg, Armando Trovajoli, Richard Wagner
Coreografía: Ayelén Clavin, Carla Di Grazia, Josefina Gorostiza, Carla Rímola, Pablo Rotemberg
Iluminación: Fernando Berreta
Edición musical: Jorge Grela
Objetos y diseño de espacio: Mauro Bernardini
Sonido: Guillermo Juhasz
Fotografía: Sandra Cartasso, Paola Evelina Gallarato, Juan Antonio Papagni Meca
Diseño Gráfico: Guillermo Madoz
Asistencia de iluminación: Facundo David, Héctor Zanollo
Asistencia de dirección: Lucía Llopis, Natalia Ponso
Producción: Leila Barenboim
Colaboración artística: Martín Churba
Prensa: Marisol Cambre

Bibliografía

Ares, María Cristina. "El cuerpo muerto en el arte contemporáneo". Oliveras, Elena (ed.) *Estéticas de lo extremo. Nuevos paradigmas en el arte contemporáneo y sus manifestaciones latinoamericanas.* Emecé, 2013.

---. "El cuerpo de Eva Perón: mutaciones neobarrocas en las figuraciones literarias y visuales". Montes, Alicia y Ares, María Cristina (eds.) *Política y estética de los cuerpos. Distribución de lo sensible en la literatura y las artes visuales.* Argus-a, 2019.

Bataille, Georges. *El erotismo.* Tusquets, 2009.

Berger, John. *Modos de ver.* Gustavo Gili, 2017.

Cadús, María Eugenia. "Entre lo alto y lo bajo: danza campy. Un recorrido por la obra de Pablo Rotemberg". *Revista Digital Territorio Teatral.* Disponible en https://www.academia.edu/6042102/Entre_lo_alto_y_lo_bajo_danza_campy._Un_recorrido_por_la_obra_de_Pablo_Rotemberg, 2013.

Calabrese, Omar. *La era neobarroca.* Cátedra, 1987.

Dubatti, Jorge. "El teatro de Buenos Aires en el siglo XXI: pluralismo, canon imposible y post neoliberalismo". *Latin American Theatre Review*, Fall 2011, 45. http://muse.jhu.edu/article/464521/summary, 2011.

Dussel, Enrique D. *El primer debate filosófico de la modernidad.* CLACSO, 2020.

Echeverría, Bolívar. "El ethos barroco". *Discurso crítico y modernidad. Ensayos escogidos* (pp. 193-219). Desde abajo, 2011.

Groys, Boris. "Entrar al flujo". *Arte en flujo. Ensayos sobre la evanescencia del presente.* Caja Negra, 2016.

Heidegger, Martin. "Seis hechos fundamentales de la historia de la estética". *Nietzsche I.* Destino, 2000.

Jay, Martin. "La desmagicización del ojo: Bataille y los surrealistas". *Ojos abatidos. La denigración de la visión en el pensamiento francés del siglo XX.* Akal, 2007.

---. "Regímenes escópicos de la modernidad". *Campos de fuerza. Entre la historia intelectual y la crítica cultural.* Paidós, 2003.

Kohan, Martín. "El amor". *Cuerpo a tierra.* Eterna Cadencia, 2015.

Le Breton, David. *El cuerpo herido. Identidades estalladas contemporáneas.* Topia, 2017.

Lehmann, Hans-Thies. "Cuerpo". *Teatro Posdramático.* Paso de gato, 2013.

Mignolo, Walter y Gómez Pedro Pablo (eds.). *Estética y opción decolonial.* Universidad Distrital Francisco José de Caldas, 2012.

Montes, Alicia y Ares, María Cristina. "Prólogo". *Cuerpo y violencia. De la inermidad a la heterotopía.* Argus-a, 2020.

---. "Prólogo" y Montes, Alicia. "Cuerpos vulnerados. Paradigma inmunitario y erotismo". *Cuerpos presentes. Figuraciones de la muerte, la enfermedad, la anomalía y el sacrificio.* Argus-a, 2017.

Nietzsche, Friedrich. *El nacimiento de la tragedia o Grecia y el pesimismo.* Alianza, 1981.

---. *Así habló Zaratustra.* Alianza, 1997.

Pauls, Alan. *Wasabi.* Alfaguara, 1994.

Rojas Reyes, Carlos. *Estéticas Caníbales. Del canon posmoderno a las estéticas caníbales.* (Vol. 1). Universidad de Cuenca, 2011.

Sarti, Graciela C. "Actualidad de lo dionisíaco". Oliveras, Elena (ed.). *Cuestiones de arte contemporáneo.* Emecé, 2008.

---. "Carne y metal. La representación de lo monstruoso maquínico".

Oliveras, Elena (ed.) *Estéticas de lo extremo. Nuevos paradigmas en el arte contemporáneo y sus manifestaciones latinoamericanas.* Emecé, 2013.

Schneider, Marcel. *Wagner.* Antoni Bosch, 1991.

Szurmuk, Mónica y Mckee Irwin, Robert (coords.). *Diccionario de estudios culturales latinoamericanos.* Siglo XXI, 2009.

Alter-regímenes escópicos
Modos de ver y de ser visto
en la narrativa especulativa contemporánea

Romina Wainberg
Stanford University / Universidad de Buenos Aires

I. *Introducción. Más allá del realismo escópico*

En *Ojos abatidos* (1993), Martin Jay postula que hay ciertas características evolutivas de la visión humana que ninguna mediación tecno-cultural es capaz alterar. De acuerdo con las más precisas investigaciones científicas sobre la vista, sugiere el historiador, existen facultades y limitaciones fisiológicas del ojo que parecen ser difícilmente modificables (Jay, 13-4). Este trabajo propone que la afirmación de Jay puede aspirar a ser descriptiva con arreglo al *homo sapiens*, pero no tiene por qué ser extrapolable a los mundos ficcionales del presente ni a sus personajes antropomórficos. Dado que los regímenes escópicos rastrea-bles en la literatura especulativa contemporánea obedecen a esquemas nomológicos y a sistemas sociopolíticos que circunvalan los límites de las epistemes actuales, aquello que estas ficciones entienden por "visión", "visible", "observable" y "visualmente cognoscible" merece un vocabulario propio e inédito. Aprehender qué significa "ver" y "ser visto" en la narrativa especulativa contemporánea será la tarea central de este capítulo[64].

[64] La diferencia específica que existe entre "ver", "mirar", "representar(se) visualmente" y "conocer" es un problema científico-filosófico acuciante, todavía irresuelto. En el contexto de mi análisis de las novelas de Indiana y de Sanchiz, empleo "ver", "observar" y "mirar" como sinónimos a menos que el texto analizado introduzca una distinción técnica entre los términos. Esto no significa que deba aceptarse esta sinonimia en el marco del discurso científico sobre regímenes y equipamiento escópicos. Esto tampoco implica que la operatividad de la sinonimia en la ficción sea producto de un descuido o una falta de sutileza. Queda, sin embargo, abierta la pregunta por la necesidad de refinar los términos con que la literatura se refiere a distintas experiencias de lo visual y de lo visible.

Las novelas en las que me centraré son dos: *La mucama de Omincuké* (2015) de Rita Indiana y *Los viajes* (2012) de Ramiro Sanchiz. La elección de estos textos obedece a razones intrínsecas y relativas. El motivo intrínseco para traerlas al análisis es que ambas presentan escenarios desafiantes y contraintuitivos desde el punto de vista de nuestra episteme escópica actual. Las dos novelas desmantelan presupuestos básicos sobre la visión y sobre los regímenes sociohistóricos que la regulan, tal como éstos han sido caracterizados en las últimas décadas por teorías histórico-culturales (Jay, Berger, Brea) y cognitivas (Carrasco, Block). La razón relativa detrás de la elección de estas novelas es que presentan escenarios inversamente simétricos: en el caso de Indiana, los protagonistas adquieren capacidades visuales que eluden las epistemes escópicas que los rodean; es decir, los personajes ven más allá de los dispositivos que intentan regularlos. En el caso de Sanchiz, el protagonista del relato aparece inmerso en un mundo cuyas reglas ignora: un espacio en el que sus intentos por extrapolar la lógica del régimen escópico que conoce al sitio que habita fallan con persistencia.

Mediante el análisis de los regímenes de visualidad de estas novelas, propongo explorar alter-epistemes escópicas que, por cuestiones metodológicas y disciplinares, no pueden ser objeto de estudios sociológicos, antropológicos y cognitivos.[65] Como intentaré demostrar en las páginas que siguen, los escenarios especulativos trazados por la novelística latinoamericana contemporánea precisan de teorías igualmente radicales y exigentes en su especulación.

II. La mucama de Omincuké. Modos de ver a espaldas de toda episteme

a. Potencias de lo visible: el régimen escópico de 2024-2037

[65] Esta afirmación no supone que regímenes escópicos como los propuestos por las novelas de Indiana o de Sanchiz sean impertinentes para la especulación científica. Lo único que sugiero es que los escenarios ficcionales de las novelas no pueden ser usados como base de argumentaciones científicas sobre el equipamiento psicofísico humano en el mundo actual.

La novela de Rita Indiana abarca tres marcos temporales identificables que comparten una locación en República Dominicana: un año incierto del siglo XVII, el período 1991-2001 y el arco 2024-2037. En superficie, la trama de la novela intercala las historias de protagonistas que habitan estos diferentes períodos históricos: en el siglo XVII, el corpulento Roque y sus hombres pelan cuero y aguardan, temerosos, la llegada de una cuadrilla de españoles que los persigue. A finales de siglo XX, Argenis, un pintor que trabaja en principio de telemarketer, es contratado por el mecenas Giorgio, un hombre que ha comprado con su esposa Linda una porción de Playa Bo para crear una residencia de artistas y una reserva de preservación de coral. En 2024, Acilde trabaja como mucama de Esther Escudero, la mujer que le tira los caracoles al presidente de la nación y que parece tener poderes extraordinarios asociados con los orishas (en especial, con Yemayá, patrona de los océanos). En un accidentado malentendido, Acilde termina robando una anémona de gran valor a Esther, quien muere en el altercado. Acilde se da a la fuga, vende la anémona para comprar una droga que produce un "cambio de sexo[66]" y acaba en el hospital, donde lo visita el presidente que identifica a Acilde como El Sucesor de Esther y lo envía a una cárcel con privilegios por el robo y la muerte de su patrona, solo para guardar las apariencias. Hacia el final de la novela, uno de los hombres de Roque muere, Argenis parece haber enloquecido, Acilde se suicida en su celda y Giorgio es el único protagonista que permanece vivo, reflexionando melancólicamente sobre su amor por Linda.

Dado que la novela intercala los ejes temporales recién descriptos, no presupone uno sino por lo menos tres regímenes: tres modos sociohis-

---

[66] El texto se refiere literalmente a un "cambio de sexo total, sin intervención quirúrgica" (Indiana, 20), en lugar de emplear "reasignación de sexo", término aceptado por la comunidad LGBTQ+. Esto no implica por necesidad que la novela sea conservadora en su vocabulario, sino que, dentro de ese mundo ficcional, los "círculos de ciencia" que "prometen" la droga a la comunidad trans* no asumen que sea necesario referirse a la experiencia de sus clientes con exactitud (Indiana, 20-1). En otras palabras, los productores asumen que su clientela potencial querrá comprar la Rainbow Bright con prescindencia del vocabulario empleado para su distribución.

tóricos de regular la visión y de condicionar la mirada. Puesto que la dimensión propiamente especulativa del texto se sitúa en su arco futurista, la voz narradora se dedica con particular ahínco a describir el régimen escópico correspondiente al siglo XXI. Me detengo, entonces, en este régimen, puesto que es el que establece una primera diferencia con respecto a nuestras asunciones sobre lo visible y lo cognoscible a través de la visión. Las primeras páginas del libro son ya reveladoras con respecto a la preeminencia y las características de la visualidad en este futuro ficcional. En la primera escena, observamos a la protagonista Acilde mientras

> activa en su ojo la cámara de seguridad que da a la calle y ve a uno de los muchos haitianos que cruzan la frontera para huir de la cuarentena declarada en la otra mitad de la isla. Al reconocer el virus en el negro, el dispositivo de seguridad de la torre lanza un chorro de gas letal e informa a su vez al resto de los vecinos, que evitarían la entrada al edificio hasta que los recolectores automáticos, que patrullan calles y avenidas, recojan el cuerpo y lo desintegren. (Indiana, 11)

Esta cita permite inferir características fundamentales que anudan episteme escópica y dispositivos de control biopolíticos en este específico mundo de ficción. En primer término, la cámara de seguridad que observa la calle no es un aparato disociado sino integrado al ojo de Acilde: mediante la activación de un interruptor, el personaje puede observar la calle desde la perspectiva de una cámara de vigilancia. Esta capacidad ocular aumentada es integral a una política de tercerización maquinal de mapeo, asesinato y desintegración de cuerpos inmigrantes. Más aún, la acción iniciada por Acilde —que, en rigor, es solo visual— también advierte a los vecinos que permanezcan en sus casas precisamente para no ver, para dejar que las máquinas hagan su trabajo sin que los vecinos tengan que presenciarlo. Hay entonces, ya en este fragmento, toda una instantánea del régimen de vigilancia del escenario futurista de la novela, un régimen racializado que parte aguas entre inmigrantes y ciudadanos. La tez tanto como la condición migrante son indicadores que determinan si un cuerpo tiene derecho a vivir o está condenado a morir.

Además de la vigilancia racial, la novela tematiza las anatomías y los deseos que son socialmente legibles, reconocidos y validados. Desde el inicio se nos revela que "a Acilde le daban golpes por gusto, por marimacho, por querer jugar pelota, por llorar, por no llorar, golpes que ella se desquitaba en el liceo con cualquiera que la rozara con la mirada" (Indiana, 18). En el futuro, sugiere la narradora, la apreciación de la díada género-sexualidad no ha cambiado de manera sustancial, y los cuerpos cuyo aspecto no se condice con el comportamiento estereotípico asociado a su superficie son castigados con violencia: una violencia que se sufre en lo personal pero que es estructural, una agresividad atravesada por lo que Jay llama "las prácticas sociales y culturales imbuidas por lo visual (…) las reglas culturales tácitas de los regímenes escópicos" (Jay, 11-6).

Estas reglas culturales están implícitas en los golpes que recibe Acilde "por marimacho", pero son también explicitadas por ciertos artefactos que circulan en la sociedad futurista de la novela: en especial, el texto menciona la droga Rainbow Bright, aquella inyección que Acilde consigue y que promete un "cambio de sexo total" sin intervención quirúrgica. Si bien esta inyección solo opera cambios binarios mujer/hombre, acarreando por lo tanto los presupuestos dicotómicos de legibilidad de los cuerpos de nuestro mundo, el hecho de que la droga circule solo en los "círculos de ciencia independiente" (Indiana, 20) sugiere una posibilidad interesante: la de que un cuerpo pueda transformarse anatómicamente a espaldas de los regímenes biopolíticos que procuran vigilarlo en virtud de una raza, un sexo y un género estables (o bien, mutables solo en la medida en que los virajes estén registrados por aparatos gubernamentales de control). En otras palabras, la Rainbow Bright aparece como una manera de circunvalar las capacidades de legibilidad estable de los cuerpos[67].

67 El conocimiento sobre y la experiencia con la Rainbow Bright demostrarán a Acilde que la promesa de reasignación de sexo está muy lejos de ser indolora y de circunvalar efectivamente los regímenes opresivos de la sociedad en que está inserta (Indiana, 20-1).

Otra manera de esquivar el alcance del ojo de los aparatos de control es el uso del transporte público. En la escena en que Acilde precisa darse a la fuga, el personaje evita "taxis oficiales y el metro, donde las cámaras grabarían su trayecto, y toma un carro público. Estas chatarras, modelos japoneses de principios de siglo, andaban en la calle a pesar de las iniciativas del gobierno por retirarlas de circulación. Su precio módico y su privacidad las hacían ideales para los indocumentados y los prófugos" (Indiana, 59). Una vez más, la cuasi-omnipresencia de las cámaras de vigilancia no alcanza a ser total: los cuerpos indóciles se escurren por las hendijas del ojo gubernamental, sea por vía del cambio anatómico y/o por vía de medios de circulación que transcurren a las espaldas de la ley. En consonancia con las predicciones de filósofos especulativos como David Roden, las posibilidades tecno-anatómicas abiertas por el mundo futurista de Indiana exceden la capacidad de mapeo de los aparatos de biopolíticos de control[68].

Con todo, el alcance de las biotecnologías legales es apabullante. La novela describe, por ejemplo, que Acilde tiene embebido un "plan de datos" que le permite navegar por internet de manera que la información buscada aparece directamente en su retina. La densidad informacional puede ser tal, sin embargo, que "la lluvia de datos (...) bloquea su vista" (Indiana, 12). En otras palabras, hay casos en los cuales los datos que "caen" ante los ojos son tantos y tan densos que se tornan ilegibles, y la posibilidad de ver más que datos también se inhibe. Más avasallante aún es el hecho de que, al tocar las clavículas de otra persona de manera particular, puede accederse a su "sistema operativo", activando en sus ojos videos o tormentas de palabras que la ciegan e inmovilizan. Si bien la novela solo tematiza esta práctica entre personajes de la misma extracción social, la agresividad del régimen biopolítico arriba descripto permite in-

[68] De acuerdo con la perspectiva de Roden en *Posthuman Life*, las ramificaciones producidas por la *suite* de tecnologías NBIC —nanotecnología, biotecnología, tecnología de la información y ciencias cognitivas— están fuera del control de cualquier régimen biopolítico unificado, y los descendientes de los objetos tecnocientíficos actuales pueden bien exceder las nociones antropológicas de intencionalidad, racionalidad y propósito (Roden, 13-8; 147-8).

ferir que esta técnica puede ser empleada en prácticas de tortura y coerción (para-)estatales. Se trata, por tanto, de un ecosistema tecnológico que incluye como una de sus modalidades de tortura la ceguera por saturación de información visual.

Como este análisis evidencia, la novela bosqueja un régimen escópico alternativo al de las teorías contemporáneas sobre la mirada. El régimen futuro se asemeja al actual en la medida en que utiliza la configuración anatómica (su "lectura" misma en términos de sexo/género/raza) para monitorear comportamientos y promocionar mercancías. Sin embargo, las tecnologías específicas de vigilancia y contra-vigilancia escópica empleadas en el mundo ficcional de Indiana difieren cualitativamente de las difundidas en el presente. En primer término, todo ciudadano debe tener su equipamiento ocular integrado a una multiplicidad de dispositivos escópicos: desde las mirillas de la puerta que, conectadas a cámaras de vigilancia y a redes de detección, alertan a los vecinos de supuestas *personae non gratae*, hasta el "plan de datos" de internet que proyecta la información "directamente" en la retina. Tal como observo en el párrafo anterior, la presunta facilidad con que se opera este plan de datos contiene embebida la posibilidad de su utilización como dispositivo de vigilancia y de tortura. En segundo lugar, las estrategias de contra-vigilancia en esta sociedad están en correlación con sus dispositivos específicos de control. El transporte público como espacio no monitoreado, tanto como la inyección Rainbow Bright, parecen proveer oportunidades de circunvalación del mapeo biopolítico. La novela sugiere, sin embargo, que estas posibilidades de evadirse son escasas y que fracasan mucho más frecuentemente de lo que funcionan.

b. A espaldas del ojo regulador: alter-experiencias escópicas

Si bien mi análisis se ha enfocado hasta ahora en dispositivos específicamente futuristas, ningún escenario del futuro se reduce a tecnologías de punta. En este sentido, es pertinente hacer una distinción entre el paisaje del futuro y el "futurismo" de los dispositivos escópicos disponibles para los personajes. En este texto, la ubicación de los personajes en 2024-37 no implica que todas las herramientas a su disposición hayan sido producidas en ese mismo intervalo temporal. Dicho de modo más preciso, el régimen de vigilancia escópica del futuro introduce un reservorio de aparatos que le son propios, pero regímenes pertenecientes a otras lógicas y a otras épocas pueden permanecer disponibles para su uso estratégico. En efecto, una de las contribuciones más intrigantes de *La mucama de Ominculé* es que las modalidades más efectivas de contra-vigilancia escópica son transtemporales[69].

El aspecto más original de la novela consiste en su integración al mundo ficcional de la cosmología yoruba. En el texto, la orisha Yemayá, deidad del océano, no aparece descripta desde la perspectiva occidentalizada y secular del descreimiento, como producto de un legado mitológico o una superstición: Yemayá es una fuerza cuya existencia es dada por hecho y cuyo poder condiciona fuertemente el destino de los personajes. Para comprender cómo esto ocurre y cómo se vincula al régimen escópico expuesto en la novela, es preciso ir más allá de la superficie de la trama.

Promediando el texto, descubrimos que Acilde, al entrar en contacto con la anémona de Esther, comienza a experimentar la vida como él mismo, como Giorgio en el siglo XX y como Roque en el siglo XVII. Mejor dicho, los tres personajes son un solo sujeto, que modula su foco de atención en diferentes cuerpos y en diferentes tiempos (y en esto la visión es fundamental, como explicaré en breve). También al promediar la novela, y por el contacto con una criatura tentacular que habita en el océano de Playa Bo, el pintor Argenis empieza a encarnar la experiencia de sí y la experiencia de uno de los hombres de Roque en el siglo XVII: un artista de seudónimo Côte de Fer. Lo que la novela propone, en una palabra, es que un mismo "yo" puede habitar involuntariamente diferentes cuerpos en diversas coordenadas históricas, y que estos cuerpos son autónomos entre sí: el hecho de que uno muera en el pasado o en el futuro no afecta por defecto la integridad de los cuerpos en otros tiempos.

[69] Esta multitemporalidad distingue a la novela de Indiana no solo de múltiples textos literarios situados en el futuro, sino también de la orientación intransigentemente futurista de ciertas filosofías centradas en los conceptos de lo trans- o lo post-humano (incluida la filosofía posthumanista de David Roden, citada en este capítulo). Para un análisis de las problemáticas inherentes a las teorías futuristas del futuro, ver Wainberg (2017).

Más allá del rebuscamiento de la narración, lo que es fundamental para este análisis es que, a los fines de describir vivencias de cohabitación corporal y transtemporal, la novela se enfoca en la experiencia visual de los personajes. De hecho, cuando el "yo" de Argenis comienza recién a encarnarse en el cuerpo del siglo XX y en el de Côte de Fer, se explica:

> [N]o había perseguido un pensamiento, no se inventaba cosas, no tenía control alguno sobre lo que veía con la claridad de un recuerdo: se veía en el bohío. Unos hombres trabajan sobre algo a unos metros de la puerta. El barbudo de las botas supervisa la operación y da órdenes. Al ver a Argenis se acerca y le habla. Argenis escucha su voz, que le dice: "Ya estás mejor". Espera que los comensales [en el siglo XX] también la hayan escuchado, pero todos seguían chachareando, excepto Giorgio, que se había levantado de la mesa y yacía en el sofá de la terraza leyendo la revista *Rumbo*. El tipo de las botas se presenta: "Soy Roque y estos son mis hombres". (Indiana, 79)

Aunque la lectora no lo sabe en este punto de la narración, el "yo" de Giorgio habita también, como se adelantara más arriba, el cuerpo de Roque: por eso el personaje se retira en el siglo XX para "leer", para hacer "como que lee", y así concentrarse en sus acciones en el siglo XVII. El gesto de Giorgio está allí para explicar que la posibilidad de modular diferentes cuerpos depende ante todo de un dominio particular de la mirada. Para manipular el cuerpo del siglo XVII, el "yo" debe enfocar la "energía visual" en ese siglo y distraer o detener la vista en los otros períodos históricos. De lo contrario, experimentará los paisajes y los cuerpos de todos los tiempos en simultáneo, yuxtapuestos. Como el "yo" que es en los cuerpos de Roque/Giorgio/Acilde tiene manejo de esta habilidad también en el siglo XXI, hace que Acilde duerma en su celda de 2037 para focalizarse ante todo en el siglo XX, el siglo en el que es más feliz y tiene una más disfrutable experiencia vital.

Cuando Argenis descubre, a través de largas sesiones de prueba y error, que solo la modulación de la mirada permite soportar la experiencia de simultaneidad corporal y espaciotemporal, hace exactamente lo mismo que Giorgio: detiene la vista en un mantel de cuadros del siglo XX para poder seguir pelando cuero en el siglo XVII (Indiana, 133), o cierra los ojos y simula que duerme en el siglo XVII para levantarse en el siglo XX (Indiana, 89). Al tener escaso *expertise* en la navegación transcorporal y transhistórica, el caso del "yo" de Argenis/Côte demuestra hasta qué punto la habilidad no escogida de habitar múltiples cuerpos y de tener que alternar la mirada entre diferentes tiempos es debilitante. Al recibir este poder de Yemayá, los personajes no adquieren simultáneamente superfacultades que les permitan navegar la yuxtaposición de manera soportable: deben cerrar los ojos en un espaciotiempo para abrirlos en otro, y al cerrarlos en este otro deben abrirlos en el espaciotiempo que han dejado desatendido. La yuxtaposición experiencial no viene acompañada, por consiguiente, de una suficiente expansión del "equipamiento" escópico-cognitivo que permita digerir las nuevas habilidades de manera vivible. Ser un solo "yo" en múltiples cuerpos es agotador. De allí que, hacia el final de la novela, Argenis termine loco, Côte y Roque acaben plausiblemente muertos y Acilde se suicide en su celda, dejando solo a Giorgio en control de la situación y de sí mismo. Lo que persiste de esta multitud al final de la novela es un único "yo" en un único cuerpo.

El hecho de que la novela se cierre con cuerpos que poseen todos una correspondencia 1:1 con los "yo" que los habitan (Giorgio, Linda y personajes secundarios) sugiere una inquietante hipótesis histórica: que el siglo XX no ha dejado rastros, en el siglo XXI, de una modalidad escópica que podría sin embargo volver a encarnarse. Dado que las criaturas de Yemayá continúan poblando el fondo del océano a través de los siglos, sus tentáculos podrían bien transferir a cuerpos del presente o del futuro la capacidad de ver como múltiples corporalidades autónomas.

Que esta hipótesis sea posible depende, no obstante, de un hecho propiamente escópico; a saber, que los poderes de Yemayá continúen actuando a espaldas de —o en exceso con respecto a— el ojo de todo aparato biopolítico de control[70]. Lo que permite que la novela se clausure con ese misterio abierto, con la factibilidad de que otros cuerpos puedan experimentar lo mismo que Roque/Giorgio/Acilde y Côte/Argenis al entrar en contacto con Yemayá, es el hecho de que los poderes orishas sean invisibles al régimen escópico de cualquier biopolítica antropológica. En la medida en que esta invisibilidad queda abierta como potencialidad al final de la novela, el texto ilumina tanto una modalidad de experiencia escópica transhistórica y transcorporal (la de los personajes en contacto con poderes orishas), como los límites de un sistema biopolítico cuyos aparatos de control no alcanzan, en su invasiva agresividad, a capturar todas las experiencias: todos los modos posibles de ver, de conocer y de existir.

Como sugerí en la introducción a este parágrafo, las fuerzas de contra-vigilancia escópica que resultan más efectivas para los personajes no son las que se desarrollan en el futuro como reacción a la red de vigilancia futurista, sino las que actúan por debajo y con prescindencia de su lógica ocular.

III. Los viajes. Modos de ver en un régimen incognoscible

a. Por la parte de Stahl: hipótesis preliminares sobre el régimen escópico en Punta de Piedra'

La reconstrucción del ecosistema tecnológico y de su correlativo régimen escópico presenta, en el caso de *Los viajes,* un problema preliminar y transversal: el hecho de que el narrador Federico Stahl no posea un metaconocimiento de la ontología del mundo que habita, un mundo en el

70 Este "ojo" no debe entenderse como una personificación del aparato, sino como la asunción de que los dispositivos biopolíticos de control, lejos de ser impersonales, obedecen a los intereses político-económicos de los sectores que los estructuran y utilizan. A pesar de la insistencia post-humanista y post-antropocéntrica en el exceso ontológico-funcional de las tecnociencias con respecto a la volición humana, la eficacia estructural de los regímenes escópicos (actuales y ficcionales) evidencia incontrovertiblemente hasta qué punto éstos continúan respondiendo a objetivos antropológicos.

que es contingente e inexplicablemente arrojado. A lo largo de la novela, distintos personajes despliegan hipótesis diversas sobre la naturaleza del mundo en el que han sido arrojados, sin que se privilegie una u otra especulación en términos de su verosimilitud. A pesar de la equivalente dignidad conferida a diferentes hipótesis, el presente análisis se focalizará en las suposiciones del narrador.

De acuerdo con su propio racconto fenomenológico, Stahl participa de un experimento con un "tanque de aislación sensorial" creado por un desconocido llamado El Viejo y construido con PCs interconectadas dentro de un departamento montevideano (Sanchiz, 2012, 13). Al salir a la ciudad después de una comunión con esta red de máquinas (en adelante, La Computadora), Stahl observa cómo una lluvia dorada baña el paisaje urbano y lo recubre (Sanchiz, 2012, 22). El próximo escenario en el que despierta es un espacio aparentemente idéntico al balneario uruguayo de Punta de Piedra, pero deshabitado (llamo a este nuevo espacio Punta de Piedra'[71]). Desde el inicio de su trayectoria en este espacio ominoso, Stahl confiere preeminencia a la visión para aprehender dónde se encuentra y lo que ocurre: dado que el balneario en el que está inmerso "se ve" similar al uruguayo, el narrador infiere que Punta de Piedra' debe ser una copia simulada de Punta de Piedra. En concordancia, todas las personas que conoce en su estadía son calificadas de "simulacros[72]" (Sanchiz, 2012, 23). Incluso cuando estos individuos llegan a verse idénticos y a comportarse a la manera de sus amigos de la infancia, Stahl insiste en que su complejidad anatómica y agencial es solo una apariencia (o, cuanto mucho, una copia de individuos "originales").

---

71 Llamo al segundo espacio Punta de Piedra' (es decir, Punta de Piedra primo) respetando provisoriamente la hipótesis del narrador según la cual este nuevo balneario es una derivación del "verdadero" balneario uruguayo.

72 No es inocente que la novela de Sanchiz tenga preferencia por la palabra "simulacro" y la emplee de modo ambivalente para referirse a lo que pueden ser simulaciones (es decir, imitaciones de un original real) o *simulacra* (entidades cuya realidad se ha divorciado o no ha dependido nunca de un original). En esta ambivalencia, en la imposibilidad de decidir si Punta de Piedra' es simulacro o simulación, se sostiene la intriga de la novela. Que Sanchiz sea un lector ávido de Baudrillard torna la reflexión anterior aún más plausible.

La preponderancia que Stahl otorga a lo que ve y su interpretación de lo visto en términos de simulación, ambas actitudes deudoras de largas tradiciones literarias y filosóficas[73], conducen a una primera hipótesis sobre la naturaleza de La Computadora. En esta instancia preliminar, el personaje no solo infiere de su propia facultad de la vista lo que el mundo que habita es (un simulacro), sino que adscribe también a La Computadora facultades escópicas. La hipótesis implícita que guía el comportamiento de Stahl es que existe una correlación entre lo que La Computadora "ve" y lo que produce. Dado que la máquina "ha observado" la interioridad del personaje mediante el experimento de El Viejo, lo que ésta es capaz de producir debe estar limitado al contenido de la memoria del protagonista. No habría, en este sentido, nada que Stahl pudiese encontrar en el mundo "simulado" que no fuese de algún modo algo que ya hubiera visto. En efecto, la primera parte de la novela permite sostener la hipótesis del personaje.

La posibilidad de que Punta de Piedra' sea derivada exclusivamente de la "interioridad" de Stahl —o, por lo menos, de la versión de Stahl que participa del experimento de El Viejo— queda descartada cuando el espacio comienza a poblarse de elementos que exceden con creces los conocimientos del protagonista. Uno de estos elementos es un local que se parece al conocido "bar de Antonio" pero que, según los personajes que lo frecuentan (y que han sido moldeados a imagen de amigos de Stahl), permite conectar ese mundo con otros cuyas características divergen incrementalmente de Punta de Piedra' (Sanchiz, 2012, 27-8). A pesar de estas novedades introducidas por La Computadora en el balneario (de las que el bar-portal y las sugerencias de personajes secundarios son ejemplo), el narrador insiste en leer los elementos del espacio que habita como si fuesen, sino eyecciones de su propia memoria, objetos girados a que él los vea, los descifre y resuelva con éxito el misterio que le permitirá volver al verdadero mundo, al mundo "allí afuera" de la simulación.

[73] "Ocularocentrismo" (*ocularcentrism*) es el término técnico que se utiliza comúnmente para referirse al privilegio de la visión por sobre otros sentidos en la historia de la cultura occidental. La tensión entre "copia" y "verdad", de gran influencia para la filosofía y el pensamiento occidentales, aparece ya formulada en el *Fedro* de Platón.

Ésta es precisamente la actitud heurística que toma Stahl al recibir el *Tratado de las puertas y los pasajes* de uno de los personajes que frecuenta el bar, quien jura que otra versión de Federico Stahl lo compró "en una librería de su mundo, en Montevideo" (Sanchiz, 2012, 38). Al revisar el *Tratado*, el narrador halla estrategias y dispositivos técnicos para encontrar zonas "blandas" —es decir, *bugs* o *glitches*— que supuestamente permiten "agujerear" el mundo de Punta de Piedra'. Obediente, el protagonista ejecuta todos los pasos que el libro indica para alcanzar un abandono de ese mundo. Con intransigente persistencia, entonces, y a pesar de sus intermitentes vacilaciones (Sanchiz, 2012, 40-1; 57-8), el personaje observa lo que ocurre en el mundo que lo envuelve como si todo allí fuese una señal a él dirigida, como si La Computadora estuviera no solo viéndolo, sino poniendo "cosas a su alcance" (Sanchiz, 2012, 71). Si los objetos están ahí para atraer su atención, especula Stahl, entonces deben estar girados a que él consiga solucionar el enigma de su enclaustramiento.

Antes de examinar qué ocurre finalmente con el personaje y su relevancia para el estudio de alter-regímenes escópicos, es clave subrayar hasta qué punto las actitudes de Stahl dependen de un entendimiento particular de le la mirada. Como sugiero en los párrafos previos, este entendimiento conduce no solo al privilegio de la propia facultad de visión para navegar un espacio desconocido, sino también a la adscripción inmediata de esta facultad a La Computadora. Stahl nunca abandona la esperanza de que La Computadora posea un Ojo que vigila lo que él hace y que coloca en el mundo simulado señales que deben ser, ellas mismas, descubiertas mediante la observación (la revelación del *Tratado* y sus intercambios con los "simulacros" serían instancias de esta supuesta "actitud" computacional). Más importante aún, tanto en el caso del comportamiento de Stahl como en el de su conceptualización de la máquina, la mirada opera como una suerte de sinécdoque: el ojo es realmente la ventana del alma o, por lo menos, el índice de todo un abanico de facultades antropológicas (como la volición, el planeamiento y la orientación a objetivos)[74]. Si La Computadora puede observar ese mundo de simulacros, intuye Stahl, entonces

[74] Es notable que, sobre el final de la novela, el narrador se pregunte si La Computadora no habría estado "divirtiéndose" desde el principio con sus intentos fútiles de

debe tener una intención, un plan y un propósito. Dado que yo he sido su sujeto de experimentación, cogita el personaje, el propósito de la máquina debe ser proveerme de las herramientas de las que preciso para escapar de su claustro.

A pesar del atractivo de este itinerario argumental, la premisa misma de la que parte Stahl está lejos de ser garantizada por la novela. A menos que la lectora esté dispuesta a confiar ciegamente en los ojos ya ofuscados del personaje, no hay nada en el texto que habilite la hipótesis de que La Computadora posee visión o volición. Lo que ocurre al final de la trama añade, en efecto, más capas a la sospecha. Luego de seguir con prolijidad todas las señales, de evadir las "pistas falsas" (Sanchiz, 2012, 55) y de obedecer los pasos que el *Tratado* indicara para arañar un abandono de la simulación, Stahl es devuelto al punto cero del bar (Sanchiz, 2012, 71). Hacia el cierre del libro, desconocemos si este retorno es un retorno de/a lo mismo, o si alguna modificación cualitativa ha ocurrido en virtud de los pasos seguidos a pie juntillas por el personaje.

La novela especulativa nos deja, de este modo, con la inquietud de una vacilación familiar: tal vez toda la presunción de vigilancia escópica, a la que el protagonista se aferra con intransigente perseverancia, no haya sido sino la proyección ingenua, antigua y desoladora de un hombre arrojado a un mundo.

b. Encrucijadas hermenéuticas: impasses sobre el régimen escópico de Punta de Piedra'

---

fuga. "¿Estaba mirándome ahora", insinúa, "riéndose mientras comía su equivalente del pochoclo?" (Sanchiz, 71). El hecho de que la diversión y la risa sean atributos que Stahl le adscribe a La Computadora (no sin sentido del humor), abre toda una línea de análisis sobre el rol que estas actitudes y aptitudes han cumplido históricamente en la definición de lo humano (o en la definición de "inteligencia" inherente a la categorización del humano como "animal racional"). Tal vez la figura paradigmática de Diógenes sea la primera en una genealogía que desemboque en los supuestos más arraigados de la ficción especulativa contemporánea. En el siglo XX, la teoría del humor de Bergson no solo sugiere un vínculo entre humanidad, visión y diversión, sino también entre sentido del humor y arte. Si La Computadora tuviese, en efecto, aptitud para la comedia, ¿podría su capacidad generativa, o bien, los mundos que esa capacidad produce, ser considerados obras artísticas?

El misterioso final de la novela de Sanchiz conduce a una serie de impasses hermenéuticos, muchos de los cuales contradicen las presuposiciones de Stahl sobre el régimen escópico que lo envuelve. Como introduzco en el parágrafo previo, la asunción del narrador de que está siendo observado por La Computadora y de que los elementos dispuestos en ese mundo están colocados allí para él, para su escape del mundo "simulado", no parece tener andamios robustos. Dada la información provista por el relato, no hay manera de aseverar que La Computadora tenga algo así como la capacidad de "ver" o de "vigilar" al narrador, y tampoco es posible postular con confianza que ella posea una estructura intencional girada a un "objetivo". En particular, si se considera la aparente futilidad de las acciones finales del narrador y su regreso al mismo bar en Punta de Piedra', parece más plausible aventurar que todo el itinerario en que hemos venido confiado equivale a un enorme malentendido. Lo que Stahl lee como "pistas" puede haber sido una mera contingencia; las instrucciones que el personaje encuentra en el *Tratado* pueden no haber estado nunca dirigidas a él o no llevar a ningún destino. Todo lo que el protagonista hace se basa en la asunción de que el comportamiento de La Computadora puede ser comprehendido en términos de "vigilancia escópica", "intención" y "propósito", pero no hay razones sólidas para operar esta personificación.

Tampoco hay razones sólidas para suponer, como hace el protagonista, que el mundo de Punta de Piedra' es en efecto un mundo simulado. Es decir, un espacio "ficticio" que no presupone la disolución del mundo "real". A pesar de que esta esperanza acompaña a Stahl durante todo su recorrido, no hay nada en la novela que permita defender invariablemente este supuesto: el personaje nunca consigue encontrar las "zonas blandas" ni los "agujeros" a los que refiere el *Tratado*. Lo único que parece ser posible es navegar, desde el portal que es el bar, mundos que parten de la memoria del narrador del balneario uruguayo y que van estableciendo cada más y más variaciones con respecto a su "input" inicial.

Si bien estas variaciones incrementales permiten inferir una autonomía operacional de La Computadora con respecto a Stahl y la producción también incremental de mundos divergentes, no hay nada aquí que conduzca a la garantía de un afuera. En este contexto, la nitidez que alcanzan los personajes y el entorno mismo de Punta de Piedra' podría ser un indicador del carácter inmanentemente actual y sin salida del mundo al que Stahl es arrojado. Sin embargo, ni el protagonista ni los lectores estamos, hacia el cierre de la novela, en condiciones de afirmar con convicción que exista una correspondencia entre experiencia fenomenológica y realidad, entre nitidez y materialidad, o entre aquello que Stahl observa y un posible régimen escópico que lo supervisa.

Como dejo sembrado en la sección anterior, tal vez el corolario más inquietante de *Los viajes* sea que, en toda su contraintuitividad, nos reconduce a algunos de los problemas más antiguos de la filosofía de occidente: la distinción entre Ser y seres, el vínculo entre esencia y apariencia, la tensión entre copia y verdad, la distancia entre repetición y diferencia, el vínculo entre existencia y telos, la posibilidad de un abismo entre lo que es y el modo en que nos es dado conocerlo... Al final del día, la conclusión más ambiciosa que esta novela sugiere es que desde ninguna perspectiva fenomenológica es posible afirmar, con infalible certeza, que exista (o no) un régimen escópico de orden superior que supervenga al resto de los órdenes de lo experimentable y de lo visible. La única postura hermenéutica razonable para el navegante de mundos consiste, entonces, en un gesto de humildad: la apertura gnoseológica, la suspensión del descreimiento y el abandono del antropocentrismo.

IV. Apertura de panorama. Sobre posibles relaciones entre ficción y teoría especulativas

Lo que los parágrafos anteriores constatan es que existe un desfasaje entre las teorías asentadas sobre régimen escópico y las lógicas de visualidad de cierta narrativa contemporánea. Otra manera de explicar esta relación entre teoría y literatura sería afirmar que, novelas como las de Rita Indiana y Ramiro Sanchiz, se resisten a lo que Neil Larsen llama "la falacia de aplicación": la extrapolación sin más de los principios de una teoría a un texto ficcional (Larsen, 68-9).

Esta resistencia a la extrapolación se hace rápidamente tangible si intentamos en efecto "aplicar" una teoría del funcionamiento de los regímenes escópicos actuales a las novelas arriba analizadas. John Berger, por ejemplo, afirma en *Modos de ver* (1972) que "solo vemos aquello que miramos. Y mirar es un acto de elección. Como resultado de este acto, lo que vemos está a nuestro alcance, aunque no necesariamente al de nuestro brazo" (Berger, 8). Amén de las posibles objeciones que pudieran hacerse a esta afirmación desde las ciencias cognitivas contemporáneas[75], es claro que la postulación de Berger no se ajusta al escenario de la novela de Indiana. Como expongo en el segundo parágrafo, los personajes de esta novela pueden bien ser forzados a observar lluvias de datos (Berger, 12) o realidades espaciotemporales divergentes desde corporalidades autónomas y diversas (Berger, 79). En una palabra, lo que estos personajes miran no depende, como afirmara Berger, de un mero "acto de elección". Otro ejemplo de desfasaje, esta vez con arreglo a la novela de Sanchiz, se patentiza en el concepto de "visión" propuesto por José Luis Brea en "Cambio de régimen escópico: del inconsciente óptico a la e-image" (2007). En su artículo, Brea propone que "el ver no es neutro ni, por así decir, una actividad dada y cumplida en el propio acto biológico, sensorial o puramente fenomenológico, sino un acto complejo y cultural y políticamente construido (...) lo que conocemos y vemos en él depende, justamente, de nuestra pertenencia y participación de uno u otro régimen escópico" (Brea, 148). Si bien es cierto que el protagonista del texto de Sanchiz está inmerso en un régimen escópico que determina su campo de visualidad, no es igualmente un hecho que el régimen del que participa haya sido "cultural y políticamente construido". Por el contrario, podría aventurarse que la producción del mundo en el que Stahl está inmerso ha sido realizada por La Computadora con autonomía de la lógica escópica de las tecnociencias y de la biopolítica antropológica.

---

75 Como introduzco en el primer parágrafo, la cualidad de la diferencia que existe entre "ver", "mirar" (es decir, prestar atención a un objeto o panorama de visión), "representar(se) visualmente" y "conocer" es un problema filosófico acuciante. Un desarrollo particularmente interesante de este problema puede encontrarse en los artículos de Marisa Carrasco y Bill Brewer, y en las respuestas provistas por Ned Block a esos artículos, todos ellos compilados en Adam Pautz y Daniel Stoljar (2019).

Esta imposibilidad de extender los supuestos de la teoría a la literatura no significa, o no necesariamente, que las teorías disponibles sean erróneas. Lo que hace es subrayar una trivialidad que a menudo es pasada por alto: que la teoría tiene en principio una deuda con la veracidad y la literatura con la verosimilitud. En esta disyuntiva, la crítica literaria se encuentra en una situación incómoda, puesto que su discurso debe caer del lado de la no-ficción, pero debe analizar la ficción en sus propios términos. También, podríamos argüir, la crítica debe poder analizar si los términos propios de la ficción son realmente verosímiles en su lógica interna, o si la coartada de la literatura está siendo empleada para disfrazar la inconsistencia de "especulación" (una etiqueta atractiva, hoy, en el mercado tanto de la filosofía como de la novela). Si en efecto mi análisis quiere cumplir su promesa de evaluar estas ficciones en sus dinámicas específicas, entonces debe ir más allá tanto de las teorías disponibles como de la mera descripción que ofrecen los personajes de los mundos en que están inmersos. En otras palabras, este capítulo debe terminar de establecer si los textos ficcionales, entendidos como totalidades autónomas, poseen una coherencia propia que permita formalizar sus regímenes escópicos cabalmente (o no).

En el caso de la novela de Indiana, el problema central que impide comprender por completo su lógica escópica es la falta de una noción robusta de tiempo; es decir, la ausencia de una definición de tiempo correlativa a la ambiciosa transcorporalidad y transhistoricidad que puede caracterizar a un mismo "yo". Como observo en el segundo parágrafo, un "yo" que ocupa varios cuerpos emplea la estrategia de cerrar o distraer los ojos en un espaciotiempo para "despertar" en otro. Esta estrategia daría la impresión de que, en la medida en que "yo" mantiene los ojos cerrados, la acción en esa coordenada espaciotemporal no avanza: cerrar los ojos parece poner al personaje a resguardo no solo de la saturación visual del espacio, sino del avance del tiempo. Sin embargo, no hay una definición de tiempo en la novela que respalde esta hipótesis contraintuitiva: dada la información provista por el texto, Roque/Giorgio/Acilde podría perfectamente golpear y/o despertar a Côte de Fer/Argenis en medio de la noche del siglo XVII, quebrando la ilusión de que mantener los ojos cerrados es suficiente para permanecer a resguardo y detener la acción en una determinada espaciotemporalidad. Hay, en efecto, una inconsistencia embebida en el hecho de que a Côte de Fer/Argenis le funcione tan bien la técnica de dormir/despertar alternadamente en cada época sin interrupciones ni consecuencias. La inespecificidad de una noción verosímil de temporalidad inhibe, por tanto, la formulación de una teoría congruente sobre cómo funciona exactamente el régimen de visualidad multicorporal y transhistórico de la novela.

En el marco de la ficción de Sanchiz, el problema más ostensible aparece ya mencionado en el tercer parágrafo de este capítulo. Dado el final abierto de la novela, parece imposible hacer afirmaciones taxativas sobre el modo de operar de La Computadora, la naturaleza del mundo de Punta de Piedra', el modo de existencia de sus habitantes y la situación —privilegiada o no, contingente o no— de Stahl en el escenario que navega. Esta imposibilidad de hacer aseveraciones tajantes no implica, sin embargo, que la ficción sea por necesidad incongruente. Las explicaciones que el final deja abiertas con arreglo al posible régimen escópico de la novela son solo dos: la primera es que La Computadora sea, como Stahl supone, un Ojo que lo observa con un propósito y que ha dejado pistas dentro del mundo de Punta de Piedra' para que el protagonista regrese al "mundo real". La segunda hipótesis es que la extrapolación de principios como "volición", "intencionalidad" y "propósito" a La Computadora sea injustificada, y Stahl haya estado interpretando como pistas lo que son en realidad contingencias, variaciones combinatorias y producciones objetuales generadas por La Computadora con prescindencia de cualquier intencionalidad.

Que el final ofrezca no indefinidas sino dos opciones bien delineadas opera en favor de la robustez interna de la novela. Más aún, dado que Stahl es el protagonista no solo de este texto sino de la producción ficcional de Sanchiz en su totalidad, al observar esta historia en relación con las producciones posteriores del autor solo es posible sostener la primera hipótesis. En una palabra, Stahl debe encontrar la manera de salir del bar de Punta de Piedra' porque lo esperan otros libros que protagonizar y otros escenarios contraintuitivos que recorrer. En virtud de esta necesidad propia de la *oeuvre* de Sanchiz, La Computadora de *Los viajes* debe poseer finalmente un "ojo" que vigila y un "propósito" orientado al protagonista, quien ha estado siempre en lo cierto al suponer que Punta de Piedra' es una simulación. El régimen escópico de la novela es, por lo tanto, coherente en su propia lógica, una lógica que la novela sugiere y que la obra completa de Sanchiz garantiza. El costo que *Los viajes* paga por su congruencia es, no obstante, el relapso en el confort antropológico[76].

Amén de las divergencias entre ambos casos, la pregunta que abren tanto el abordaje temporal de la novela de Indiana como el viraje antropocéntrico del texto de Sanchiz es, a mi entender, una sola: hasta qué punto la literatura debe ir más allá del sentido común —incluso, del sentido común de la ficción especulativa— para esbozar verosímiles a la vez consistentes y contraintuitivos. En el caso de *La mucama de Ominculé*, el escenario que se nos presenta es contraintuitivo de modo radical, pero es inconsistente porque no aúna en forma persuasiva visión y temporalidad. En la novela de Sanchiz, la consistencia narrativa está asegurada retroactivamente por la *oeuvre* del autor, pero esto elimina las hipótesis más contraintuitivas abiertas por *Los viajes*: aquellas que exigen el abandono (en la ficción) de nociones como biopolítica, régimen escópico inteligible e hípervigilancia. Para ser justa con la textura de las novelas y no caer en una tentación del oficio, que a menudo implica derivar reflexiones grandilocuentes de su objeto de estudio, la aquí firmante opta por la cautela y se queda con las ganas. Este análisis no consigue celebrar ni la radicalidad parcialmente inconsistente de Indiana, ni la consistencia parcialmente conservadora de Sanchiz.

[76] A pesar de que la obra de Sanchiz pone en perspectiva y delata la antropológica de *Los viajes*, la *oeuvre* del autor continúa ampliándose y desenvolviéndose con particular atención a los discursos de su tiempo, de manera que las novelas más contemporáneas del autor abandonan los presupuestos antropológicos de 2012 y se animan a escenarios cada vez más radicales en su contraintuitividad. Un ejemplo de esta tendencia crecientemente antropodecéntrica es la compleja interacción que Stahl establece con la supercomputadora de *Las imitaciones*, novela publicada por la editorial bogotana Vestigio en 2019. Otro ejemplo, aún más radical en sus alcances especulativos y en su porosidad genérica, es el texto *Guitarra Negra*, editado en 2019 por Estuario.

Mi propuesta, que aquí he presentado con arreglo al régimen escópico pero que no se limita a este eje de análisis, es no reducir la tarea del análisis literario ni a "aplicar" una teoría a la ficción, ni a "extraer" de ficciones controversiales una teoría prístina. Este ensayo termina, por tanto, a falta de conclusiones magnánimas de orden filosófico o moral, con un ímpetu: con la demanda de seguir exigiéndonos rigurosidad tanto en el nivel del análisis, como en el nivel de la literatura. Dada la complejidad dinámica del escenario tecno-científico y onto-epistemológico actual, es posible que el pensamiento especulativo deba replantear su propio entendimiento de la relación entre ficción y no-ficción. Tal vez, la hechura de textos *rigurosamente radicales* dependa de una conversación activa entre saberes: un diálogo llevado a cabo no solo en las instancias de recepción de una obra, sino en los procesos mismos de su planificación y elaboración. Esta apertura permitiría, también, desplazar el anquilosado paradigma del Autor mediante alter-modelos de escritura colaborativa, transdisciplinaria y exploratoria. Nada más afín al espíritu inquieto de la literatura especulativa contemporánea.

Bibliografía

Berger, John, et al. *Modos de ver.* Gustavo Gili, 2000 [1972].

Brea, José Luis. "Cambio de régimen escópico: del inconsciente óptico a la e-image". *Estudios visuales: Ensayo, teoría y crítica de la cultura visual y el arte contemporáneo*, vol. 4, no. 1, 2007, pp.145-63.

Indiana, Rita. *La mucama de Ominculé.* Editorial Periférica, 2015.

Jay, Martin. *Ojos abatidos. La desintegración de la visión en el pensamiento francés del siglo XX.* Akal, 2007 [1993].

Larsen, Neil. "Literature, Immanent Critique, and the Problem of Standpoint". *Literary Materialisms*, Palgrave Macmillan, 2013, pp. 63-77.

Pautz, Adam y Daniel Stoljar, eds. *Blockheads! Essays on Ned Block's Philosophy of Mind and Consciousness.* MIT Press, 2019.

Roden, David. *Posthuman Life: Philosophy at the Edge of the Human.* Routledge, 2014.

Sanchiz, Ramiro. *Las imitaciones.* Vestigio, 2019.

---. *Guitarra negra.* Estuario, 2019.

---. *Los viajes.* Melón Editora, 2012.

Wainberg, Romina. "Cyborgs, androides y post-humanos en la literatura argentina contemporánea. Nuevos cuerpos, nuevos modos de agencialidad". *I Jornadas internacionales cuerpo y violencia en la literatura y las artes visuales contemporáneas*, www. eventosacademicos.filo.uba.ar/index.php/cuerpoyviolencia/2017/paper/viewFile/197/210.

¿Hay vida después del panóptico? Evolución posthumana: supervivencia y resistencia en dos novelas de Samanta Schweblin

Julia Scodelari
Universidad de Buenos Aires

I. Introducción: matriz

Ante tanta disolución y liquidez como propone la escena contemporánea, ya no se trataría de la empecinada continuidad de un sí-mismo replicado, inevitablemente destinado a disolverse; se trata, sencilla y naturalmente, de la trascendencia en un otro.
Graciela Sarti

Si comparamos el papel que ocupa la vista en la historia del conocimiento con el del resto de los sentidos, lo primero que observamos es su lugar central. Ya desde los tiempos de la Antigua Grecia "se asumió que la verdad podía estar tan «desnuda» como el cuerpo descubierto" (Jay, 27). La centralidad del acto de mirar a la hora de relacionarse con el mundo se puede explicar, según Martin Jay, desde un punto de vista evolutivo, pero también social. Así, una de las características que la distingue de los demás sentidos es que es intencionada, "el ojo obedece la voluntad consciente del espectador, a diferencia de otros sentidos más pasivos" (17). Sin embargo, desde el momento en que el mirar se constituye como un acto consciente y voluntario, hay que comenzar a pensarlo también como un acto no solo lleno de posibilidades, sino también político. Así, pensamos en el ser objeto de la mirada como "uno de los aspectos más extraordinarios de la visión. [...] Aquí el rango de posibilidades es extraordinario" (17). La vista, por lo tanto, ocupa un papel central en la ecuación del ejercicio del poder, convirtiéndose, por ejemplo, en una máquina de vigilancia dentro de una sociedad panóptica-disciplinaria como la que propone Michel Foucault: "«nuestra sociedad no es una sociedad del espectáculo, sino de la vigilancia (...) No estamos ni en el anfiteatro ni en el escenario, sino en la máquina panóptica» (...) este nuevo mecanismo de control formó primero y ante todo, parte de la economía visual del mundo moderno" (Jay, 311). Sin embargo, ¿qué pasa con la vista cuando palabras como *panóptico, gran hermano, ojo vigilante*, ya no resultan fértiles para dar cuenta de la experiencia de vida de un mundo que, si queremos caracterizar, podríamos acusar de posmoderno?

Así, no es casual que ambas novelas de Samanta Schweblin, *Kentukis* y *Distancia de rescate* pongan, de alguna manera, en cuestión el triángulo ojo-vigilancia-control. La relación entre estos tres elementos se complejiza ya que, en ambas historias, el acceso del ojo a la verdad no es ni tan directo ni tan transparente. Y, de a momentos, lejos de ocupar un lugar privilegiado entre los sentidos, la vista parece inútil. Pensamos, por un lado, en los kentukis, quienes tienen libertad de movimiento, pero están confinados a observar lo que su nimio cuerpo de treinta centímetros y la escasa vida de su batería les permite, o en sus "amos", quienes son vigilados constantemente sin poder ver y, mucho menos, saber jamás quién se encuentra del otro lado. Al mismo tiempo, los personajes de *Distancia de rescate* son amenazados por ese peligro que "se siente como gusanos" (Schweblin, 2014, 1), pero que jamás se ve y cuya única esperanza es ser salvados por una transmigración de almas que deja un cuerpo material habitado por un ser totalmente desconocido. No hay aquí una mirada única que vigila y controla ni una población que se sabe controlada y vigilada. Estamos, en cambio, frente a la multitud de ojos, la amenaza invisible, impersonal, omnipresente, que se siente pero no se ve. En el caso de *Kentukis*, se ha avanzado de un poder centralizado que disciplina los cuerpos mediante la vigilancia, hacia una sociedad hipermoderna (Wajcman), en la cual la mirada ya no proviene de, ni está reservada a un ojo, sino que está presente en todos lados constantemente: todo el mundo es observador y observado simultáneamente. En *Distancia de rescate*, por su parte, la falta de un ojo vigilante omnipresente se evidencia en la completa ausencia de organismos de control estatal, cuyo deber debiera ser cuidar a la población. Así, los habitantes de este pueblo condenado viven a expensas de una amenaza invisible, apenas tangible, que sin embargo se sabe y se siente en todos lados. Hay en ambas novelas, una ausencia absoluta de "líderes" o gobernantes *concretos*: no hay regulación sobre el uso de agrotóxicos, tampoco de kentukis, no hay gobiernos y, ni siquiera, grandes empresas malévolas que solo buscan su propio beneficio. Solo existen sus productos, múltiples, ubicuos.

Si el "ojo vigilante" se ha convertido en una multitud de "ojos que miran", si todos se saben vigilados constantemente por sujetos similares a ellos mismos, si no existen organismos centralizados, concretos de control (y si existiera se sabrían inútiles), si las verdaderas amenazas son invisibles ¿qué ocurre con el lugar privilegiado que ocupaba la vista? Si lo que sea que "oprime" definitivamente no lo hace mediante el ejercicio de la vista ¿es posible hablar de un "ojo despotenciado" como método de vigilancia? De alguna manera, Schweblin nos posiciona frente a lo que podemos llamar una sociedad "post panóptica", en la cual la desaparición del panóptico genera lo que podríamos llamar *difuminación del ejercicio del poder*, el cual se presenta como imposible de ser localizado, a pesar de existir.

Si cambia la forma en la cual el poder actúa sobre los cuerpos, emergen "nuevos modos de subjetivación (...) efímeros y descartables" (Sibilia, 33), que se definen en virtud de sus relaciones con el mercado. En tanto que la subjetivación es el resultado de las relaciones de poder que rodean y se ejercen sobre el cuerpo del individuo y son ellas mismas las que lo convierten en *sujeto*, es el poder el que "lo marca con el sello de su propia individualidad, lo ata a su propia identidad" (Foucault, 9), ¿qué clase de sujetos produciría un "post panóptico"? Frente al individuo masificado de la sociedad disciplinaria, que vivía bajo formas de control que le imponían una "modelización", ahora aparece un nuevo tipo, las nuevas formas de poder ya no promueven la "fijación", sino que surge la idea de originar sujetos dinámicos, adaptables a los nuevos tiempos del mercado y la globalización.

Frente a la noción evolucionista de que la vida siempre prevalece, en ambas novelas Schweblin describe un sistema que parece encontrarse liberado de la necesidad de reproducirse a sí mismo para seguir existiendo, y que, por lo tanto, no tiende a su supervivencia. Esta sociedad no le inflige a sus habitantes la cantidad de daño justa para mantenerlos controlados y productivos. En su lugar, la autodestrucción parece ser su destino final inevitable. Por esta razón, el mundo de Schweblin se nos presenta oscuro, apabullante, en el cual escapar parece tarea imposible. Si se supone que la vida siempre prevalece, avanza, evoluciona, ¿ocurre eso aquí o tenemos que suponer que si cerramos la historia y "volvemos" en cincuenta años ya no quedará ningún personaje, aniquilados todos por esta fuerza fluida proveniente de un punto perdido, o tal vez de todos lados? ¿Se puede hablar de adaptación o evolución en los personajes de Samanta Schweblin?, y si es así, esta evolución ¿les permite sobrevivir o hay algo más? ¿Se podría pensar en abrir un "espacio" de resistencia? ¿Qué función cumple el ojo cuando ya no sirve para vigilar e imponer?

Para sobrevivir, será necesario que los personajes atraviesen un proceso de *fluidización*, el cual, pensamos, puede desembocar en dos resultados distintos, uno consecuente con el sistema; el otro, totalmente disruptivo. El primero, una consecuencia directa de la fluidización de las relaciones de dominación y así obediente a la lógica de la sociedad. En este caso, los personajes sufren el mínimo indispensable de cambio como para sobrevivir a la nueva situación, el objetivo de autopreservación quedaría cumplido, pero la vida seguiría funcionando en ese mínimo básico necesario para seguir existiendo y produciendo, hasta el día en que los seres vivos ya no sean capaces de seguir el ritmo de los cambios, desembocando finalmente de la destrucción de todo. Pero también puede tratarse de una *fluidización* distinta, una que de alguna manera va en contra de los flujos que mueven al mundo, es aquí donde se podría hablar de resistencia.

Si como afirma Antonio Gramsci el viejo mundo se muere y el nuevo tarda en aparecer. Y en ese claroscuro surgen los monstruos, la pregunta que nos queda por hacernos es si estos monstruos son siempre la amenaza del sistema contra la vida, o si, por el contrario, la vida puede devenir monstruosa para amenazar al sistema.

II. Vida

No es el más fuerte de las especies el que sobrevive,
tampoco es el más inteligente. Es aquel que es más adaptable al cambio.
Charles Darwin

El mundo que habitan los personajes de Samanta Schweblin es un mundo agotado, en el cual "las actuales instituciones de control democrático, político y ético, confinadas territorialmente y ligadas al suelo como están, no pueden hacerle frente a la extraterritorialidad y el libre flujo de las finanzas, el capital y el comercio" (Bauman, 26). No es necesario más que recordar el incidente de la niña brasileña al final de *Kentukis*, luego de que fuera rescatada de una red de trata y devuelta a su hogar con sus padres, Grigor ve[77]a través del kentuki cómo dos hombres conversan, se entera así de que el propio padre de la niña era quien la había entregado a la red en primer lugar y que estaba a punto de hacerlo nuevamente. Solo basta con leer la reflexión de Grigor que cierra este episodio para comprender la frustración que lo invade a él y a todos los que lo rodean: "no iba a esperar a que las benditas regulaciones internacionales llegaran para sacarlo del negocio, ya habían tardado demasiado" (Schweblin, 2018, 201).

Entre regulaciones que nunca llegan e instituciones policiales que no pueden ni siquiera mantener a salvo a la pobre niña que acaban de rescatar, este mundo pesadillesco nos revela una de sus características fundamentales, la despotenciación del ojo como método para ejercer el control, que parece ser una consecuencia de la "socialización" de la capacidad de vigilancia: con la entrada al mundo de los kentukis, todos sus habitantes han corrido a formar parte de este nuevo fenómeno, ya sea dejándose mirar por extraños, ya eligiendo ellos mismos ser quienes observan. La incorporación al mercado de estos juguetes genera, entonces, una especie

[77]Todavía no hemos ahondado lo suficiente en la naturaleza de los kentukis y su relación con sus usuarios y amos, pero es necesario hacer aquí la distinción entre usar un kentuki y ser uno. No cualquier persona que compre una clave para personificar uno de estos juguetes se convierte realmente en uno de ellos. En el caso de Grigor, él se dedica a la compra-venta de claves, por lo cual su uso de los kentukis es puramente comercial.

de borramiento del límite que separaba al espacio público del espacio privado, produciéndose así un *striptease* de los espacios: si es la segmentación entre dos regímenes de visibilidad (público y privado) la que permite que el ojo regulador del Estado cumpla su función de vigilancia, la imagen que muestra lo que antes permanecía en la intimidad es finalmente la que desorganiza el régimen del panóptico (Preciado, 2010). No es casual que ésta venga de la mano del consumo y la mercantilización. La desorganización y despotenciación del panóptico no ocurre en beneficio de los personajes, sino que éstos resultan solamente un instrumento del mercado para expandirse; miran y se dejan mirar a la vez que consumen claves y muñecos para seguir perpetuando el sistema.

Así, la novela se inicia con la frase "lo primero que hicieron fue mostrar las tetas" (Schweblin, 2018, 9) y luego comienza a narrarnos cómo unas adolescentes se exponen sexualmente frente a los ojos un kentuki para luego proponerle impunemente a la persona detrás de la cámara un trato para extorsionar a una de sus compañeras de clase. Lo interesante de esta situación es, en realidad, que quien sea que maneja al kentuki les gana en su propio juego al afirmar que tiene mucho material de la familia de su "dueña" haciendo cosas "poco apropiadas" frente a los ojos de un total desconocido: "no sabemos quién mierda es –dijo Amy–, por eso le mostramos las tetas ¿no?" (2018, 12). Es justamente el hecho de que cualquiera pueda estar mirando lo que genera que esta vigilancia al final sea despreciable, insignificante. Contrariamente a la idea de la *Total Vision* de Wajcman, es decir, el muro de pantallas que "se erige al fondo de la sala subterránea, oscura, inaccesible e ilocalizable. El lugar de la vigilancia invisible (…) el lugar último del poder" (Wajcman, 66-67), en esta novela, la posibilidad de tomar el poder no se presenta como tal ya que no existe ningún medio centralizado que se preste a ser controlado con el objetivo de llegar a ojos de las personas. No hay tal cosa como un amo de la mirada, pues la mirada se presenta como algo disfuncional y no como algo que pueda ser asido para conseguir ningún tipo de objetivo. Quienes controlan kentukis no tienen poder sobre sus amos en tanto sus amos no se sientan amenazados por la mirada del pobre juguete. Los personajes que se auto someten a la vigilancia no se sienten obligados a obedecer ningún tipo de ley. Por otro lado, no se puede ignorar el hecho de que la ausencia de instituciones y de cualquier tipo de legalidad presente en la historia haga más sencillo para los personajes ignorar los mandatos morales. Finalmente, lo que ocurre es que la vigilancia ya no tiene poder porque cualquiera puede encarnar ese ojo que lo ve todo y porque, al estar siendo vistos constantemente, ya no tiene importancia. Ya no se trata de verlo todo, sino de no ser visto.

De una forma muy distinta, en *Distancia de rescate* la vista tampoco aparece como una habilidad útil a los personajes. El agrotóxico, ese peligro que amenaza a todo el pueblo, es invisible. A medida que avanza la narración sabemos con claridad que la protagonista y David están en busca de nada más que *una sensación*. Esa amenaza, ese enemigo que aparece en la novela no es algo material en el sentido esperado de la palabra, y por esta misma razón, la vista no posee ningún tipo de poder de resistencia. Podríamos pensar que este agrotóxico que hace de enemigo invisible y fluido es tan solo el último eslabón de este mundo en el que una empresa –de la que no sabemos absolutamente nada–, sin embargo tiene casi total agencia sobre la vida de los habitantes de este pueblo de provincia, sin que ningún tipo de institución pueda hacer nada al respecto.

La distancia de rescate, "esa distancia variable que me separa de mi hija" (Schweblin, 2014, 22), una variable medida por la protagonista, que varía en función del peligro presente a sus alrededores es un método que Amanda ha heredado de su propia madre, una tradición que funcionó perfectamente para mantenerla a ella misma a salvo y que ahora repite para cuidar de su propia hija. Para tener efecto, la distancia de rescate requiere que la madre sepa dónde se encuentra la niña, es decir, es una medida basada completamente en la necesidad de ver al otro. Sin embargo, en el punto clave de la narración, ese momento que Amanda y David intentan alcanzar casi desesperadamente, el momento en que *los gusanos entran en contacto con el cuerpo*, el instante fatal que sellará el destino de la protagonista y de su pequeña Nina:

> *La distancia de rescate.*

> Estoy sentada a diez centímetros de mi hija, David; no hay distancia de rescate.
>
> *Tiene que haber, Carla estaba a un metro de mí la tarde que se escapó el padrillo y casi me muero. (63)*

Cuando David pregunta a Amanda ¿por qué las madres hacen eso de la distancia de rescate?, convierte esta particularidad de la protagonista en un rasgo común a todas las relaciones madre-hijo/a y, sin embargo, en esta historia, el método de protección por excelencia no funciona. Vigilar a tus propios hijos para asegurarte que no se hagan daño es inútil, pues el peligro los puede alcanzar estando a unos escasos 10 centímetros: "es que a veces no alcanzan todos los ojos, Amanda" (22).

En ambas historias leemos sobre un mundo que no tiene "un "afuera", ni una vía de escape, ni un sitio para refugiarse, ni espacio para aislarse y ocultarse (…) en este espacio planetario global ya no se puede trazar un límite tras el cual pueda uno sentirse verdadera y absolutamente a salvo" (Bauman, 22). Completamente minado por la lógica del mercado y convertido en una plantación de soja interminable, este espacio se ha convertido en tóxico, mortal: los animales mueren, los niños mueren o quedan marcados para toda la vida, hay incluso algunos que nacen ya con deformaciones: "eso pasa, Amanda, estamos en un campo rodeado de sembrados. Cada dos por tres alguno cae, y si se salva igual queda raro" (Schweblin, 2014, 70). De la misma forma, invadidas por las nuevas tecnologías (en forma de animal-robot-cámara), las casas de los personajes de Kentukis han perdido toda la seguridad que antes podía ofrecer el espacio íntimo, privado:

> ¿Qué estaba pasando entre su hijo y el kentuki? Pensó en todas las maneras en las que podía romperlo, quebrarlo y despedazarlo, las ideas no paraban de llegar. Y sin embargo, dio algunos pasos atrás. (…) Después lo vio más allá, del otro lado del ventanal. Acodado entre el vidrio y la cortina, el kentuki, inmóvil, lo miraba. (2018, 174)

La despotenciación del poder de la vigilancia y la desaparición del panóptico como forma de control podrían pensarse como una consecuencia de lo que Isabell Lorey llama "*precarización como gubernamentalidad*". Si lo que caracteriza al estado moderno es el intercambio de las libertades de los ciudadanos por seguridad, este nuevo sistema procede asegurando el mínimo de protección necesario para que los sujetos sigan dependiendo de él. Esto genera un aumento de la incertidumbre, un estado de *precarización* "en tanto incertidumbre y exposición al peligro [que] abarca la totalidad de la existencia, los cuerpos, los modos de subjetivación. Es amenaza y constricción" (Lorey, 18). Esta condición a la que es sometido el ser humano genera un "yo dócil" como forma de auto disciplinamiento que se pone al servicio de la precarización como gubernamentalidad al encargarse de reducir el desamparo gracias a "técnicas de autoformación" con el objetivo de garantizar una vida económicamente productiva. De esta forma, la precarización constituye sujetos productivos, útiles.

Grigor, con su comercio ilegal de conexiones de kentukis, y Omar con su incurable obsesión por su negocio de cría de caballos, parecen encarnar estos sujetos adaptados y, de alguna manera, lucrativos. El primero conoce todos los recovecos del mercado, sabe las reglas del juego para no quedar fuera. Grigor es una especie de mezcla entre un *selfmademan* y un traficante, una combinación que resulta perfecta para triunfar en este nuevo mundo infestado de kentukis: "–¿Es que es algo ilegal, hijo? // «Ilegal» era una palabra que alarmaba a la generación de su padre, un término sobrevalorado que además ya sonaba anticuado" (Schweblin, 2018, 60). Omar, por su parte, es el típico padre de familia del campo, aquel que se preocupa antes por el envenenamiento de uno de sus caballos que por la intoxicación de su propio hijo: "por ahí es que simplemente no le interesaba. Más velaba la pérdida de su bendito padrillo prestado" (2014, 90). Cabría preguntar si es casual que ambos personajes sean hombres adultos. Por otro lado, otra de las dimensiones de la precarización hace referencia a la diferencia en la jerarquía de la precariedad. De esta forma, habría sujetos más precarios que otros. ¿Qué pasa con quienes no consiguen adaptarse, crear un "yo dócil" que resulte lucrativo? ¿Qué pasa con los niños?

En estas dos historias los niños son, en su mayoría, los más vulnerados. La violencia ejercida sobre el inerme es la que produce más horror (Cavarero, 2009): desde ser víctima de un pedófilo que actúa a través de un kentuki que le ha sido forzado por su psicólogo y sus propios padres: "la «evaluación de los daños» llevó tres sesiones en una misma semana y una visita a la comisaría a la que fueron los cuatro: un padre, dos locas y un chico; o tres adultos y un chico; o un chico que nunca debió haber ido a una comisaría y que se merecía a alguien mejor que cualquiera de esos tres adultos" (Schweblin, 2018, 210), hasta quedar mutilados de por vida a causa del uso indiscriminado de agrotóxicos. Y, sin embargo, los niños siguen presentes, sobreviven, viven… ¿Viven? ¿Cómo?

III. Evolución

> *Detuvimos la búsqueda de monstruos debajo de la cama cuando nos dimos cuenta de que estaban dentro de nosotros.*
>
> Charles Darwin

La sociedad *post panóptica* de Samanta Schweblin, en la cual falta un ojo vigilante asociado a un poder centralizado (sea éste el del rey déspota o el del Estado benefactor) genera un ambiente asfixiante, en el cual los personajes se adaptan o mueren. El peligro y la situación de incertidumbre, sin embargo, no están repartidos equitativamente entre todos los personajes, siendo finalmente, los niños los más vulnerables o vulnerados. Los pequeños que habitan este universo tienen dos opciones: cambiar o morir. Tal vez en *Kentukis* este morir se presenta más bien en forma metafórica, ya que no leemos de ninguno que haya muerto *realmente*, sin embargo el destino de la mayoría (sino de todos ellos) es cuanto menos trágico. Podríamos afirmar que o bien cambian, o bien son aplastados. En el caso de *Distancia de rescate* el asunto ya se nos presenta de manera más literal, los niños que no "quedan raros" (Schweblin, 2014, 42), fallecen" a causa de los agrotóxicos.

Si historias de niños con finales traumáticos abundan en *Kentukis*, la de Marvin, no obstante, destaca del resto por ser el personaje que más cerca estuvo de algún tipo de salvación. Siguiendo sus ojos vemos algo que se le escapa al resto, algo que podría llegar a abrir un espacio, un escape, una línea de fuga de este *mundo agotado*, hiper globalizado, neoliberal. De entre todos los poseedores de una conexión kentuki, este niño es quien realmente se ve modificado por su condición de *ser*-kentuki. Comienza como el resto, como un juego, una forma de relacionarse con sus amigos del colegio, de no quedar fuera de una moda que estaba invadiéndolo todo. Sin embargo, en algún momento imposible de precisar, Marvin se convierte en su kentuki. Ya no se trata, así, de un pasatiempo, ni siquiera de una forma de escapar a la autoridad de su estricto padre. Lo que podríamos llamar la vida real del niño comienza a convertirse cada vez más en un sueño, o tal vez en una pequeña y molesta responsabilidad a la que atender de vez en cuando, a la vez que la existencia que lleva como animal robot en el otro extremo del globo se le presenta como su verdadera vida. La conexión que el muchachito forma con lo que está ocurriendo del otro lado de la pantalla de su tablet es tan fuerte y real que se siente en el cuerpo; Jasper jamás ha visto el rostro humano de Marvin, sin embargo, la comunicación no verbal se establece entre ellos sin mayores impedimentos: "Marvin sonrió, sacudió las piernas debajo del escritorio. Eso haría el viaje mucho más fácil. En la pantalla, Jesper le devolvió la sonrisa" (Schweblin, 2018, 156). Ese cuerpo robótico, presuntamente inexpresivo se ha llenado de Marvin hasta el punto de ser capaz de transmitir expresiones faciales. El momento en que el cuerpo mecánico del dragón-Marvin es destruido se vive como la muerte del propio Marvin y el muchacho no volverá a ser el mismo luego de esta experiencia:

> Cayó. Sintió el vacío bajo sus ruedas, el golpe contra el asfalto, el chillido de sus gomas y sus plásticos y sus chapas rodar a toda velocidad cuesta abajo. La voz de su padre gritó su nombre desde el otro lado de la

> puerta, y Marvin tuvo que hacer un esfuerzo para no largarse a llorar. Rodaba, seguía rodando hacia el lago (...) ¿Qué haría si su padre le preguntaba qué estaba pasando? ¿Cómo le explicaría que en realidad estaba golpeado, que estaba roto, y que seguía rodando, sin ningún control, hacia abajo? Hizo un esfuerzo y logró respirar. ¿Podría su padre escucharlo caer? ¿Entendía que el ruido de la tablet eran sus propios golpes contra el ripio? (194)

A pesar de que ese final feliz que parecía tan cercano nos es arrebatado en el último minuto, la situación de Marvin entreabre la puerta de una nueva perspectiva. Una vez que la mirada del niño se encuentra a la altura del suelo, este descubre que es posible vivir de otra manera:

> si se tenía la altura de un kentuki, se podía ver en el pueblo cosas que nadie más veía. El Club de Liberación estaba en todos lados: había pequeños grafitis en los cordones y al pie de las paredes de las casas. Flechas que te indicaban dónde había techo por si llovía, decenas de hogares dispuestos a ofrecer pequeñas reparaciones y bases de carga. (Schweblin, 2018, 191)

La existencia del Club de Liberación significa la posibilidad de verdadera libertad, independencia absoluta, de llevar una vida como kentuki sin amo, por fuera de la sociedad, por fuera del sistema, una comunidad secreta solo conformada por quienes son capaces de ver lo que ocurre a treinta centímetros sobre el suelo. Y Marvin entiende perfectamente lo que significa vivir como kentuki:

> podía comer y dormir en Antigua atendiendo cada tanto su cuerpo, mientras en Noruega los días pasarían tranquilamente, cargándose de base en base, sin añorar ni un pedazo de chocolate, ni una manta para pasar la

> noche. No necesitar nada de eso para vivir tenía algo de superhéroe. (158)

Este nuevo cuerpo, a pesar de ser vulnerable, no es precario en tanto no puede ser víctima de un sistema que aplasta y dociliza, porque no sufre frío, no necesita de alimentos, lo único que precisa para vivir es una batería cargada, y los cargadores están a disposición de quien sepa dónde encontrarlos.

En *Distancia de rescate* el punto de vista de la narración no nos acerca demasiado a la vida de la gran mayoría de los niños que aparecen, sin embargo, tenemos a David. Si en el caso de Marvin podíamos hipotetizar un cambio de cuerpo, aquí la situación no podría ser más clara. David debe someterse a un proceso de transmigración de almas para sobrevivir al envenenamiento de agrotóxicos: "si mudábamos a tiempo el espíritu de David a otro cuerpo, entonces parte de la intoxicación se iba también con él. Dividida en dos cuerpos había chances de superarla" (Schweblin, 2014, 26). A pesar de que las preguntas sobre el *ser* del niño podrían ser millones: ¿es David si tiene el cuerpo de David, pero el alma de otra persona? Si esta transmigración fue realizada cuando él tenía tan solo dos años, la nueva alma ha habitado su cuerpo más tiempo que la original, ¿significa esto que esa nueva alma es más David que el verdadero David?, ¿hay un verdadero David? Ninguno de estos interrogantes es posible de ser respondido a ciencia cierta. Diremos, entonces, que David es lo que se nos presenta como David, es decir, un híbrido, con un alma de procedencia desconocida en el cuerpo de un niño de diez años.

Sin embargo, el muchacho sufre una migración más al final de la historia al recibir en su cuerpo el alma de Nina. Esto nos deja entrever que la transmigración no es un proceso que tiene un comienzo y luego un final, que puede ocurrir tan solo una vez y, mucho menos, que el afectado es consciente o puede elegir formar parte en este ritual. De esta forma, podríamos llegar a imaginarnos un pueblo en el cual las almas cambian constantemente de cuerpo, en pos de sobrevivir al uso indiscriminado de veneno en el campo.

Así, en un sistema en el cual la noción de panóptico –la cual daba una estructura estable al ejercicio del poder– ya no existe, la difuminación del ejercicio del poder genera una imposibilidad para saber qué clase de control se ejerce, desde dónde o cuáles son sus consecuencias. Por esto es, precisamente, que este campo que obedece a la lógica de un mercado neoliberal, venenoso y mortal, difunda su influencia siniestra sobre todo lo que lo rodea, invisible y sin control. Y así, para sobrevivir los personajes imitan la forma de este mundo, ellos también se vuelven difusos, invisibles y sin control. En un pueblo en el que las almas migran constantemente, sin previo aviso y sin manera de verlo a simple vista, los límites que separan un sujeto del otro comienzan a borrarse y éstos se vuelven fluidos. Lo único seguro es el puro movimiento. El ser que deviene no es lo que era antes, ni tampoco el resultado de su transformación, "un devenir no tiene otro sujeto que sí mismo" (Deleuze y Guattari, 244). Lo único real es el devenir mismo y no los términos en los que se transformará quien deviene.

Tal vez lo que Marvin encuentra en los kentukis es una forma más sofisticada de la transmigración de almas, en tanto que él mismo es capaz de elegir cuándo cambiar. Sin embargo, no puede saber dónde acabará a la hora de comprar una conexión. En todo caso, lo central aquí es el hecho de que ambos procesos son extremadamente similares: la posibilidad de convertirse uno mismo en kentuki también fluidiza al sujeto en tanto que éste puede devenir animal-robot y, tal vez superada la traumática destrucción de un cuerpo metálico, es posible comenzar nuevamente con uno nuevo las veces que se desee.

Por otro lado, no se puede perder de vista que, frente a estas amenazas prácticamente intangibles, invisibles, lo que estos personajes logran es maximizar las posibilidades de esa parte también invisible de su ser, es decir el alma –o la consciencia. Lo que los hace especiales frente a otro tipo de híbridos es el hecho de que su hibridez es imperceptible: es imposible saber quién está del otro lado del kentuki, así como también resulta inasequible conocer qué alma encuentra cuál cuerpo. Separadas tan claramente como en estas novelas las nociones de cuerpo y alma (o consciencia), es posible plantear un nuevo tipo de *cyborg*: la consciencia humana en el cuerpo tecnológico del kentuki por un lado, almas que habitan cuerpos que no les son propios de origen, por el otro.

Estos híbridos recién aparecidos son claramente consecuencia del mundo en que han nacido; frente a un poder que se ejerce desde todos y ningún lugar al mismo tiempo, una estructura inexistente y una vigilancia que no tiene efecto, estos personajes comienzan a adaptarse a su ambiente imitando su forma: ellos también se han difuminado, han adquirido, de una manera u otra, la capacidad de ser fluidos. Poseen, por ende, una particularidad que los diferencia de quienes los rodean, así como más arriba veíamos que existía un tipo de sujeto, representado por el hombre adulto, que parecía estar perfectamente preparado para acoplarse a las hostiles condiciones de vida, podemos afirmar ahora también que su adaptación al mundo lo es también al sistema, son esa clase de personajes los que, desde abajo, mantienen el mecanismo en marcha. Sin embargo, estos niños, en su condición vulnerable, forzados violentamente a sufrir transformaciones, abren un nuevo espacio. Si pensamos que en una realidad en la cual el ojo, la vista y la vigilancia ocupan un lugar central, una sociedad que considera que todo puede verse, lo real se vuelve equivalente a lo visible: todo lo que se ve es real, la verdad es revelable y debe revelarse y, en consecuencia, lo que no se ve no es real (Wajcman), ¿qué poder encarna, entonces, lo que no se ve?

En su nueva forma híbrida modificada, estos personajes se sustraen a sí mismos del sistema productivo y dejan entrever la posibilidad de un algo más, un afuera. Alina es capaz de intuir cierta fuerza disruptiva en la existencia de los kentukis, siente en algún lugar irracional de su ser esos espacios que potencialmente podrían abrir, sin embargo, ella no es kentuki, a diferencia de Marvin, Alina no ve:

> Y los kentukis… Eso era lo que más la enfurecía. ¿De qué se trataba esa estúpida idea de los kentukis? ¿Que hacía toda esa gente circulando por pisos de casas ajenas, mirando cómo la otra mitad de la humanidad se cepillaba los dientes? ¿Por qué esta historia no se trataba de otra cosa? ¿Por qué nadie confabulaba con los kentukis tramas realmente brutales? ¿Por qué nadie metía un kentuki cargado de explosivos en una desbordada

> estación central y hacía volar todo en pedazos? ¿Por qué ningún usuario de kentuki chantajeaba a un operador aéreo y lo obligaba a inmolar cinco aviones en Frankfurt a cambio de la vida de su hija? ¿Por qué ni un solo usuario de los miles que circularían en ese momento sobre papeles realmente importantes tomaba nota de un dato de peso y quebraba la bolsa de Wall Street, o se metía en el software de algún circuito y hacía caer, a una misma hora, todos los ascensores de una decena de rascacielos? ¿Por qué ni una sola mísera mañana amanecían muertos un millón de consumidores por una sola decena de litros de litio volcados en una fábrica brasileña de lácteos? ¿Por qué las historias eran tan pequeñas, tan minuciosamente íntimas, mezquinas y previsibles? Tan desesperadamente humanas. Ni siquiera el boicot del día de Muertos resultaría. Ni Sven cambiaría por ella sus monocopias. Ni ella cambiaría por nadie sus estados de fragmentación existencial. Todo se diluía. (Schweblin, 2018, 189)

El error de la mujer estriba, creemos, en la subestimación de las historias pequeñas, íntimas. Frente a la resistencia clásica -la forma del contraataque-, la sustracción, la disminución del yo a lo más mínimo, lo pequeño, lo imperceptible, lo inútil, parece presentarse como una mejor alternativa.

IV. Adaptación

> *Y luego el chico le dio vuelta:*
> *«Tu kentuki ha sido liberado»*
> Samanta Schweblin

El hecho de que la vista haya perdido su poder de vigilancia y control abre, de alguna manera, la posibilidad de ser utilizada con otros fines. Tanto los ojos de David como los ojos-kentuki de Marvin serán capaces de ver cosas que se les escapa al resto. En el caso del niño dragón, podrá atisbar otra forma de vida, totalmente por fuera del sistema en el que se ha criado y del que no parece tener escapatoria. Desde el momento en que es liberado y comienza a encontrar las señales del Club de Liberación, más que un lugar de reunión con otros niños pasando el rato, lo que encuentra es una verdadera comunidad, un grupo de personas que, como él, creen que es posible vivir como kentuki, como un ser totalmente externo a la sociedad: "¿por qué querría un kentuki que lo liberaran? ¿No bastaba con desconectarse uno mismo y listo? Sabía que la libertad en el mundo kentuki no era la misma que en el mundo real" (Schweblin, 2018, 130). Lo que Marvin parece encontrar en ese pueblo perdido de Noruega, paradójicamente, son conexiones verdaderas con otros seres que, al igual que él, están dispuestos a dejar atrás su antigua praxis, nuevos sujetos listos para hacer todo lo posible por rescatar a uno de los suyos:

> Mac.SaPoNJa= m qdan 5 min max batería. Perro arrancó rastreador x favr creo estoy n sótano nº2 calle Presteheia // (...) "Aunque la calle Presteheia era en la otra punta del pueblo, intentaron ayudar. Kingko buscó teléfonos de las casas de la zona e hizo llamadas al azar (...) cosas así pasaban cada tanto. La muerte de otros kentukis siempre los unía. Los ponía a todos a pensar (155).

La desconexión de un kentuki afecta al grupo como si se tratara de la muerte real de la persona *real* y, de alguna forma, así es. Hay algo que muere con la desconexión de un kentuki, en especial uno liberado. Éstos, además, poseen una marca física que los diferencia del resto, no solo constituyen ya un ser híbrido en tanto cuerpo de robot/alma humana, sino que además, ese cuerpo que ya podía considerarse *cyborg* lo es de manera doble: todos los kentukis que han sido liberados por Jesper pueden acceder a "modificaciones", *gadgets* agregados que otorgan a sus limitados cuerpos nuevas capacidades que se orientan, prácticamente siempre, hacia la ganancia de más libertad. Así Marvin se convierte en un kentuki liberado: "con los accesorios de Jesper podría salir adonde fuera que se le diera la gana, hacer largas excursiones por un mundo en el que se podía vivir sin bajar ni una sola vez a cenar, de hecho, podría vivir sin comer en absoluto, y tocar la nieve el día entero, cuando al fin la encontrara" (134).

Nadie parece ser capaz de ver la importancia o el peso que pueden llegar a tener esos pequeños grupos clandestinos de liberación kentuki. Así como Alina desestimaba todo lo que no pudiera considerarse una "gran hazaña", el narrador los presenta en un tono casi irónico, cosas de "jóvenes revolucionarios". Hay un intento de ridiculizar la equiparación de un juguete robótico con un animal vivo:

> Había otros, todos pequeños e improvisados, parecía algo que se hubiera inventado la semana anterior. A alguien se le había ocurrido que maltratar un kentuki era tan cruel como tener un perro atado el día entero bajo el sol, incluso más cruel si se consideraba que, del otro lado, había un ser humano, y algunos usuarios habían intentado fundar sus propios clubs y liberar kentukis que consideraban maltratados. (Schweblin, 2018, 129-130)

Sin embargo, la experiencia de Marvin nos muestra que la voz del narrador se equivoca, no es una idea descabellada el liberar a los kentukis, darles la posibilidad de encarnar una vida diferente, de habitar un *mundillo*, un espacio propio que no se rija con las leyes del mundo.

Así como los ojos del kentuki-Marvin de alguna forma lo ayudan a encontrar este espacio, en el caso de David, es él quien lo crea. En *Distancia de rescate*, este niño de diez años encarna el poder del ojo que según Wajcman se ha perdido; él es capaz de verlo todo y saber todo lo que está ocurriendo en ese pueblo funesto que habita. De manera no tan clara, Schweblin parece mostrarnos que es este niño quien actúa como pilar del resto de cuerpos intoxicados, los cuales orbitan a su alrededor. Así, no solo este chico se asemeja a un narrador omnisciente, que conoce toda la historia, sino que además es capaz de hacerla ver, a nosotros como lectores y al resto de los personajes

> *Prestá atención, Amanda, durará solo unos segundos. ¿Ves algo ahora?*
> Es mi marido.
> *Te estoy empujando, hacia delante, ¿ves?*
> Sí.
> *Éste va a ser el último esfuerzo. Es lo último que sucederá.*
> Sí, lo veo. (Schweblin, 2014, 117)

Presentado durante toda la novela como alguien terrorífico e incluso hasta siniestro, David termina por convertirse en quien encarna cierto papel de guía o protector. La acción de "empujar", a pesar de no tener una explicación exacta de en qué consiste, es utilizada en varios momentos de la historia, con diferentes fines y, al parecer, un solo objetivo, el de ayudar al resto de los cuerpos vulnerados: llevar a los animales intoxicados hacia la muerte, obligar a Abigail a "avanzar" o hacer entender a Amanda. Estos tres usos son en pos de crear o mantener cierta alianza con seres que se encuentran en la misma situación que él. El caso de los animales es, tal vez, el más trágico, pero al mismo tiempo el más notorio. Totalmente incapaz de hacer algo para salvar sus vidas, David les ofrece ese último momento de conexión, de entendimiento, de simpatía: "se miraron, te lo juro, David y el pato se miraron por unos segundos" (80). Estos animales lo buscan, probablemente porque él puede guiarlos a una muerte sin sufrimiento, tal vez incluso ayudarlos a avanzar a un "lugar mejor" (no sería una locura pensarlo en un mundo en el cual se asegura la existencia de las almas). David crea, así, una comunidad de la cual él es el centro.

No es mucho realmente lo que el muchacho puede hacer por sus compañeros, los animales acaban muriendo de todas formas, al igual que Amanda. Sin embargo, como se nos revela al final, el objetivo de toda la novela es simplemente que se sepa, que se conozca lo que está ocurriendo y, principalmente, que se revele qué ha ocurrido con Nina, lograr contar los hechos es lo fundamental:

> *Lo importante ya pasó. Lo que sigue son solo consecuencias.*
> ¿Por qué sigue entonces el relato?
> *Porque todavía no estás dándote cuenta. Todavía tenés que entender.* (Schweblin, 2014, 92)

En el momento en que la historia comienza, en realidad ya ha concluido. Sin embargo, la fuerza del relato que el niño le arranca de los labios a la mujer y que luego la ayuda a ver está en ser narrada, esta historia destinada al silencio emerge y se vuelve voz y carne en su mismo cuerpo. El gesto abnegado final de David es la entrega de su propio cuerpo al alma de Nina, por si aún quedaban dudas al respecto del compromiso con su propia causa.

Un último momento de piedad con los animales, la salvación de Nina, contar la historia, incluso mantener a Abigail en movimiento y evitar que quede rezagada, afuera, lejos del grupo, son acciones casi insignificantes comparadas con el uso masivo de agrotóxicos que está matando a una población entera. De la misma forma, los pequeños clubes de liberación kentuki no pueden realmente hacer nada contra los horrores que relatan en la novela. Incluso podríamos pensar que todas esas pequeñas victorias son al final completamente inútiles, ya que Snow Dragon, el cuerpo kentuki de Marvin, es destruido, y nadie sale ileso en *Distancia de rescate*. Sin embargo, todas estas acciones aparentemente insignificantes resisten por el simple hecho de ser. Su mera existencia es una línea de fuga de este universo que parece reproducirse a sí mismo hasta su propia destrucción.

De alguna manera es el carácter marginal e insignificante de las historias que rescatamos en este trabajo lo que les otorga su poder especial, ya que son capaces de encarnar lo que Byung Chul-Han denomina un *acontecimiento*, es decir lo singular. Este, debido a su condición menor, es imprevisible y genera una ruptura que abre nuevos espacios y pone en juego un afuera que hace surgir al sujeto, arrancándolo de su sometimiento. La vida como kentuki, en tanto se encuentra desconectada de todas las necesidades que hacen vulnerable al cuerpo humano biológico y también la vida como intoxicado, como sujeto completamente inútil, aislado, marginal, configurarían lo que Han llama *praxis de la libertad*. Ésta constituiría un "arte de la vida" que adopta la forma de la des-psicologización y, así, vacía al sujeto, lo *desubjetiviza* mediante la fluidización. La separación de la unidad entre cuerpo y alma, el habitar otro cuerpo con la propia conciencia, es decir, el hecho de poner en cuestión el estatuto mismo de qué es un sujeto lo dejaría libre para una forma de vida que aún no tiene nombre (Han).

La forma fundamental que adopta esa nueva vida se corresponde con la idea de psicodeflación: "una revolución sin subjetividad, puramente implosiva, una revuelta de la pasividad, de la resignación. (...) De repente, ésta parece una consigna ultrasubversiva" (Bifo, 42). Es la auto sustracción del sistema de producción, el hacerse monstruoso, marginal, inútil a uno mismo para quedar fuera, se trata de dejar de jugar bajo las reglas del opresor. Marvin, Jesper, la anciana de la casa verde, David, parecen ser todos personajes que se han rendido con este mundo, porque este mundo ya es insalvable. En cambio, lo que plantean es la creación de comunidades paralelas, nuevas formas de conectar, de relacionarse y nuevas maneras de vivir.

V. Extinción

No hay pánico, no hay miedo, sino silencio.
Rebelarse se ha revelado inútil, así que detengámonos.
Franco "Bifo" Berardi

El mundo está cambiando, en ambas novelas, a pasos agigantados. En el caso de *Distancia de rescate* ese campo argentino ya no es aquel significante asociado a la tradición nacional o al amor a la patria, entendido como lugar de salud y pureza natural o relacionado con la producción de alimentos y con la vida; nos encontramos con algo muy diferente: completamente minado por la lógica del mercado y convertido en una plantación de soja interminable, este espacio se ha convertido en tóxico. De la misma forma, *Kentukis* nos planta frente a un mundo tecnologizado a tal punto que las relaciones reales entre personajes parecen imposibles. Lo que tienen en común los dos escenarios es, principalmente, una omnipresencia de los intereses económicos que ha aplastado absolutamente todo lo demás, a tal punto que ni siquiera hay un agente que controle o se haga cargo de estos intereses. Las relaciones de poder aparecen difuminadas al no ser posible localizar desde dónde viene o incluso cuál es la amenaza. La vida se hace insoportable y es evidente la necesidad de adaptarse o morir, ya sea de manera metafórica, como quedar fuera del sistema productivo; o literal, en tanto destrucción del cuerpo y el alma a causa de los agrotóxicos. Aparecen nuevos sujetos, hombres que al parecer nacieron preparados para sincronizarse con los flujos del mercado, pero también formas de vida completamente nuevas que rompen los límites conocidos del cuerpo al ser capaces de separar una parte material de una imperceptible y migrar, intercambiarlas entre ellos, o adquirir nuevos cuerpos que luego pueden ser llenados por su conciencia. Esta modificación parece ser suficiente para garantizar la supervivencia de los cuerpos más vulnerables (niños principalmente), sin embargo, la pregunta permanece ¿es suficiente para plantear un "algo más", cierto afán de resistencia, de lucha contra este universo que lo que menos hace es asegurar la posibilidad de la vida? La vida como la conocemos ya no parece ser sostenible, ¿podemos pensar en nuevos modos de vivir?

Es así que, cuando no hay un panóptico que vigile y el poder parece ejercerse desde todos y ningún lugar al mismo tiempo, cuando la capacidad de mirar se encuentra tan distribuida que el ojo mismo se despotencia y su utilización parece inútil, Marvin y David comienzan a fijar la vista en otro lugar. En el caso del primero, treinta centímetros sobre la altura del suelo, donde yacen las evidencias de la existencia de una comunidad de kentukis liberados que aspiran a vivir de esa forma para siempre. Mientras que David ocupa el lugar más cercano a un narrador omnisciente, se convierte en ese ojo panóptico inexistente y lo reforma, convirtiéndolo en un ojo que cuida, que protege, y a través del cual se hace capaz de conectar seres entre ellos y formar un grupo.

Sin embargo, a pesar de nuestra lectura tan esperanzadora de ambas novelas, es imposible dejar de lado el hecho de que todo intento de supervivencia, de cambio, de liberación, siempre acaba en un fracaso. Tal vez la subjetivación no sea, como opina Han, una manera de oponerse al control psicopolítico, sino que "reconociendo que la subjetividad se funda en el poder (...) 'desubjetivarnos', al pretender despotenciarnos, el acto mismo sería el de una voluntad que cree que 'puede' liberarse del poder" (Cragnolini, 117). Es decir, todas estas experiencias menores que podemos encontrar podrían no ser más que meros manotazos dados por unos chicos desesperados que hacen todo lo posible por sobrevivir en un mundo que les es hostil en todos los sentidos imaginables. Tal vez solo nos hallamos frente a unos pobres niños que creen poder hacer algo, cambiar las cosas, escapar, pero que no son más que juegos de su imaginación.

No obstante, así como ambas novelas nos muestran que no deberíamos subestimar el poder de la resistencia pequeña, cotidiana, tampoco parece adecuado hacerlo con la imaginación, al fin y al cabo, todo comienza en la imaginación. Estos niños, marginales y vulnerables, que son capaces de ver lo que el resto pasa por alto, campos de posibilidad, siempre dejan abierto el espacio a que alguna de sus pequeñas hazañas funcione y, a partir de allí, fundar esa comunidad que tanto ansían.

Bibliografía

Bauman, Zygmunt. *La sociedad sitiada.* Fondo de Cultura Económica, 2008.

Berardi, Franco. "Crónica de la psicodeflación". *Sopa de Wuhan*, Editorial ASPO, 2020.

Cavarero, Adriana. *Horrorismos. Nombrando la violencia contemporánea.* Anthropos Editorial, 2009.

Cragnolini, Mónica. "Animales kafkianos: el murmullo de lo anónimo". *Kafka: preindividual, impersonal, biopolítico.* Ediciones La Cebra, 2010.

Deleuze, Gilles y Guattari, Félix. *Mil mesetas. Capitalismo y esquizofrenia.* Pre Textos, 2002.

Han, Byung Chul. *Psicopolítica.* Editorial digital: turolero, 2014.

Jay, Martin. *Ojos Abatidos. La denigración de la visión en el pensamiento francés del siglo XX.* Ediciones Akal, 2007.

Lorey, Isabell. *Estado de inseguridad. Gobernar la precariedad.* Traficantes de Sueños, 2012.

Preciado, Beatriz. Pornotopia. *Arquitectura y sexualidad en «Playboy» durante la guerra fría.* Editorial Anagrama, 2010.

Sibilia, Paula. *El hombre postorgánico. Cuerpo, subjetividad y tecnologías digitales.* Fondo de Cultura Económica, 2006.

Schweblin, Samanta. *Kentukis.* PenguinRandomHouse, 2018.

---. *Distancia de rescate.* PenguinRandomHouse, 2014.

Wajcman, Gerard. *El ojo absoluto.* Ediciones Manantial, 2010.

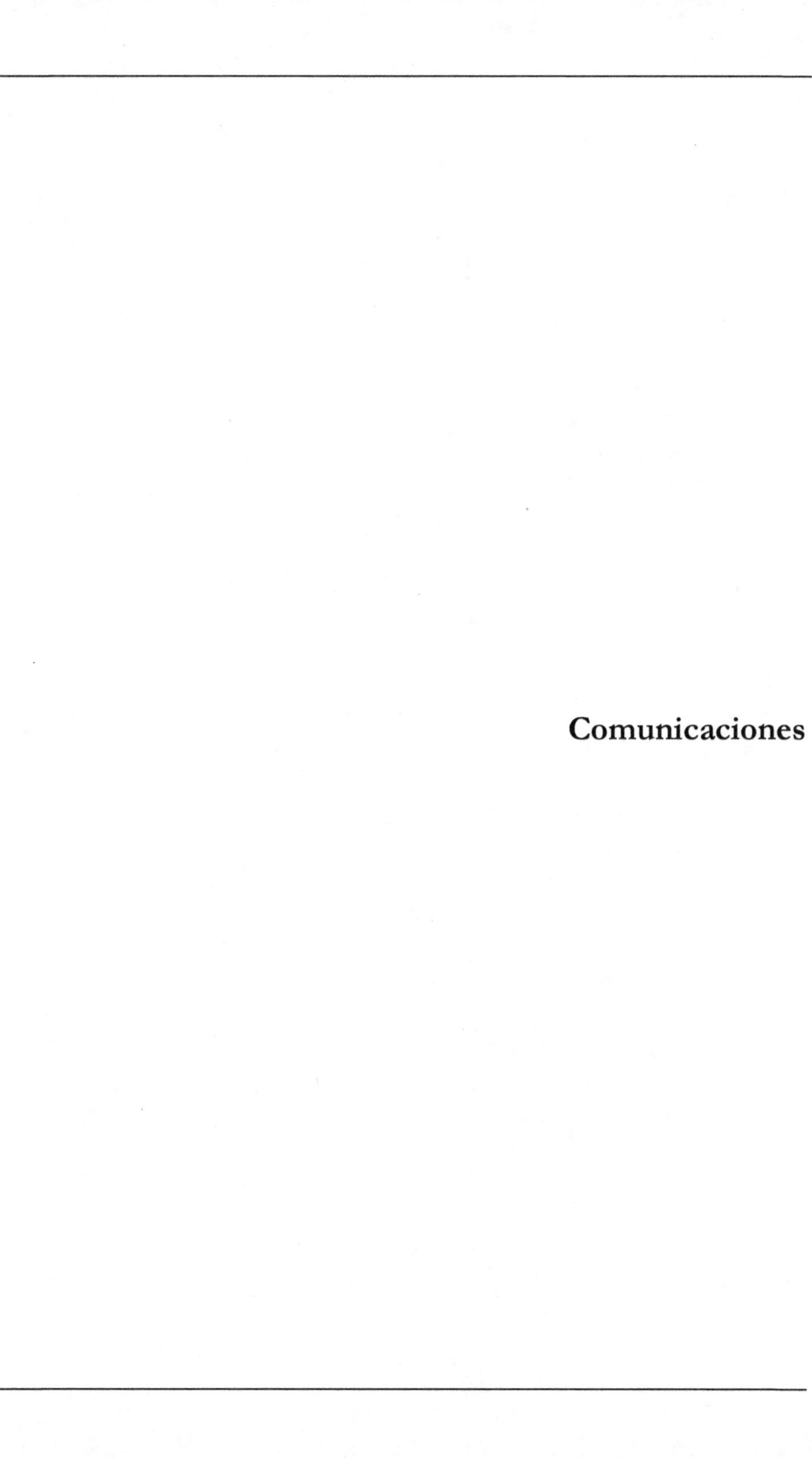

Comunicaciones

Violencia y deseo
La deconstrucción en escena en un poema de Mariano Blatt

Martín Kohan
Universidad de Buenos Aires

En el programa "El gourmet", de la televisión argentina por cable, formulan este inquietante anuncio: "La deconstrucción del tiramisú". El asunto al final no fue más allá de una módica redistribución de vainillas y de cremas, nada que pareciese justificar que a propósito de un mero postre se trajera a colación nada menos que a Derrida. Eso mismo, sin embargo, por exceso, podría estar indicando algo, un signo de los tiempos, si se quiere. La deconstrucción como concepto pasó a emplearse poco menos que para todo, se la aplica a cualquier cosa; y en absoluto porque el pensamiento derrideano haya cobrado un ventajoso prevalecimiento general, sino más bien, mucho me temo, porque la noción de deconstrucción se ha visto escrupulosamente reducida, aplanada, achatada, simplificada; o más aún, minuciosamente distorsionada, deformada, falseada para su aplicación al tuntún.

Si se trata del tiramisú, puede que esa situación no importe (aunque acaso yo lo digo porque no me gusta el tiramisú). Es fácil verificar, en cualquier caso, que un uso impreciso no menos errático se da en otras instancias y a propósito de cuestiones sin duda más relevantes; por lo pronto, sin ir más lejos, a propósito del patriarcado, de la configuración dominante de un modo de la masculinidad. También ahí, o sobre todo ahí, se invoca la deconstrucción (o más enfáticamente: se la reclama, se la exige), cuando en verdad no se está hablando de otra cosa que de corregir, rectificar, suprimir, eliminar; se piensa en crítica o autocrítica y se dice deconstrucción; se pide conversión o se pide reconversión y se dice deconstrucción. Un corrimiento conceptual de esta índole no puede no tener consecuencias; la palabra, mal usada, indica que hay algo que se piensa cuanto menos de forma imprecisa.

Sabemos que la deconstrucción no consiste en anular y desechar aquello a lo que se aplica, que no es una erradicación ni tampoco una demolición, ni siquiera una superación en el sentido hegeliano del término. Al referirse a la deconstrucción del signo, por ejemplo, Derrida especificó que "no se trata de hacerlo a partir de una instancia de la verdad presente, anterior, exterior o superior al signo" (Derrida, 21). De ahí que más adelante plantee que "los movimientos de deconstrucción no afectan a las estructuras desde afuera. Sólo son posibles y eficaces y pueden adecuar sus golpes habitando esas estructuras (...) Obrando necesariamente desde el interior, extrayendo todos los recursos estratégicos y económicos de la subversión, extrayéndolos estructuralmente" (Derrida, 32-3). De hecho, en conversación con Elizabeth Roudinesco, Derrida dirá incluso que la experiencia de una deconstrucción "comienza por homenajear aquello, aquellos con los que se la agarra" y que no está exenta, por ende, de "admiración", "deuda" y "reconocimiento hacia lo deconstruido" (Derrida, Roudinesco, 13). Sabemos, en fin, que, como desarrolló Jonathan Culler, "el practicante de la deconstrucción opera dentro de los límites del sistema, pero para resquebrajarlo", que "la deconstrucción no busca un principio lógico más elevado o una razón superior, sino que utiliza el mismo principio que deconstruye", que emplea "sistemáticamente los conceptos y las premisas que se están socavando" (Culler, 80-1).

Queda claro así que la impugnación que pueda hacerse desde un determinado paradigma de prácticas y valores hacia otro paradigma, la exigencia moral de su pronto abandono, el vehemente ataque que pueda dirigírsele, la conminación perentoria a su abandono y su clausura, pueden ser siempre factores apreciables, y hasta admirables e indispensables. Pero nada parecen tener que ver con la deconstrucción. Y que la deconstrucción de una configuración patriarcal de la masculinidad, tan mentada y aplicada, tan proclamada y esgrimida, se practicaría en sentido estricto mucho menos de lo que se supone, mucho menos de lo que se pretende. Precisamente porque, para deconstruir, es preciso operar con los mismos elementos que se está queriendo socavar, precisamente porque es preciso operar al interior del sistema que se está queriendo resquebrajar. No para que se desmorone bajo el hostigamiento crítico de un sistema exógeno y mejor, sino para que colapse en el cortocircuito interno de su propia lógica y sus propios fundamentos.

En procura de una deconstrucción cabal, ni meramente declarativa ni errada en sus términos, es posible detenerse en uno de los poemas que Mariano Blatt recopiló en el volumen *Mi juventud unida*: el poema "No existís", de 2011, en el que trata (digo "trata" sobre todo en el sentido de "intenta", más que en el sentido de "se ocupa de") la violencia en el fútbol. Los ritos de la violencia en el fútbol responden visiblemente a una lógica de la virilidad. Como sostiene Pablo Alabarces, retomando a Eduardo Archetti, lo que ahí se pone en juego son "los repertorios de la masculinidad entre los hinchas argentinos, con la carga de violencia simbólica que implican estos códigos fundamentalmente ligados a una sexualidad discursivamente agresiva" (Alabarces, 145); es una instancia en la que, según define Verónica Moreira, "los hombres muestran las virtudes masculinas" (Moreira, 51). Aunque el fútbol dista de ser un asunto exclusivo de varones, la violencia en el fútbol sí lo es: "en este sistema no hay lugar para las mujeres" (158), dice Alabarces; y Moreira amplía: "El orden y las reglas de la organización también se perciben en el trato que los hinchas tienen con las mujeres que los acompañan. Ellas reciben un trato especial, caracterizado por el cuidado y la protección. Cuando los hinchas descienden de los micros para pelear, ellas permanecen alejadas del escenario de conflicto" (Moreira, 51). Es fácil verificar (basta con repasar la larga lista de muertes ocurridas por la violencia en el fútbol) que en este caso las mujeres no son ni sujeto de violencia ni objeto de violencia; quedan de lado, tal y como se quedan en el micro cuando se arman las peleas según la descripción de Verónica Moreira. En ese poner el cuerpo que es propio de toda asunción de violencia ("El aguante es una lógica del cuerpo" (161), dice Alabarces), se trata siempre de cuerpos de varones.

No obstante (y en realidad, por eso mismo), lo que en esa violencia se dirime es decididamente una identidad de género. Alabarces lo extiende al fútbol entero, para proponer que es en el fútbol como tal donde "está en juego la condición sexual de los hinchas" (Alabarces, 185). La masculinidad sería no solamente el motor de la disputa (el motor y el combustible), sino también, y sobre todo, su objeto: aquello por lo que se pelea. Se equivoca en cualquier caso Juan José Sebreli al aseverar, como lo hace en *La era del fútbol*, que en el mundo del fútbol subyace la homosexualidad como aquello que se oculta y queda larvado, silenciado, negado, reprimido (Sebreli, 251-2). ¿Negado? ¿Silenciado? Por el contario: en el fútbol, casi no se habla de otra cosa que del sexo entre varones. Una parte considerable de las canciones que los hinchas cantamos en las tribunas (o de las pullas que intercambian los hinchas de equipos rivales) versan ni más ni menos que sobre eso, sobre el sexo entre varones, sobre quién se coje a quién. No sólo no está silenciado: está continuamente explicitado ("No tiene cancha, se fue a la B, lavate el culo que te vamos a cojer"; "Decime Riber qué tengo que hacer, me duele la pija de tanto cojer"; "Despacito despacito despacito / les rompimos / el culito"; "Veo veo / ¿qué ves? / una cosa / ¿qué es? / que la historia se repite otra vez / los volvimos a cojer")[78]. Como observa Manuel Soriano, "en el contexto lingüístico de los cantitos de cancha el más hombre es el que se coge a otro, por más que ese otro sea también hombre" (Soriano, 43).

Sexo entre varones: en el fútbol es un tema por demás muy recurrente. Pero sería evidentemente un error asignar a esa tematización un carácter de soltura, un sesgo liberador; habría que tomarlo más bien en el sentido en que toma Michel Foucault la tematización del sexo con efebos entre los antiguos griegos: si hablaban tanto del asunto, dice Foucault, es porque les planteaba un problema[79] (tan sólo bajo la premisa de que el

---

78 Maradona resulta, también en esto, una referencia ineludible. Al cabo de un partido que Boca le ganó a Riber por dos a uno, después de haber ido perdiendo uno a cero, declaró a la prensa que a Riber en el segundo tiempo "se le cayó la bombachita". Ya como técnico, y habiendo clasificado a la Selección Argentina al mundial de 2006, le espetó en plena conferencia de prensa a un periodista que lo cuestionaba: "La tenés adentro". Esa frase, como tantas de Maradona, traspasó al uso cotidiano, con la sigla LTA. El periodista en cuestión la puso como título de un libro de su autoría: ya era su marca de presentación.

79 "La existencia de esos discursos no debe interpretarse como el signo de una tolerancia de la homosexualidad, tanto en la práctica como en el pensamiento, sino más bien como el signo de una turbación; si se habla de ella es porque constituye un problema, pues hay que recordar el siguiente principio: el hecho de que en una sociedad se hable de algo no significa que se lo admita. Para explicar un discurso, no hay que examinar la realidad presuntamente reflejada por él, sino la del problema que hace que uno esté obligado a hablar de ello" (Foucault, 103).

poder únicamente prohíbe y reprime, es decir, tan sólo bajo una concepción prefoucaultiana del poder, ha de suponerse que callarse sólo puede implicar sumisión, y dejar de callarse sólo puede implicar emancipación). En el fútbol se habla y mucho del sexo entre varones. Porque plantea en efecto un problema, y ese problema no dista para nada del que Michel Foucault señala a propósito de la sexualidad en la Antigua Grecia: la cuestión de quién penetra y quién es penetrado.

Las mujeres quedan de lado en la escena sexual instaurada en el mundo del fútbol, tal y como quedan de lado en la escena de las violencias. No se les pega a las mujeres, la cosa es puramente entre hombres; y parece ser también entre hombres cuando se trata de cojer[80]. Lo que en este caso se dirime admite una analogía con lo que se dirime al pelear: se dirime quién da y quién recibe, quién va para adelante y quién va para atrás. Vuelvo a Alabarces: "En este sistema no hay lugar para las mujeres: de un lado están los hombres, y del otro los 'no-hombres', que no son las mujeres sino los homosexuales: los putos" (Alabarces, 158); así, "las prácticas violentas se entienden como legítimas: es lo que hay que hacer si no se quiere ser tildado de puto" (Alabarces, 165). De eso se trata entonces esta prueba de virilidad, esta singular activación del deseo de los "repertorios de la masculinidad": hacer del otro un puto, para cojérselo, para poder cojérselo, para poder desear cojérselo. Pues este sexo es sin violencia. Lo que augura no son violaciones, sino correspondencias espontáneas y consumaciones inexorables. El deseo del puto, aunque asestado como agravio, se vuelve en verdad inseparable del deseo *por* el puto, declarado una y otra vez, y siempre festivamente[81].

El poema de Mariano Blatt empieza así: "No existís / Lama / puto, cagón / vigilante" (Blatt, 154). Es la retórica estable de la tribuna de

---

[80] Ha habido al menos tres hinchas mujeres muy famosas en el fútbol argentino: Tita, hincha de Racing; la Gorda Matosas, hincha de Riber; la Raulito, hincha de Boca (hay una película sobre ella, filmada por Lautaro Murúa y actuada por Marilina Ross). No sé de ningún canto de cancha que hiciera referencia a ellas en clave de sexualidad.

[81] A esto cabe agregar la variante del travestismo. Es tradición en la hinchada de Boca que alguno (preferentemente barbudo) se disfrace de novia en el festejo de los campeonatos ganados. Puede inferirse, llegado el caso, que esa novia, por estar vestida de blanco, es virgen o pretende serlo.

fútbol: primero negar al otro (en este caso Lama, Lamadrid, un equipo de la cuarta división), postulando su inexistencia; luego, los estigmas de la cobardía ("puto, cagón"); por fin, la afrenta mayor ("vigilante"), la fatídica homologación con la policía. Sigue a eso una escena de desafío, de invitación a la pelea: "Esa tarde memorable / te fuimos a buscar hasta el portón / pero vos no saltaste / porque sabías / que con los pibes de Agronomía / cobrás seguro" (Blatt, 154). Y luego, casi irrumpiendo, algo así como una confesión: "No existís, Lama / nunca exististe / pero a mí no me importa / yo te quiero igual" (Blatt, 154). Entre las palabras de la violencia, o emergiendo en verdad de ellas mismas, aparece otra voz (que es la misma), una voz sentimental.

Y es que, en la escena del desafío a la pelea, violencia colectiva, ocurre un prodigio: el destello de una singularidad. Blatt escribe:

> Porque esa tarde
> memorable
> pude ver
> a través del portón
> pude ver
> en los ojos de ese negrito
> que se había sacado la remera
> y agitaba
> a que cruzáramos
> a que nos encontráramos afuera
> a que nos esperaba en la estación
> a que él se plantaba
> mano a mano
> contra todos
> pude ver
> en sus ojos
> pero también en su cuerpo
> en la fibra de sus brazos
> cuando hacía un movimiento
> que era como decir

vengan, dale, vengan
pude ver
esa tarde memorable
Lama
que a pesar de que no existís
sos puto, cagón
vigilante
vitalicio de la C
amigo de la yuta
mujer de Ituzaingó
pude ver
que en el fondo
Lama
somos todos iguales
o al menos muy muy parecidos. (Blatt, 154-5)

Frente al todos ("contra todos") en plural, hay uno en singular ("ese negrito"); y ese uno no hace sino invitar a un encuentro, una cita en la estación; es para pelear, es cierto, pero no por eso deja de ser una invitación a un encuentro, no por eso deja de ser una cita. "Ese negrito" ha hecho algo que cobra un sentido más que especial en los poemas de Mariano Blatt: sacarse la remera, gesto que, desde el descuido o desde la confianza, por la amistad o por el calor, se carga prontamente de erotismo, irradia de inmediato ese erotismo[82]. La remera se la ha sacado en un gesto de desafío, pero al hacerlo ineludiblemente le ha agregado "su cuerpo" y "la fibra de sus brazos" a la previa y fascinada visión de "los ojos".

[82] "Un poema fácil de escribir, / un chico re lindo de ver sin remera" (Blatt, 75); "En el poema le toco el pelo transpirado (La parte en que se saca la remera)" (Blatt, 101); "cómo tu chico se saca la remera porque tiene calor / y porque tiene lindo cuerpo" (Blatt, 134); "entonces Ramoncito medio que se saca la remera/ con una mano / y con la otra maneja la moto / habilidad" (Blatt, 145-6); "qerés q me saqe la remera? / ja, obvio / vos te la sacás también? / bueno" (Blatt, 165): un modo de erotización que, en espacios públicos, sólo parece posible entre varones, con una ambigüedad que no tendría si se tratara de una mujer.

"Ese negrito" está dispuesto a pelear, él solo, contra todos; un poco como Martín Fierro frente a la partida policial en el poema canónico de José Hernández. Pero, ¿no es por esa razón, precisamente, que, admirando su valentía, se pasa el sargento Cruz a pelear junto con él, no es por eso que se une a él y no sólo para pelear? Blatt le imprime además a la escena un sesgo netamente borgeano, el paso repentino de la rivalidad al reconocimiento, del enfrentamiento a la identificación, eso que Borges remarca, entre otros casos, justamente en su reescritura del episodio de Martín Fierro y Cruz en "Biografía de Tadeo Isidoro Cruz". El otro, el mismo: "somos todos iguales / o al menos muy muy parecidos". Esa semejanza revelada en plena lucha, esa equivalencia que es motivo de celebración, revierte sobre la palabra "puto", metáfora de la cobardía en el lenguaje de la violencia, un sentido que es literal en el lenguaje de la atracción erótica.

Esa marca de atracción sexual, correlativa del "yo te quiero", emana de la escena de violencia, transcurre en ella sin disolverla. Las dos historias se cuentan juntas: "Y esa otra tarde / que te fuimos a buscar / por Beiró / ¿dónde estabas? / ¿Por qué no apareciste? / Yo te quería ver de nuevo / a ver si entre la confusión / lo encontraba / otra vez / a ese negrito / que según averigüé / se llama Luis" (Blatt, 157). Son dos las búsquedas: se busca a Lama, para pelear, y en Lama, en Lama y en la pelea, se busca a Luis por puro deseo. Pero Lama no aparece. Y Luis tampoco.

Ahora "ese negrito" tiene un nombre, además de un cuerpo (la remera que se saca). Y ahora además proyecta su singularidad a la singularidad correlativa del yo poético: "Así me enteré / Lama / que el negrito ese / que aquella tarde memorable / me señalaba con el dedo / y me decía a vos / a vos te quiero ver afuera / ese negrito / lleno de vida en los shorts / se llamaba Luis" (Blatt, 157-8). Ahora resulta que aquella tarde Luis no señaló difusamente a todos, sino a él, ni invitó a pelear abarcativamente a todos, sino a él; así que ahora hay un asunto entre dos, ahora es un verdadero "mano a mano", y en los versos "y me decís a vos / a vos te quiero ver afuera", no es posible no leer "a vos, a vos te quiero ver" y aun "a vos, a vos te quiero"; respuesta en reciprocidad a aquel "yo te quiero igual" que, aunque dirigido por el poeta a Lama, no hacía sino señalar a Luis, sin saber aún que se llamaba Luis. Hemos bajado, por lo demás, de la remera quitada a los shorts. Llenos de vida.

Ahí tenemos: a dos que se quieren. Que se quieren y se buscan y se desafían a un cuerpo a cuerpo. La palabra "puto" se resemantiza y es devuelta a su sentido primero. La atracción sexual entre varones no resulta disonante en la escena de violencia en la que la virilidad de cada cual va a ponerse a prueba. Se activa en su interior, funciona con su propia lógica, brota de ella y la corroe sin por eso abolirla, la revierte sin por eso suprimirla. Es decir, en fin, que la deconstruye, que en su sentido más específico la deconstruye. Llamado a la pelea, poema de amor: las dos cosas a la vez.

Bibliografía

Alabarces, *Pablo. Héroes, machos y patriotas. El fútbol entre la violencia y los medios*, Aguilar, 2014.

Culler, Jonathan. *Sobre la deconstrucción*. Cátedra, 1992.

Derrida, Jacques. *De la gramatología.* Siglo XXI, 1986 [1967].

Derrida, Jacques y Elizabeth Roudinesco. *Y mañana, qué...*Fondo de Cultura Económica, 2003.

Foucault, Michel. *La inquietud por la verdad. Escritos sobre la sexualidad y el sujeto.* Siglo XXI, 2013 [1994].

Moreira, Verónica. "'Así cualquiera tiene aguante, de fierro tiene aguante todo el mundo'. Disputas morales sobre las prácticas violentas en el fútbol". *Violencia en el fútbol. Investigaciones sociales y fracasos políticos*, editado por José Garriga Zucal, Godot, 2013, pp. 51-61.

Sebreli, Juan José. *La era del fútbol.* Editorial Sudamericana, 1998.

Sentidos en disputa y repolitización del olvido en *Confesión* de Martín Kohan

Adriana Imperatore
Universidad de Buenos Aires
Universidad Nacional de Quilmes

La novela *Confesión* (2020) de Martín Kohan plantea una serie de perplejidades en torno a cómo la ficción puede interrogar e intervenir en los pliegues de la historia represiva de la última dictadura militar argentina a través de una suerte de descolocación de su figura principal, el dictador Jorge Rafael Videla, al enfocarlo a través de la mirada de otros personajes y de diversas tramas enunciativas que atraviesan el texto para iluminar el modo en que algunos olvidos resultan ser mucho más reveladores que los icebergs de la memoria.

La novela está dividida en tres partes – "Mercedes", "Aeroparque" y "Plaza Mayor"- estas localizaciones espaciales tensionan las historias en dimensiones donde el secreto, el olvido y lo no dicho atraviesan diversas escalas entre lo íntimo y lo público. En la primera parte asistimos al despertar del deseo sexual de Mirta López a sus doce años frente a la fascinación que le produce ver pasar al hijo mayor de los Videla cuando va o vuelve de la estación de tren de Mercedes –una localidad pueblerina situada a 100 km de Buenos Aires- rumbo a la escuela secundaria ubicada en la capital. Quien narra es el nieto de Mirta y transpone los recuerdos desinhibidos de su abuela, no del todo consciente, contados a los noventa años en sus visitas al geriátrico.

Se produce en la elección del personaje objeto de deseo la primera intervención ficcional que causa perplejidad, en principio, que el joven Videla, que pasó a la Historia como un personaje tímido, anodino, correcto y austero, pueda despertar el éxtasis del goce en la protagonista. Pero este choque se profundiza al contraponer la figura moral del Videla medido, devoto y respetuoso con la del responsable del peor genocidio de la historia argentina. Se trata de la exacerbación de la banalidad del mal expresada por Hannah Arendt, porque las peores catástrofes son provocadas por el supuesto Bien con mayúscula. María Seoane y Vicente Muleiro, los biógrafos de Videla, señalan esta característica enigmática en varios pasajes a lo largo de las más de 600 páginas de su libro *El dictador. La historia secreta y pública de Jorge Rafael Videla* (2001):

> A diferencia de otros dictadores latinoamericanos, por ejemplo, su contemporáneo Augusto Pinochet, la delicadeza en el trato de Videla operó como la contracara necesaria de la criminalidad masiva y al mismo tiempo ocultada. Trato ameno para sus conocidos y en los ámbitos donde tenía que mostrarse como el único Jefe. Honestidad. Exposición pública de su religiosidad. Videla construyó una imagen de sí mismo que resultó muy funcional al régimen militar. Reunía esas virtudes de "la clase media decente y bien nacida" que sus compañeros de estudios que pertenecían al mismo sector social, supieron advertir y valorar. Esa fue una de las imágenes que buscó proyectar hacia la sociedad. (131)

La novela concentra y anticipa estas cualidades públicas y las hace íntimas a través de una metonimia corporal que recorta la mirada de Mirta en la misa dominical cuando logra sentarse detrás del joven Videla:

> Y entre el pelo y la camisa, entre el corte al rape y el almidón, la nuca, claro: la nuca. La nuca admirable del hijo mayor de los Videla, que se despejaba ante sus ojos con un orgullo de frente o de rostro. Y es que esa nuca, recta y sólida, brillaba con la luminosidad de una frente, expresaba la asumida solvencia de un rostro. ¿Sería por eso, se preguntaba Mirta, que ella llevaba, su mirada hacia delante? ¿A inclinarse, disimulando, para tratar de ver, de refilón, un poco más de esa cara, un tajo de ese perfil?

> Llegó el momento de pararse y después el de volver a sentarse: el hijo mayor de los Videla parecía hecho de acero. Cuando se arrodilló para rezar, bajando la cabeza en la oración, su nuca resplandeció y se tensó, se iluminó como las revelaciones, le sugirió trascendencias. Ella tembló. Un éxtasis de divinidad la invadió y juntó las manos para dar gracias a Dios. (42 y 43)

En esta primera parte, la verdadera epifanía o revelación se muestra en los desacoples entre lenguaje y cuerpo, ya que la protagonista no puede anticipar lo que le ocurre y tampoco tiene palabras para nombrar el despertar del deseo sexual, que, en un acto de fuerza e imposición, se manifiesta en el lugar menos pensado. Así el montaje irónico domina buena parte de las escenas, no solo ya por quién es el personaje objeto de deseo, sino por la situación en que se desata, cuando la secreta y desconocida sensación orgásmica se superpone con los rituales de misa una vez que el joven Videla queda ubicado al lado de Mirta:

> Existe un ritmo en el rezo, una cadencia: eso viene, como todo, de los judíos, que lo marcan con el cuerpo al decir las oraciones. Ese ritmo traspasó, en mi abuela, hacia la mano. La mano metida, primero en el bolsillo y después en ella misma, fue apretando lo apretado, revolviendo lo revuelto, con un ritmo regular pero de una intensidad creciente, escondida en el bolsillo, en la lana del abrigo, clandestina en el color que no sabía del todo nombrar, invisible pero absoluta, solapada pero cierta, se apretaba y se movía en un redondel muy cerrado, en lejos sin recorrido; un punto (uno solo), y en ese punto, el universo; el reino de los cielos en el mundo terrenal; la altura: lo celestial, conquistando la parte baja; el ritmo, la cadencia, la escansión, ¿no se marcan, acaso,

> con la mano?, la mano en el bolsillo, marrón o terracota, corrido sobre ella, no al costado; corrido sobre ella, más o menos en el medio; la mano como un derviche, girando y quieta; el cuerpo sufrió (¿sufrió?) un espasmo, se contrajo y se liberó; a Mirta se le escapó un "¡ah!"; lo disimuló, treta astuta, en un "amén". Se mordió la boca. Miró al costado.
>
> - Id con Dios – dijo el padre, desde el púlpito.
>
> Y eso hicieron. (80-81)

La novela exhibe todos los intersticios y desajustes entre deseo, lenguaje y poder para mostrar cómo la matriz ideológica represiva funciona no por lo que se representa a través de las palabras, sino por lo que las palabras hacen: en las distintas confesiones de Mirta al padre Suñé le faltan las palabras para nombrar el éxtasis que experimenta -ella todavía no puede reconocer ese placer, pero el lector sí advierte lo que ocurre-. Y así como lo que el cuerpo siente excede lo que ella puede nombrar, en el discurso inquisidor del cura esta relación se invierte: el confesor va más allá y le aporta términos que ella desconocía como "pubis" y "vulva", en el mismo punto en que la reprime le revela indicios que ella luego puede explorar por sí misma: nuevamente el discurso del supuesto bien conduce al mal tan temido. El castigo se materializa en un nuevo acto de lenguaje: el rezo repetido hasta perder el sentido y allí, nuevamente, el lenguaje revela el deseo que escapa al poder en la misma escena diseñada para el castigo, nuevamente se manifiesta el desajuste de lo que excede y no está contenido en el guión previsto por el cura:

> Pero ¿cuántas veces puede alguien decir lo mismo, siempre lo mismo, sin empezar a decir otra cosa. Ella misma se escuchó y se desconcertó. ¿"Por denuesto/ que estás en celo"? ¿"Santi Ficado sea tu nombre"?¿"Vénganos, otros, tu rey no"? ¿"Perdona, nuez, tras ofensas"? ¿"Dios te sal, ¡ve, María!"? ¿"Llena eres, desgracia"?

> Presintió que todo eso también era un pecado grave: estaba mal. Pero no era ella la responsable ¿o sí? Las palabras se alteraban solas, por fuera de su intención. Cincuenta eran demasiadas veces. Las frases no eran tan dóciles, ellas son las que se escapaban. "Tú, vientre". "Ruega pornos otros" "Peca, dores". Y así siguiendo. Hasta dormirse. (71)

Foucault (1977) ha demostrado cómo la confesión ha sido y continúa siendo todavía la matriz general que rige la producción de discurso verdadero acerca del sexo. Este dispositivo, además, revela la interiorización del poder, el modo en que las normas y la disciplina anudan en el cuerpo el cumplimiento de las imposiciones que dictan las estructuras de macropolíticas. Por eso en esta primera parte en que la figura y el significante Videla están enfocados desde lo íntimo podría parecer *a priori* que se ejerce una despolitización, pero en realidad, lo que ocurre es una repolitización a la manera en que la literatura ejerce la política, al mostrar el modo en que el lenguaje actúa en relación con el poder y el cuerpo y, también, al yuxtaponer estas escenas de iniciación, con las de la segunda parte, en que el Videla que aparece es el presidente de facto bajo la mirada de un grupo de militantes que intentan matar al tirano en un atentado. El contraste de la escena de revelación y disciplinamiento más íntima, con la escena más pública, olvidada y política revela algo de lo secreto y lo no dicho que hilvanan y tensionan estas dos facetas opuestas que, sin embargo, mantienen conexiones y resonancias.

En efecto, la segunda parte titulada "Aeroparque" ya no está narrada por el nieto de Mirta, sino por una voz en tercera persona que repone de manera precisa, en una especie de informe testimonial la Operación Gaviota llevada adelante por el comando Benito Urteaga del Ejército Revolucionario del Pueblo, brazo armado del Partido Revolucionario de los Trabajadores el 18 de febrero de 1977. El relato de los hechos, con la misma rigurosidad con que Walsh ejerció la no ficción, repone un episodio totalmente olvidado y suprimido de la memoria colectiva: la imperceptible y heroica maniobra de transportar, a lo largo de meses, de manera subterránea, a través del arroyo Maldonado -que está entubado bajo la ciudad- poderosos explosivos que se detonarían en el momento exacto en que el avión presidencial donde viajaban el dictador Videla y su comitiva comenzara a carretear. Uno de los explosivos falla, pero se reponen los nombres y las circunstancias, quiénes fueron los que participaron, quiénes se pudieron exiliar y quiénes terminaron como desaparecidos en los campos de concentración de la dictadura.

Andreas Huyssen (2010) sugiere cómo algunos olvidos forman parte de los mismos procesos de implantación de la memoria democrática y demuestra que en la literatura de Sebald el bombardeo de las ciudades alemanas por parte de los aliados es el olvido autoimpuesto a causa de los crímenes cometidos en el Holocausto y el precio pagado para lograr la reconstrucción de posguerra. De manera similar, toma el caso argentino para demostrar cómo en los primeros años de la democracia la condición de militantes revolucionarios de muchos desaparecidos fue obturada, olvidada, en pos de que se hiciera justicia. Recién a partir de la conmemoración de los veinte años del golpe y de la creación de la agrupación HIJOS comienza a salir a la luz esta faceta que exhibe la lucha política, junto a los relatos testimoniales de Anguita y Caparrós reunidos en *La Voluntad*, y más tarde, la Revista *Lucha Armada* de donde está tomada la información de la Operación Gaviota, entre muchas otras investigaciones históricas sobre la militancia. Lo distintivo es que en la novela esta operación se narra recreando el momento en que ocurría, por lo tanto, cobra nueva actualidad y abre el horizonte interpretativo tanto hacia la pregunta contrafáctica de qué habría pasado si la operación de matar al tirano hubiera triunfado, como también en torno a las alternativas políticas frente al *statu quo*.

Es difícil saber si el olvido de una operación que tuvo como objetivo “matar al tirano”[83] pone de manifiesto la clausura de todo horizonte

[83] Al cumplirse los cuarenta años de la Operación Gaviota en 2017, Mario Santucho pone de manifiesto, en el número 28 de la revista *Crisis*, el carácter de tabú o de olvido

revolucionario impuesta por la etapa neoliberal o como señala Luis Gusmán (2005) si es la magnitud de la represión la que impuso de qué no hay que hablar o qué no se puede recordar. Por el contrario, ciertos olvidos pueden mover a la acción: en las manifestaciones populares que comenzaron en Chile en octubre de 2019 y que terminaron derribando la constitución pinochetista se hizo hincapié en que los actores decisivos fueron los adolescentes de catorce o quince años que, al saltar los molinetes del metro y desafiar al sistema, no tenían memoria de la represión, por lo tanto, no tenían el miedo de sus padres ni de sus abuelos. La interpretación sobre los olvidos está abierta, lo notable es que se vuelven elocuentes cuando la literatura los evoca y los torna disponibles, como en este caso.

Esta segunda parte enunciada a modo de informe testimonial que busca, entonces, hacer visible el olvido de la respuesta resistente contra el dictador, se vincula con otra serie de apartados que se intercalan en la primera parte y que están enunciados en una tercera persona ensayística que recupera y reflexiona sobre los distintos valores y significados que históricamente se le han dado al Río de la Plata para que se diera un hecho curioso: la ciudad de Buenos Aires ha crecido dándole la espalda al río. Estos apartados retoman las metáforas de Borges al nombrarlo como "el río color de león" o "el río sin orillas" de Juan José Saer. También recuperan la mención de aguas tan llenas de barro, que el río no se ha visto como tal, sino que se ha intentado ganarle tierra al río para considerarlo como una extensión de la pampa. Incluso se hace alusión a un viento muy

---

que rodea a este hecho: "En Argentina prácticamente nadie habla de la Operación Gaviota. En uno de los países que más se ha ocupado de la memoria hay omisiones sintomáticas, agujeros negros que no atinamos a iluminar. Quizás sean episodios incómodos, que no proveen argumentos aleccionadores. Están al borde de lo tolerable, fueron protagonizados por héroes anónimos, y se resisten a la reivindicación fácil". Y compara este olvido con la conmemoración que se realiza en otros países de intentos similares de "matar al tirano" como es el caso de Alemania con la Operación Valquiria o el del campesino y carpintero Georg Elser, quien colocó un artefacto explosivo en 1939 donde estaba Hitler, pero al terminar antes su discurso, hubo ocho muertos por este atentado fallido, sin embargo, hay un Premio Georg Elser al Coraje Civil y varias plazas, calles y escuelas llevan su nombre. También menciona, como caso mucho más cercano a la Operación Gaviota, el intento de tiranicidio contra Pinochet ocurrido el 7 de septiembre de 1986 en Chile a manos del comando "Los fusileros" del Frente Patriótico Manuel Rodríguez.

fuerte que produjo una bajante histórica del Río de la Plata, al punto tal de haber dejado el lecho a la vista:

> Esa bajante tan extrema habilitó la posibilidad de subirse a un caballo para cruzar en él a la Banda Oriental. El cuento que Rodolfo Walsh estaba escribiendo, cuando se lo llevaron, era sobre eso. Luego los criminales irrumpieron en su casa, para saquearla y robarse sus cosas. Se llevaron también sus papeles. Del cuento no se supo más. (73)

En estos apartados también se hace mención a los vuelos de la muerte, es decir, a los cuerpos inconscientes arrojados desde los aviones al mismo Río de la Plata convertido en fosa común por los militares. Y, por último, se pone de manifiesto la negación de la cuenca hídrica formada por los arroyos que atraviesan la ciudad, todos han sido entubados y transformados en cloacas, en transporte de desechos. Por lo tanto, puede afirmarse que ha habido un olvido del río en tanto tal y, por ende, de la posibilidad de ser una vía de transporte. Cuando los militantes guerrilleros traman ingeniosamente la Operación Gaviota y simulan ser una cuadrilla municipal que destapa las cloacas del arroyo Maldonado, lo que hacen es subvertir el orden de sentido impuesto, realizan una operación de lectura mediante la cual recuperan la posibilidad de navegar y trasladar los explosivos por el arroyo sin ser advertidos, porque los militares tienen cortadas las vías de acceso al aeroparque por tierra para proteger a Videla, pero nadie tiene en cuenta los arroyos subterráneos. La dimensión cultural y literaria de los apartados ensayísticos en torno al río olvidado y negado reinscribe la Operación Gaviota, en primer lugar, como una operación de disputa de sentidos.

La tercera parte titulada "Plaza Mayor" es la más cercana al presente de la enunciación, porque es el nombre del geriátrico donde el narrador de la primera parte visita a su abuela Mirta López y comparte una charla mientras juegan un partido de truco. Esa abuela de noventa años, con cierto daño cognitivo, desgrana sin inhibiciones -igual que sucedía con los recuerdos de infancia- una historia vinculada al padre del narrador. El ritmo de la partida acompaña la revelación de un secreto jamás contado: el padre del narrador también ha sido un militante político en los setenta y su madre, esa abuela que de jovencita había estado enamorada de Videla, es quien cree proteger a su hijo en el mismo acto de enunciación en que lo delata a un coronel amigo de la familia. Nuevamente, la afirmación del imaginario patriótico del Bien desata la peor condena. En la tensión de la partida de truco se sugiere también algo sorprendente: la verdad siniestra de que esa abuela, madre de un hijo desaparecido, es también quien participó del imaginario dictatorial a tal punto que se convierte en la entregadora de su propio hijo. En esta novela, partida de truco mediante, donde la abuela en muchas manos demuestra la superioridad en el arte de disimular, mentir y engañar, se sugiere que la transmisión generacional no es un legado ni un homenaje, sino que tiene la forma de un duelo verbal y el nieto tiene que aprender a disputar los sentidos heredados[84].

El título "Confesión", en singular, superpone dos revelaciones que son las dos caras de la misma moneda: la atracción por el dictador y la delación del hijo que militaba en contra de esos ideales. En la yuxtaposición de historias, el nieto es quien debe descifrar los olvidos y acaso volver a disputar algunos sentidos impuestos, recreando, tal vez, la posición de quienes imaginaron la Operación Gaviota.

En todo caso, se trata de una concepción de literatura que elude los lugares seguros, poniendo en tensión el deseo y la represión; politiza

[84] La posición del nieto de la ficción combina el tipo de recuperación de la memoria que, por un lado, han hecho los HIJOS de desaparecidos al indagar quiénes fueron sus padres y cómo desaparecieron, pero, por otro lado, se encuentra con esa otra historia siniestra en la que su propia abuela fue cómplice en la entrega de su padre y en este punto es donde debe realizar una lectura a contrapelo, en parte como la que inauguraron los hijos de militares que formaron el colectivo "Historias desobedientes" cuestionando el rol de sus padres genocidas. Si bien la protagonista no puede equipararse al nivel de los genocidas, ocupa esa zona gris de ser mitad víctima y mitad cómplice por participar de la cosmovisión e ideología de los militares. Lo interesante es cómo la ficción indaga, en la figura del nieto narrador, un lugar que combina esas dos memorias resistentes del relato genocida.

lo íntimo e interioriza lo político; cuestiona los lugares comunes de la memoria, para descubrir los olvidos incómodos y juega sus apuestas planteando una partida cuyo final, todavía, permanece abierto.

Bibliografía

Colectivo Historias Desobedientes. *Escritos desobedientes. Historias de hijas, hijos y familiares de genocidas por la memoria, la verdad y la justicia.* Marea Editorial, 2018.

Foucault, Michel. *Historia de la sexualidad. 1. La voluntad de saber.* Siglo XXI Editores, 1997/2014.

Gusmán, Luis. "El derecho a la muerte escrita". *El derecho a la muerte escrita.* Editorial Norma, 2005.

Huyssen, Andreas. "Usos y abusos del olvido". *Modernismo después de la Posmodernidad.* Gedisa, 2011.

Kohan, Martín. *Confesión.* Anagrama, 2020.

Santucho, Mario. "Matar al tirano". Revista Crisis. 28, 16 de febrero de 2017: https://revistacrisis.com.ar/notas/matar-al-tirano

Seoane, María y Muleiro, Vicente. *El dictador. La historia secreta y pública de Jorge Rafael Videla*, Planeta – Colección: Espejo de la Argentina, 2001.

Reinventar el desierto
Algunas consideraciones desde la literatura argentina del nuevo milenio

Rocío Altinier
Michelle Arturi
Universidad de Buenos Aires

En los últimos años, cierta zona de la literatura argentina contemporánea ha manifestado un marcado interés por establecer réplicas polémicas a aquellas obras inscriptas en una tradición literaria que forma parte de lo que Marisa Moyano llamó "el cuerpo de la Patria". Cuerpo (o *corpus*) que se ha conformado, según explica, a través de "procesos de territorialización y apropiación discursiva del espacio que en Argentina fueron configurados desde procesos escriturarios y desde interacciones discursivas que instituyeron performativamente un proyecto de país, de Estado y de Nación" (2).

Se comprende, desde esta perspectiva, que la literatura argentina decimonónica interviene como un dispositivo que ha articulado un aparato significante para aquellos espacios, territorios, subjetividades y cuerpos que, en los albores de la construcción del Estado-nación, aún debían ser definidos, ordenados y, si no controlados, eliminados, según los intereses de las elites políticas. Se coincide en señalar, en este sentido y tal como afirma González-Sawcsuk, que "el origen de la literatura nacional argentina no puede desligarse de la idea de construir una poética en el desierto, huérfana de tradiciones" (10).

Las imágenes heredadas de los relatos del pasado (aunque también las que surgen en el contexto contemporáneo) conforman así y junto con otros discursos, particulares *modos de ver*. Colaboran en la articulación de lo que podemos llamar un determinado régimen escópico, es decir, un régimen que modula un particular comportamiento de la percepción visual: un modo de ver que regula, marca límites e incluye, a la vez que excluye, ciertas imágenes e imaginarios posibles.

En este marco, resulta imprescindible tener en cuenta cómo ciertos textos y autores cristalizaron y establecieron las bases para la constitución de una identidad de Nación en el siglo XIX, incluso cuando nuestro objeto de análisis aquí sean textos escritos alrededor de dos siglos después[85]. Notamos cómo numerosas escrituras del nuevo milenio vuelven casi obsesivamente a aquellos textos considerados fundacionales, clásicos que reconstruyen, en palabras de Ricardo Piglia, "una trama donde se pueden descifrar o imaginar los rastros que dejan en la literatura las relaciones de poder, las formas de la violencia. Marcas en el cuerpo y en el lenguaje (...), que permiten reconstruir la figura del país que alucinan los escritores" (8).

Los cuerpos se registran, clasifican y someten también en relación con los territorios: las conexiones, relaciones y simbiosis posibles. En los enunciados sobre la violencia que atraviesan la literatura nacional confluyen estas agencias donde el desierto, y luego el campo, se resignifican según sus (im)posibilidades productivas, las comunidades que los habitan o las fuerzas de trabajo que los atraviesan. Desde el siglo XIX, con un Estado en vías de conformación, y hasta el día de hoy, en que los debates en torno a la propiedad de las tierras y sus modos de uso o explotación en la era posindustrial se multiplican, entendemos que la literatura argentina no deja de (re)imaginar las posibilidades estéticas, culturales y políticas del desierto y el campo.

Si bien durante el siglo XX también existieron intervenciones que desde el campo literario se propusieron polemizar con esta tradición decimonónica precedente que había narrado la nación y sus protagonistas, algunas escrituras contemporáneas supieron inscribirse también en los debates sobre "lo patrio", "lo nacional" o "la tradición" desde un marco que,

[85] De forma inevitable, retomaremos continuamente en nuestras consideraciones a la crítica cultural y literaria que ha imaginado y propuesto orígenes de la literatura argentina en el siglo XIX: "El matadero" o *La cautiva* de Esteban Echeverría, el *Facundo* de Domingo Faustino Sarmiento, *El gaucho Martín Fierro* de José Hernández, entre otras obras, forman parte de un canon literario que se considera fundador de la literatura argentina y de ciertos imaginarios que permitieron establecer ideas de patria y nación. Estas obras tematizan además múltiples tipos de violencias políticas (se textualizan tensiones y conflictos históricos específicos) inscriptas en los cuerpos y los territorios que protagonizan sus relatos.

sin excluir u olvidar completamente las formulaciones previas, incluyeron nuevos paradigmas de discusión alrededor de subjetividades nómades, disidencias sexuales y de género, el mundo de la hiperconectividad teleinformática y la puesta en cuestión de los binarismos ya clásicos de la Modernidad (y también nuestra literatura) (civilización/barbarie, adentro/afuera, urbano/rural, etc.).

Es en este marco que nos propusimos analizar dos obras literarias argentinas contemporáneas que, incluso en sus diferencias y variadas propuestas estéticas, comparten ciertos núcleos problemáticos que nos interesa abordar: los diálogos que proponen con esta tradición literaria y, en consecuencia, con la forma en que fueron configurados territorios a su vez asociados a ciertas identidades e ideas de patria y nación. Simultáneamente, nuestro foco está puesto en la particular forma en que devienen (o no) inteligibles ciertos cuerpos en estos espacios que la literatura se ha encargado de intervenir, explorar, escribir y significar.

Así, estas reflexiones alrededor de la tradición literaria, el canon y las imágenes y significados que se han construido a lo largo de los siglos alrededor del territorio (el desierto/el campo) y los cuerpos en la cultura argentina son las que nos invitan a pensar estos mismos (aunque renovados) problemas en la literatura contemporánea del nuevo milenio.

Si tal como afirma Lucía De Leone "campo y cuerpo funcionan como zonas de indagaciones éticas, políticas, y también de preocupaciones estéticas" (33), nos propondremos aquí desandar algunas de estas ya clásicas indagaciones desde una novela distópica de ciencia ficción que pone al campo sojero y extractivista como centro de una nueva imaginación de la violencia y otra que propone una utopía ecológico-comunitaria, *queer* y postidentitaria donde el desierto aparece en una versión renovada e inédita. Nos referimos, en el primer caso, a la novela de Michel Nieva *¿Sueñan los gauchoides con ñandúes eléctricos?*, publicada en 2013 y, en el segundo, a la última obra de Gabriela Cabezón Cámara, *Las aventuras de la China Iron*, publicada en 2017. Nos interesa a la vez pensar cómo estas obras proponen imágenes de futuro a la vez que alternativas a aquellas imágenes heredadas.

¿Por qué *Las aventuras* y *Sueñan los gauchoides*? Ambos textos comparten, entendemos, ciertas particularidades que los acercan, sobre todo en lo relativo a algunas estrategias textuales a través de las cuales se enmarcan en esta tradición literaria mencionada reescribiéndola, revisitándola, revisándola e incluso parodiándola.

Así, nuestro análisis oscila entre entre *Las aventuras* y *Sueñan los gauchoides*, es decir, va de la imaginación delirante, queer y disidente del desierto que propone la obra de Cabezón Cámara a una ciencia ficción distópica, en la obra de Nieva, donde asistimos a distintas versiones decadentes del progreso agroindustrial y tecnológico.

Apelando al lenguaje cinematográfico, podríamos decir que *Las aventuras de la China Iron* es una especie de *spin off* de la obra de José Hernández de 1872, *El gaucho Martín Fierro*. En esta reinterpretación del clásico, toma voz uno de los personajes olvidados y silenciados del poema original: la china, esposa de Fierro. Del anonimato y el olvido en la obra de Hernández pasará a autobautizarse, en una serie de alusiones y traducciones múltiples, como China Josefina Star Iron. Esta narradora, lejos de encarnar una figura víctima del abandono del gaucho, más bien encuentra en su ausencia la vía para un escape y la posibilidad de una nueva vida alejada de la lógica patriarcal y violenta que conoció. Así, la China junto a Elizabeth, una inglesa rica que tiene planes de atravesar el desierto y deviene su amante, su perro Estrella y Rosa, un gaucho que se suma a la caravana, se embarcan en una especie de viaje de iniciación, el comienzo de "una nueva vida" que recorrerá un itinerario que va del desierto a Tierra Adentro. Ese mismo es el recorrido que nos interesa acompañar para pensar cómo se configura el espacio en la novela, y en este sentido, señalar los modos de ver que aparecen asociados al desierto particularmente. Este espacio leído/escrito como vacío, seco, áspero e infinito por la literatura decimonónica es representado en la novela de Cabezón Cámara desde una mirada totalmente renovada. Mal conductor de la civilización (Sarmiento en *Facundo*), espacio de formas de asociación monstruosas e ilegibles (Sarmiento y también Hernández), territorio de la barbarie atravesado por fuerzas salvajes/animales (Echeverría en *La cautiva*), el desierto aparece ahora en la novela (re)presentado desde un campo semántico que incluye a la luz, el brillo, lo radiante, los destellos y nos permite acceder a una versión barroca, vivificante y también algo inédita de este espacio:

> Estar en la pampa era, entonces, como planear en un escenario que no parecía tener más aventuras que las propias. Las del cielo y las nuestras, quiero decir. Sobre la línea parda del horizonte se enrollan y desenrollan el sol y el aire. En los días despejados se descomponen en un prisma temporal, quebrados en rojos, violetas, naranjas y amarillos al amanecer y bajo esos rayos, que a la tierra llegan dorados, el poco verde del cielo toma un relieve tierno y brillante y toda cosa que se yerga, una sombra larga y suave (...), allá, en la llanura que era mía, la vida es una vida aérea. A veces celestial, incluso; lejos de la tapera que había sido mi casa, el mundo se me hacía paraíso .(Cabezón Cámara, 51)

En este sentido, seguimos la lectura de Laura Fandiño que entiende que, a partir de esta nueva forma de experimentar el mundo (y el desierto) a la que accedemos gracias al relato de Josefina, citamos: "se disputan y transgreden las formulaciones geográficas, antropológicas, económicas y simbólicas de la tradición literaria argentina del siglo XIX para proyectar la posibilidad de una nueva fundación" (50).

Lejos está de la visión utópica del espacio que aparece en *Las Aventuras* el mundo representando en *Sueñan los gauchoides*. En la novela de Nieva aparece un territorio atravesado por las lógicas de explotación propuestas como la continuidad de las actuales. El autor se hace eco de la tradición literaria para citarla, distorsionarla y parodiarla. Sobre el proceso de escritura de la novela, el autor afirmó en una entrevista:

> primero estuvo la idea de mezclar arbitrariamente dos géneros (gauchesca y ciencia ficción) a partir de una palabra que inventé divagando: "gauchoide". Después,

> fue muy importante el libro de Ludmer, *El género gauchesco*, cuya tesis principal es que mientras el Estado se apropió del cuerpo del gaucho para el servicio militar, la literatura se apropió de su voz. (...) Quería escribir no sobre la voz sino sobre ese cuerpo que está eliminado de la representación, y que por estar eliminado retorna deformado. (Vespa)

La novela de Nieva tiene una organización fragmentaria: consta de cinco relatos que articulan diferentes formas de revisita a personajes y textos fundacionales. Se sitúa en un futuro cercano, una distopía *cyberpunk*, cuya primera referencia encontramos en el título dickiano, en la que la humanidad ha desarrollado una serie de androides patrios que funcionan como mano de obra inagotable. El narrador protagonista adquiere un modelo gauchoide, de nombre Chuma, que viene "fallado". Al finalizar cada una de las tareas que realiza con excelencia, enuncia la frase "habría preferido no hacerlo", lo que motiva la visita del protagonista y Chuma al campo, con el objetivo de resolver la falla técnica.

Ese campo se presenta como un lugar de producción privilegiado, de orden netamente patronal. Es un campo sojero y oligarca que se intercala con la visión del narrador de un espacio "natural" idealizado entre el recuerdo familiar y la esperanza del efecto reparador que tendrá sobre la falla del gauchoide:

> este amigo de mi primo, Juan, también de Areco, era gerente de una empresa que fabricaba aceite de soja, en la que todos los empleados eran gauchoides, (...), imaginé que debía de ser un tipo acaudalado como mi primo Francisco, quien, por su parte, se dedicaba a producir cebollas en los campos que había heredado de su familia, y las exportaba a Brasil. Yo sabía que él detestaba a los androides: tenía algunos trabajando de peo-

> nes en sus campos, y me había contado cómo los maltrataba y, a los que le parecían más atractivos, los sodomizaba. (Nieva, 14-15)

Es, entonces, un campo propuesto desde la necesaria consideración de la violencia política del siglo XX, tanto en sus modos de producción como en su tratamiento sobre los cuerpos. La única manera, afirman los amigos patrones del narrador, de reparar a Chuma es a través de la tortura. En este punto interviene la picana, objeto insoslayable en el texto, cuya presencia en la novela señala a su vez un relato fundacional de la violencia política en Argentina: esto es, la recuperación de la escena de "El matadero" donde se somete al unitario. La picana aparece entonces como instrumento de regimentación patronal y sugiere lecturas en las que resulta, por ejemplo, inevitable pensar en el apellido Lugones, que resuena en las múltiples intertextualidades de la novela. El relato de la violencia política que comienza en la literatura con "El matadero", "La refalosa" o el *Facundo,* por caso, se ve atravesado en la novela de Nieva tanto por la responsabilidad del Estado como de la patronal civil-oligarca en torturas, desapariciones, fusilamientos y otros crímenes de lesa humanidad desde la Semana Trágica en adelante.

Siguiendo a De Leone, consideramos que la novela de Nieva forma parte de un "un nuevo espacio ficcional" en el que el territorio del campo amplía sus sentidos en relación al orden productivo contemporáneo como así también a la violencia que lo atraviesa históricamente y que resulta urgente considerar si tenemos en miras la proyección de futuros posibles.

En el caso de *Las aventuras* el personaje que se supone encarna las ideas de progreso y civilización es Hernández, el autor del poema original, *El gaucho Martín Fierro*, ahora incorporado como un personaje patético y decadente. En la novela representa un patriarca-patrón rural de una estancia que administra según una lógica latifundista, extractivista y explotadora, que será, a fin de cuentas, la lógica que la novela discutirá en buena medida. En Hernández se condensa así la figura de un soberano que encarna las lógicas de disciplinamiento de tierras y cuerpos, propias de la cosmovisión decimonónica y de los relatos de progreso modernos. Se puede leer en la novela:

> y hablaba el coronel estanciero de sus vacas, de la industria rural mientras seguía con su oda al progreso de las pampas, el que traía él y dejaba atrás los modos no civilizados de las estancias anteriores, eso no era industria (...), decía, se babeaba y seguía con la mejora de las razas con las razas europeas y de ahí derecho a la transformación que estaba haciendo: de amasijo de larvas a masa trabajadora, (...) todos hemos de sacrificarnos para la consolidación de la Nación Argentina, iba diciendo con la voz empastada pero sin achicarse. (91-92)

Asimismo, es precisamente el disciplinamiento de los cuerpos y las tierras la constante que recorre el universo de los gauchoides. La violencia es motivada desde el principio por la desobediencia que oscila, desde el punto de vista patronal, entre la falla y la rebeldía. Esto aúna a quienes intervienen desde la violencia en un continuo que se realiza en la narración a partir de un *in crescendo* de violencia: verbal, física, sexual. La queja de Chuma es inesperada y genera inevitablemente violencia de arriba hacia abajo. El peón/gauchoide se deshumaniza a medida que se incorpora la visión patronal. El narrador, quien en un primer momento se horroriza ante la esclavización y tortura sexual a la que es sometido el gauchoide, luego supera los límites de su propio ser-patrón:

> de pronto, me encontraba produciendo un dolor espantoso y sin sentido a esa pobre criatura, cuya naturaleza, francamente, no se me hacía menos humana que la de Juan o que la de Francisco. (22)

El narrador termina por convencerse de la in-humanidad del androide solo en un futuro posible imaginado dentro del universo ficcional que involucra efectivamente independencia, organización, encuentro con pares y, por supuesto, capacidad de violencia en un devenir guerrillero, subversivo y emancipado del gauchoide:

> en ese momento comprendí mejor que nunca que don Chuma era un simulacro grotesco, un muñeco sin alma animado, apenas, por electricidad. La sensación de encontrarme a merced de un robot fallado, de un aparato electrónico roto y sin control y emancipado de la función para la que había sido creado realmente, me estremeció, y me hizo temer por mi vida. (51)

Subversión y emancipación también devienen gestos clave hacia el final de la obra de Cabezón Cámara. Titulada "Tierra Adentro", la última parte de la novela presenta el armado de una comunidad que, lejos de regirse según lógicas de diferencia, jerarquización o explotación, más bien se construye sobre una visión no nuclear, no sedentaria y no monogámica de familia. En esa comunidad ideal que la novela ofrece, también una nueva idea de nación se abre paso en consonancia con una refundación del espacio. Si el espacio del desierto significado por la literatura del siglo XIX implicó una delimitación que excluyó determinados cuerpos y subjetividades (el indio, la mujer, las identidades otras), la obra de Cabezón Cámara polemiza con esa formulación y hace estallar sus significados. Se diseña más bien un espacio-nación abierto, en constante devenir, móvil y fluido, donde las categorías de género, los lazos familiares y los vínculos sexo-afectivos se abren al juego y las posibilidades variadas en lugar de cerrarse en una serie de categorías rígidas e inamovibles.

> Hay que vernos. pero no nos van a ver. Sabemos irnos como si nos tragara la nada: imagínense un pueblo que se esfuma, un pueblo del que pueden ver los colores y las casas y los perros y los vestidos y las vacas y los caballos y se va desvaneciendo como un fantasma:

> pierden definición sus contornos, brillos sus colores, se funde todo con la nube blanca. Así viajamos. (185)

La concepción de lo comunitario, lo común se radicaliza en *Las aventuras* en tanto este relato, en clave de utopía ecológica, habilita la posibilidad de una vida-con-otros donde en un nuevo imaginario espacial se integran aquellas identidades y voces excluidas de los relatos legitimados de la nación. Podemos leer el componente más controversial en *Las aventuras* en el surgimiento de todas estas formas de disenso, ruptura y desidentificación que redefinen el orden de las "formas comunes" asociadas al territorio nacional.

Para concluir, nos interesa volver sobre algunas de las problemáticas o preguntas originales que se delineaban en nuestra propuesta: ¿qué estrategias para tensionar el canon literario se dibujan en la contemporaneidad? ¿Aparecen formas de desplazar los discursos de violencia política que han fundado los relatos de "la patria" y nos atraviesan todavía hoy? Con *Las aventuras* creemos que se logra desacralizar un discurso eminentemente patriarcal que no permitió leer otras identidades, formas del deseo y convivencia con otros. En el caso de *Gauchoides*, aparece para los cuerpos torturados la posibilidad de una violencia vengativa, al tiempo que emancipatoria, que se realiza, necesariamente, en la potencia colectiva de los peones androides. Finalmente, nuestro interés estaba puesto sobre todo en pensar las posibilidades que tiene la literatura para introducir identidades ausentes en el espacio político (González Sawcsuk). Entendemos, entonces, que ambas obras se insertan en una serie literaria (en constante cambio y transformación) que nos propone formas inesperadas, dislocadas y contrahegemónicas de (re)leer aquellas discursividades que se propusieron conformar, no sin disputas y contradicciones, una identidad nacional.

Bibliografía

Cabezón Cámara, Gabriela. *Las aventuras de la China Iron*. Literatura Random House, 2017.

De Leone, Lucía. "Imaginaciones territoriales, cuerpo y género. Dos escenas en la literatura argentina actual". *Estudios Filológicos* Núm 62, 2018, pp. 31-43.

Fandiño, Laura. "Canon, espacio y afectos en *Las aventuras de la China Iron,* de Gabriela Cabezón Cámara". *Hispanófila* Vol. 186, 2019, pp. 49-66.

González-Sawczuk, Susana Inés. "Lecturas de una tradición literaria argentina y construcción de una nación". *Memoria Y Sociedad*, vol. 12, n.º 24, abril de 2014, pp. 7-17, https://revistas.javeriana.edu.co/index.php/memoysociedad/article/view/8163.

Moyano, Marisa. "Literatura, Estado y Nación en el siglo XIX argentino: el poder instituyente del discurso y la configuración de los mitos fundacionales de la identidad". *Amérique Latine Histoire et Mémoire. Les Cahiers ALHIM* [En línea] Núm 15, 2008.

Nieva, Michel. *¿Sueñan los gauchoides con ñandúes eléctricos?* Santiago Arcos Editor, 2013.

Piglia, Ricardo. "Echeverría y el lugar de la ficción". *La Argentina en pedazos*. De la Urraca, 1993.

Vespa, Mariano. "La gauchesca cyberpunk". Eterna Cadencia blog www.eternacadencia.com.ar/blog/libreria/clics-modernos/item/la-gauchesca-cyberpunk.html

Datos de les autores

Rocío Altinier

rocioaltinier@gmail.com

Es Profesora de Educación Media y Superior y Licenciada en Letras por la Universidad de Buenos Aires. Cursó además la Maestría en Estudios y Políticas de Género en la Universidad de Tres de Febrero. Se desempeña como adscripta en Teoría Literaria II (Kohan) de la carrera de Letras de la UBA y como investigadora en el marco del proyecto FILOCyT titulado "Experiencia y narración: cruces, intercambios y polémicas entre la teoría literaria y la literatura", dirigido por Martín Kohan y co-dirigido por Adriana Imperatore.

María Cristina Ares

mariacristinaares@gmail.com

Profesora Adjunta de Estética del Departamento de Artes de la Facultad de Filosofía y Letras de la Universidad de Buenos Aires (UBA) y docente de Teoría Literaria II del Departamento de Letras en la misma Universidad (UBA). Es Magíster en Estéticas Contemporáneas Latinoamericanas por la Universidad Nacional de Avellaneda (UNDAV), Licenciada en Letras, Profesora en Letras y Profesora en Filosofía por la Universidad de Buenos Aires (UBA) Es investigadora en el Proyecto UBACYT en el área de Teoría Literaria y Co-Directora del proyecto FILOCYT en el área de Estética y Teoría Literaria. Es autora de varios artículos y ha participado en varios libros entre los que figuran: *Cuerpo y violencia. De la inermidad a la heterotopía*; *Política y estética de los cuerpos. Distribución de lo sensible en la literatura y las artes visuales*; *Cuerpos presentes*; *Otro mapa de la violencia*; *Cuestiones de arte contemporáneo. Hacia un nuevo espectador en el siglo XXI*; *Estéticas de lo extremo*; *De memoria. Tramas literarias y políticas: el pasado en cuestión*; *Vanguardias revisitadas. Nuevos enfoques sobre las vanguardias artísticas.*

Michelle Arturi

michellearturi@gmail.com

Es Profesora en Letras por la UBA. Actualmente es adscripta de Literatura Argentina I "B" (Amante) de la carrera de Letras de la UBA y participa del proyecto FILOCyT titulado "Experiencia y narración: cruces, intercambios y polémicas entre la teoría literaria y la literatura", dirigido por Martín Kohan y co-dirigido por Adriana Imperatore.

Iván Gordin

ivangordin15@gmail.com

Es licenciado y profesor en Artes por parte de la Universidad de Buenos Aires, casa de estudios donde se ha desempeñado como adscripto en la cátedra de Antropología de la Música y ayudante de primera en Estética. Asimismo, ha trabajado como editor y corrector de estilo para el Ministerio de Educación de la Nación. Ha publicado artículos y capítulos de libros sobre la historieta en Argentina. Desde 2019 es integrante del proyecto de investigación "Régimen escópico, cuerpo, lenguaje y política en la literatura y las artes latinoamericanas contemporáneas", como parte del Programa FILOCYT de la Universidad de Buenos Aires.

Julián Guidi

julianlumos@gmail.com

Estudiante de la Licenciatura en Artes con orientación en arte latinoamericano y argentino de la Facultad de Filosofía y Letras de la Universidad de Buenos Aires (UBA). Se desempeñó como adscripto en la cátedra de Estética del Departamento de Artes entre 2018 y 2020. Es investigador en el proyecto FILOCyT: "Régimen escópico, cuerpo, lenguaje y política en la literatura y las artes latinoamericanas contemporáneas" radicado en el Instituto de Filología y Literaturas Hispánicas "Dr. Amado Alonso" de la Facultad de Filosofía y Letras de la Universidad de Buenos Aires. Forma parte de los proyectos de investigación "Extranjería en la literatura argentina" y "Nuevas voces, estéticas, formas textuales. Cartografías de los sistemas de géneros en la producción cultural latinoamericana reciente" en el Instituto de Desarrollo Humano de la Universidad Nacional de General Sarmiento (UNGS).

Adriana Imperatore

adriana.imperatore5@gmail.com

Es Doctora en Literatura por la Universidad de Buenos Aires, Magister en Estudios Latinoamericanos por la Universidad de Salamanca, Licenciada en Letras y Profesora de Educación Media y Superior por la UBA. Se desempeña como Profesora Asociada Regular en la Universidad Nacional de Quilmes a cargo de las asignaturas "Teoría y Crítica Literaria" y "Estrategias de Enseñanza de la Lengua y la Literatura" y como Jefa de Trabajos Prácticos en "Teoría Literaria II" en la Facultad de Filosofía y Letras de la UBA. Su tesis doctoral se titula "Literatura y memoria crítica" y aborda las relaciones entre literatura, memoria e historia en relación con la literatura argentina referida a la última dictadura militar. Es autora de numerosos artículos sobre estos temas, el último trabajo ha sido el prólogo a los cuentos reunidos de Clara Obligado. Construcción en abismo, Buenos Aires, Eudeba.

Martín Kohan
martindiegokohan@gmail.com

Es licenciado y doctor en Letras por la Universidad de Buenos Aires en la Facultad de Filosofía y Letras. Actualmente trabaja como profesor de Teoría Literaria en la Universidad de Buenos Aires, y de literatura en la Universidad de las Artes y en la Universidad Di Tella. Ha publicado numerosos artículos de investigación en revistas académicas nacionales y extranjeras y crónicas en el diario Perfil. En cuanto su producción ensayística y literaria ha publicado las novelas *La pérdida de Laura, El informe, Los cautivos, Dos veces junio, Segundos afuera, Museo de la revolución, Ciencias morales, Cuentas pendientes, Bahía Blanca, Fuera de lugar* y *Confesión*. Ha publicado además libros de cuentos como *Muero contento, Una pena extraordinaria, Cuerpo a tierra, El ahogado y Desvelos de verano*. En cuanto a ensayos ha escrito y publicado *Imágenes de vida, relatos de muerte. Eva Perón, cuerpo y política (en colaboración con Paola Cortés Rocca); Zona urbana. Ensayo de lectura sobre Walter Benjamin; Narrar a San Martín: Fuga de materiales; El país de la guerra; Ojos brujos. Fábulas de amor en la cultura de masas; 1917; Me acuerdo* y *La vanguardia permanente*. Ha ganado los premios: Konex, Diploma al Mérito en Novela por el período 2008-20106 y Herralde de Novela por *Ciencias Morales*.

Anabella Macri Markov
anabellamacri@gmail.com

Es estudiante avanzada de la carrera de Letras en la Universidad de Buenos Aires. Actualmente se desempeña como profesora de Lengua y Literatura en nivel secundario. Como investigadora, realiza sus tareas en el grupo Filocyt "Régimen escópico, cuerpo, lenguaje y política en la literatura y las artes latinoamericanas contemporáneas" investigando sobre literatura y cine argentino contemporáneo y es adscripta de la cátedra Teoría y análisis literario (UBA) y Teoría literaria II (UBA). Además, es parte del programa de extensión universitaria Memorias Recientes donde enseña, escribe y edita.

Alicia Montes
alisumontes@gmail.com

Es doctora en Literatura por la Facultad de Filosofía y Letras, Universidad de Buenos Aires y ha obtenido un diploma posdoctoral en Humanidades y Ciencias Sociales en la misma institución. Se desempeña como docente en la cátedra de Teoría Literaria II, Facultad de Filosofía y Letras, en la Universidad de Buenos Aires, donde también es miembro de un UBACyT, desde el año 2000 y dirige un PRIG desde 2016: "Cuerpo presente", y desde 2018 un proyecto Filocyt sobre régimen escópico, cuerpo y lenguaje. Ha dictado cursos y conferencias como profesora invitada en la Universidad de Frankfurt, Alemania; Universidad Rennes 2, Francia, y Universidad de Estocolmo, Suecia, y Universidad de San Pablo, Brasil. En el campo de la producción universitaria es autora de *Políticas y estéticas de la experiencia urbana en la crónica contemporánea* y *De los cuerpos travestis a los cuerpos zombis. La carne como figura de la historia*; Compiladora y co-autora de *Cuerpos Presentes, figuraciones de la muerte, la anomalía, el sacrificio y la enfermedad*; *Políticas y estéticas de los cuerpos* y *Cuerpo y violencia. De la inermidad a la heterotopía*; y co-autora en los libros *Otro mapa de la violencia*; *Cultura popular/ cultura de masas*; *Letrados iletrados. Representaciones de la cultura popular; De memoria. Tramas literarias y política: el pasado en cuestión*. Ha publicado, además, numerosos artículos en revistas académicas nacionales e internacionales.

Julieta Sbdar

julietasbdar@gmail.com

Julieta Sbdar Kaplan es Licenciada en Letras por la Universidad de Buenos Aires y Magíster en Estudios de Género por la Universidad París 8. Actualmente, se encuentra cursando el Doctorado en Literatura en la Universidad de Buenos Aires y es becaria doctoral CONICET. Se desempeña como investigadora en diversos equipos de investigación de la Facultad de Filosofía y Letras (UBA) y como docente de Literatura. Su proyecto de investigación estudia las figuraciones del tiempo en la poesía argentina reciente.

Julia Scodelari

j.scodelari96@gmail.com

Estudiante de la Licenciatura en Letras de la Facultad de Filosofía y Letras de la Universidad de Buenos Aires, cursando el último tramo de la carrera. Realizó una adscripción en la cátedra de Teoría Literaria II durante el período 2018-2020, desarrollando el proyecto "Narrar el terror: representaciones de los efectos de las nuevas formas de inseguridad e incertidumbre sobre el cuerpo". Actualmente participa del proyecto FILOCyT "Régimen escópico, cuerpo, lenguaje y política en la literatura y las artes latinoamericanas contemporáneas". Además, se encuentra participando de una adscripción en la cátedra de Literatura Norteamericana de la carrera de Letras de la Universidad de Buenos Aires, con el proyecto "Mundos soñados, personajes que sueñan: el punto de vista utópico en Ursula K. Le Guin".

Romina Wainberg

rwain@stanford.edu / rowainberg@gmail.com

Especialista en Escritura Narrativa por Casa de Letras, Licenciada en Letras por la Universidad de Buenos Aires y Magíster en Estudios Hispanoparlantes por la Universidad de Glasgow. Fue docente de la cátedra de Comunicación del I.T.B.A., dio talleres de escritura creativa en diversos espacios culturales y trabajó en los equipos de comunicación del Programa Conectar Igualdad y la Dirección de Innovación Tecnológica de ANSES. Como investigadora, participó de proyectos vinculados con la teoría literaria, la estética y las teorías críticas de la corporalidad. Sus escritos se publicaron en *Revista Luthor*, *El matadero*, *Guaraguao*,

Otra Parte, *Feminist Theory* y *452°F*; sus artículos también fueron incluidos en los libros *Cuerpos presentes* (2017, Argus-*a*) y *Política y estética de los cuerpos* (2019, Argus-*a*). Romina es doctoranda en Culturas Ibéricas y Latinoamericanas en Stanford University, donde actualmente dicta seminarios de literatura de grado y de posgrado.

Otras publicaciones de Argus-*a*:

Adriana Libonatti y Alicia Serna
De la calle al mundo
Recorridos, imágenes y sentidos en Fuerza Bruta

Laura López Fernández y Luis Mora-Ballesteros (Coords.)
Transgresiones en las letras iberoamericanas:
visiones del lenguaje poético

María Natacha Koss
Mitos y territorios teatrales

Mary Anne Junqueira
A toda vela
El viaje científico de los Estados Unidos:
U.S. Exploring Expedition (1838-1842)

Lyu Xiaoxiao
La fraseología de la alimentación y gastronomía en español.
Léxico y contenido metafórico

Gustavo Geirola
Grotowski soy yo.
Una lectura para la praxis teatral en tiempos de catástrofe

Alicia Montes y María Cristina Ares, comps.
Cuerpo y violencia. De la inermidad a la heterotopía

Gustavo Geirola, comp.
Elocuencia del cuerpo.
Ensayos en homenaje a Isabel Sarli

Lola Proaño Gómez
Poética, Política y Ruptura.
La Revolución Argentina (1966-73): experimento frustrado
De imposición liberal y "normalización" de la economía

Marcelo Donato
El telón de Picasso

Víctor Díaz Esteves y Rodolfo Hlousek Astudillo
Semblanzas y discursos de agrupaciones culturales con bases territoriales en La Araucanía

Sandra Gasparini
Las horas nocturnas. Diez lecturas sobre terror, fantástico y ciencia

Mario A. Rojas, editor
Joaquín Murrieta de Brígido Caro. Un drama inédito del legendario bandido

Alicia Poderti
Casiopea. Vivir en las redes. Ingeniería lingüística y ciber-espacio

Gustavo Geirola
Sueño Improvisación. Teatro. Ensayos sobre la praxis teatral

Jorge Rosas Godoy y Edith Cerda Osses
Condición posthistórica o Manifestación poliexpresiva. Una perturbación sensible

Alicia Montes y María Cristina Ares
Política y estética de los cuerpos. Distribución de lo sensible en la literatura y las artes visuales

Karina Mauro (Compiladora)
Artes y producción de conocimiento. Experiencias de integración de las artes en la universidad

Jorge Poveda
La parergonalidad en el teatro. Deconstrucción del arte de la escena como coeficiente de sus múltiples encuadramientos

Gustavo Geirola
El espacio regional del mundo de Hugo Foguet

Domingo Adame y Nicolás Núñez
Transteatro: Entre, a través y más allá del Teatro

Yaima Redonet Sánchez
Un día en el solar, expresión de la cubanidad de Alberto Alonso

Gustavo Geirola
Dramaturgia de frontera/Dramaturgias del crimen. A propósito de los teatristas del norte de México

Virgen Gutiérrez
Mujeres de entre mares. Entrevistas

Ileana Baeza Lope
Sara García: ícono cinematográfico nacional mexicano, abuela y lesbiana

Gustavo Geirola
Teatralidad y experiencia política en América Latina (1957-1977)

Domingo Adame
Más allá de la gesticulación. Ensayos sobre teatro y cultura en México

Alicia Montes y María Cristina Ares (compiladoras)
Cuerpos presentes. Figuraciones de la muerte, la enfermedad, la anomalía y el sacrificio.

Lola Proaño Gómez y Lorena Verzero / Compiladoras y editoras
Perspectivas políticas de la escena latinoamericana. Diálogos en tiempo presente

Gustavo Geirola
Praxis teatral. Saberes y enseñanza. Reflexiones a partir del teatro argentino reciente

Alicia Montes
De los cuerpos travestis a los cuerpos zombis. La carne como figura de la historia

Lola Proaño - Gustavo Geirola
¡Todo a Pulmón! Entrevistas a diez teatristas argentinos

Germán Pitta Bonilla
La nación y sus narrativas corporales. Fluctuaciones del cuerpo femenino en la novela sentimental uruguaya del siglo XIX (1880-1907)

Robert Simon
To A Nação, with Love: The Politics of Language through Angolan Poetry

Jorge Rosas Godoy
Poliexpresión o la des-integración de las formas en/desde La nueva novela *de Juan Luis Martínez*

María Elena Elmiger
DUELO: Íntimo. Privado. Público

María Fernández-Lamarque
Espacios posmodernos en la literature latinoamericana contemporánea: Distopías y heterotopíaa

Gabriela Abad
Escena y escenarios en la transferencia

Carlos María Alsina
De Stanislavski a Brecht: las acciones físicas. Teoría y práctica de procedimientos actorales de construcción teatral

Áqis Núcleo de Pesquisas Sobre Processos de Criação Artística Florianópolis
Falas sobre o coletivo. Entrevistas sobre teatro de grupo

Áqis Núcleo de Pesquisas Sobre Processos de Criação Artística Florianópolis
Teatro e experiências do real (Quatro Estudos)

Gustavo Geirola
El oriente deseado. Aproximación lacaniana a Rubén Darío.

Gustavo Geirola
Arte y oficio del director teatral en América Latina. Tomo I México - Perú

Gustavo Geirola
Arte y oficio del director teatral en América Latina. Tomo II. Argentina – Chile – Paragua – Uruguay

Gustavo Geirola
Arte y oficio del director teatral en América Latina. Tomo III Colombia y Venezuela

Gustavo Geirola
Arte y oficio del director teatral en América Latina. Tomo IV Bolivia - Brasil - Ecuador

Gustavo Geirola
Arte y oficio del director teatral en América Latina. Tomo V. Centroamérica – Estados Unidos

Gustavo Geirola
Arte y oficio del director teatral en América Latina. Tomo VI Cuba- Puerto Rico - República Dominicana

Gustavo Geirola
Ensayo teatral, actuación y puesta en escena. Notas introductorias sobre psicoanálisis y praxis teatral en Stanislavski

Argus-*a*
Artes y Humanidades / Arts and Humanities
Los Ángeles – Buenos Aires
2022

www.ingramcontent.com/pod-product-compliance
Lightning Source LLC
LaVergne TN
LVHW091036080826
845145LV00002B/516

* 9 7 8 1 9 4 4 5 0 8 4 2 5 *